FRANZISKA STEINHAUER
WOLFGANG SPYRA

Zur Strecke gebracht

QUINCYS ENKEL In Zusammenarbeit mit Professor Spyra, ehemaliger Leiter der Direktion Polizeitechnische Untersuchungen beim Polizeipräsidenten in Berlin und jetzt Leiter des Lehrstuhls Altlasten und Dozent für den Master-Studiengang »Forensic and Engineering« an der Brandenburgischen Technischen Universität Cottbus (BTU), präsentiert die Autorin Franziska Steinhauer neun Short Stories. Während Kriminalgeschichten erfunden sind und Bücher über Forensik meist dröge Fachliteratur, durch die man sich mit seherischem Skalpell kämpfen muss, verbindet Steinhauer hier beide Elemente und wandelt dabei auf den Spuren berühmter Autoren – es sei nur an »Kaltblütig« von Truman Capote erinnert. Während Dr. Wolfgang Spyra die Fakten geliefert hat, schmiedete sie daraus die Kriminalgeschichten. Alle Fälle haben sich also tatsächlich so – oder so ähnlich – ereignet.

Prof. Dr. Wolfgang Spyra, geb.1943, studierte zunächst Technische Chemie an der Akademie Beuth, danach Chemie an der TU Berlin. Von 1983 - 1994 leitete er die Direktion Polizeitechnische Untersuchungen beim Polizeipräsidenten in Berlin. Seit 1994 ist er Inhaber des Lehrstuhls Altlasten der BTU Cottbus, seit 2010 lehrt er dort Kriminalistik im Studiengang Forensic Sciences and Engineering.

Franziska Steinhauer, geb.1962, studierte Pädagogik mit den Schwerpunkten Psychologie und Philosophie. Seit 2004 arbeitet sie als freie Autorin. Um ihr Wissen im Bereich der Kriminaltechnik auf eine breitere Basis zu stellen, studiert sie Forensic Sciences and Engineering im Masterstudiengang an der Technischen Universität in Cottbus. Ihre psychologisch fundierten und ausgefeilten Kriminalromane ermöglichen dem Leser tiefe Einblicke in pathologisches Denken und Agieren. Mit Geschick verknüpft sie dabei mörderisches Handeln, Lokalkolorit und Kritik an aktuellen gesellschaftlichen Entwicklungen.

Bisherige Veröffentlichungen im Gmeiner-Verlag:
Sturm über Branitz (2011)
Spielwiese (2011)
Gurkensaat (2010)
Wortlos (2009)
Menschenfänger (2008)
Narrenspiel (2007)
Seelenqual (2006)
Racheakt (2006)

FRANZISKA STEINHAUER
WOLFGANG SPYRA

Zur Strecke gebracht

Die spannende Jagd nach dem Täter

GMEINER *Original*

Besuchen Sie uns im Internet:
www.gmeiner-verlag.de

Im Ehnried 5, 88605 Meßkirch
Telefon 07575/2095-0
info@gmeiner-verlag.de

1. Auflage 2012

Lektorat: René Stein
Herstellung: Julia Franze
Umschlaggestaltung: U.O.R.G. Lutz Eberle, Stuttgart
unter Verwendung eines Fotos von: © YariK - Fotolia.com
Druck: GGP Media GmbH, Pößneck
Printed in Germany
ISBN 978-3-8392-1327-8

*Personen und Handlung sind frei erfunden.
Ähnlichkeiten mit lebenden oder toten Personen
sind rein zufällig und nicht beabsichtigt.*

INHALTSVERZEICHNIS

Brandschätzchen 9

Das Phantom 36

Leichenwasser 80

Dumm gelaufen 124

Horizontlinie 132

Zur Strecke gebracht 179

Lebendnachweis 200

Täterfallen 228

Kabelklau 244

Verwendete und weiterführende Literatur 275

Danksagung 277

BRANDSCHÄTZCHEN

Leo Krause war stolz.

›Krause An- und Verkauf‹ stand auf dem Schild neben dem Tor und kleiner darunter: ›Wir kaufen zum Tagespreis‹, was suggerieren sollte, Leos Preise seien die besten.

Das Geschäft mit dem Schrott florierte. So gut, dass Krause sich sogar eine ausgesprochen anspruchsvolle Geliebte leisten konnte. Er grinste bei dem Gedanken an Merle. Heiraten würde er sie nie, dazu hatte er mit Weibern schon viel zu viel durch. Wenn er sich nur an die von der NGO erinnerte! Die hatte ihn mit seinem Gebrauchtkleiderhandel in den Ruin getrieben, obwohl sich die ganze Sache so gut angelassen hatte. Was da so in seinem Container landete – unvorstellbar, wie leichtfertig sich manche Menschen von wahren Schmuckstücken trennten. Er hatte das ganze Zeug mit klasse Gewinnen weiterverkauft. Doch irgendein Idiot hatte ihm eingeflüstert, es sei noch viel mehr aus dem Geschäft rauszuholen, wenn er ein karitatives Motiv angeben würde – so kam die NGO ins Spiel. Die Mitarbeiterinnen dort hatten ihm die Suppe ganz schön verhagelt. Plötzlich wollten sie ganz genau wissen, welcher Anteil der Einnahmen tatsächlich für wohltätige Zwecke an entsprechende Organisationen ginge. Schließlich mache er Werbung mit der Aussage, er sei ein human ausgerichteter Mensch, weshalb er Einkünfte als Spenden abführe. Mann! Die hatten regelrecht zur Hatz auf ihn geblasen und ihn mit einem sauberen Blattschuss erledigt! Immerhin war das dann, nach der Pleite im Gebrauchtwarenhandel, schon sein zweiter Konkurs. Er hatte einfach ein zu großes Herz – Leo seufzte tief, knurrte, wenn er an die Typen dachte, die zwar Ware bestellt und abgeholt, aber am Ende nicht bezahlt hatten. So konnte ja ein ehrlicher Geschäftsmann nur in die Insolvenz schliddern! Damals hatte er sich geschworen: Es wird nie geheiratet! Weiber schaden dem Geschäft. Diesem Grundsatz war er bis heute treu geblieben und würde auch in Zukunft in diesem Punkt nicht wanken.

Schließlich ging es ihm finanziell jetzt wahrhaft gut.

Sein schmuckes Eigenheim, die Edelkarossen, mit denen es ihm zu jeder Zeit gelang in der Frauenwelt für Aufsehen zu sorgen. So manches amouröse Abenteuer hatte auf dem Rücksitz des Cabrios seinen Anfang genommen!

Da war es eher ein Problem, die Damen nach Ablauf der Halbwertszeit wieder abzuschütteln. Feste Bindung, das war nichts für einen wie ihn, die Weiber waren doch ohnehin nur hinter seinem Geld her! Davon war er fest überzeugt. Im Laufe der Jahre hatte er aber auch hier eine gewisse Routine entwickelt. Denn für neue Erfahrungen brauchte man eben neue Partnerinnen! Eine für jeden Tag kam erst infrage, wenn er so alt geworden war, dass er sich beim Husten festhalten musste – und davon war er noch meilenweit entfernt.

Sein Schrotthandel.

Seine ganz private Goldgrube.

Krause hatte erst gar nicht glauben können, was die jungen Leute so kaufen wollten! Das war sein Gewinn an der Retrowelle: verbeulte Zinkbadewannen zum Beispiel – heiß begehrt! Gingen weg, egal, wie viel er dafür verlangte. Alte Badeöfen aus Kupfer – dafür zahlten die Kunden Fantasiepreise und waren auch noch glücklich, wenn sie mit der Beute vom Hof rollten! Solche Geschäfte waren ihm die liebsten. Überhaupt hatte er erst zweimal den Trödelkalle kommen lassen müssen, um so ein Ding zeitnah wieder loszuwerden. Und der Kalle, der war ein echtes Schlitzohr. Zahlte bei Leo 60 Euro und verkaufte das Teil am Sonntag auf dem Trödelmarkt für 130 Euro. Noch mal würde Leo dem Kerl nicht auf den Leim kriechen.

Gelegentlich kaufte er Kleinigkeiten. Zum Beispiel von dem jungen Mann neulich, der ihm Messingwasserhähne angeboten hatte. Krause guckte sich die Dinger lange an, zog dann einen Flunsch. »Tja, was soll ich sagen.«

»Draußen steht, Sie zahlen Tagespreise! Höchstpreise!«, trumpfte der Kerl auf.

Leo mochte es gar nicht, wenn man ihm auf die Tour kam. »Das tu ich auch! Da steh' ich zu! Aber hier sind noch die Dichtungen drin. Wer soll sich denn mit der Rauspopelei beschäftigen? Wissen Sie, was so ein ungelernter Arbeiter heute für einen Stundenlohn hat? Das kann ich mir kaum leisten. Machen Sie das selbst – und ich zahle mehr.«

Natürlich hatte das Bürschchen eingelenkt. Seine Masche: mit Problemen den Preis drastisch nach unten reden. Ja, die beherrschte er perfekt. Doch solcherart Handel betrieb Krause nur am Rande. Es ging dabei weniger ums Feilschen als um das Gefühl der Überlegenheit. Sein eigentliches Geschäft machte er mit dem Ankauf von Kabeln, ummantelten Stromleitungen. Da war sauberes Kupfer unter der Isolierung. Genau das brachte ihm am Ende das gute Geld.

Kam ein Kunde mit dem Zeug an, ließ er ihn wissen, welch eine Zumutung es war, so etwas überhaupt jemandem zum Kauf anzubieten. Er könne nur reines Kupfer an den Großhandel abgeben, informierte er den Anbieter weiter. Und stets deutete er an, dass das Geschäft nur deswegen nicht defizitär sei, weil man die Arbeiter, die die Ummantelung abzögen, schwarz bezahle. Arme Schweine. Spiegeltrinker, Drogenabhängige, Leute ohne Perspektive. Er habe ein Herz für diese Penner, er gebe ihnen das, was sie vielleicht nicht glücklich machte, aber das Stück Leben, was sie noch hatten, erträglicher.

Manchmal wandten die Verkäufer ein, es sei heute üblich die Ummantelung abzubrennen. Das waren die ganz Schlauen – die kamen ihm gerade recht!

»Was glauben Sie denn, wie teuer es ist, die Brandgase zu reinigen? Und die giftigen Schlacken muss ich entsorgen lassen! Sondermüll! Da können Sie noch froh sein, dass ich ein Unternehmen gefunden habe, das mir trotz der horrenden Kosten noch erlaubt, meine Preise aufrecht zu halten!«

Mehr brauchte es meist nicht, um den Kunden zu überzeugen. Die waren doch alle auf den schnellen Rubel aus! Selbst Schuld, dachte er, wenn ein kleines Unbehagen in ihm aufkommen wollte, bei so viel Phrasendrescherei. Der hätte auch woanders hingehen können!

Turnusmäßig, etwa alle drei Monate, zündelte Leo Krause kriminell. Zu diesem Zweck verteilte er die gesammelten ummantelten Kupferkabel in großen Haufen überall auf seinem riesigen Grundstück. Das hatte er nicht immer so gehandhabt, aber seit dem Ärger damals erschien ihm diese Methode schlichtweg sicherer. Vor ein paar Jahren nämlich, als er seinen Mount Kabelrest in Brand setzte, hätte er um ein Haar seine beiden Lagerhallen eingebüßt. Völlig außer Kontrolle war die Angelegenheit geraten. Er dachte schon daran, die Feuerwehr zu alarmieren, weil die Intensität der Flammen nicht beherrschbar schien – da beruhigte sich die Lage allmählich. So ein Schreck!

Und die Brandgase! Seinem HNO-Arzt hatte er von Arbeit mit Salmiak erzählt, um den Zustand seiner Schleimhäute zu erklären. Tagelang war ihm schlecht gewesen, nach der Löscherei in jener Nacht. Wenigstens war seine damalige Herzensdame rund um die Uhr für ihn dagewesen! Hatte sich nicht unangenehm angefühlt, so versorgt zu werden. Getrennt hatte er sich trotzdem von ihr – getreu seinem Grundsatz: bindungsfrei macht's Leben neu! Leo der Wal! Taucht aus jeder Tiefe wieder auf.

Natürlich hatte es damals Beschwerden aus den Wohnblöcken gehagelt – nicht zu knapp. Aber seine zweite Gabe, neben der glücklichen Hand fürs Geschäft, war seine Kommunikationsfähigkeit. Wortreiche Entschuldigungen, deutliche Zerknirschtheit, ein paar Schnäpse und ein Versprechen – mehr hatte ihn die Sache am Ende nicht gekostet.

Hätte natürlich schlimmer ausgehen können.

Wenn zum Beispiel die Polizei gerufen worden wäre. Die Beamten brachten bei einem wie ihm doch immer gleich diese penetranten Typen vom Umweltamt mit. Am Ende hätte womöglich eine saftige Strafe rausgeschaut – und sein Verdienst wäre natürlich futsch gewesen, weil die sachgerechte Entsorgung dann auf seine Kosten erfolgt wäre. Dabei musste er doch seine Jacht in Goyatz unterhalten und brauchte Geld für Merles kleines Hobby, ihr Reitpferd. Aber darum hätten die Polizisten sich natürlich nicht geschert. Merle, seine Neue!

Um nicht erneut eine Welle des Protestes auszulösen, fackelte er nur noch kleine Häufchen ab, nachts, wenn die

Entrüsteten schliefen und von dem – zugegebenermaßen unangenehmen und ein bisschen giftigen – Gestank nichts mitbekamen. Windrichtung musste stimmen.

Er arbeitete bei solchen Aktionen grundsätzlich allein – Mitwisser bei Drecksarbeit waren ein Risiko, das man vermeiden konnte. Die Methode hatte sich bewährt, bisher gab's für ihn nur ein einziges Mal wirkliche Probleme mit der Staatsgewalt. Man traf überall auf sie, diese ganz Genauen (in der Branche einschlägig als ›Tintenpisser‹ bekannt), die immer irgendeinen Paragrafen ausgruben, der einem braven Bürger – und als solcher sah Krause sich durchaus – das Genick brechen konnte.

8.000 Euro Bußgeld!

Aber so kriegte man einen wie ihn nicht klein. Ohne mit der Wimper zu zucken, überwies er den gesamten Betrag lange vor der gesetzten Frist. Sollten die ruhig sehen, dass Krause mit solchen Aktionen nicht einzuschüchtern war. Ein bisschen ungerecht behandelt kam er sich dennoch vor. Klar, es stimmte – die Lagerkapazität seines Platzes hatte er um 200 Prozent überschritten. Aber letztlich war er völlig harmlos im Vergleich zu den anderen. Denen, die ständig Material annahmen, annahmen, annahmen – und dann, wenn es an die Entsorgung ging, Pleite machten! Dann blieb nämlich die Allgemeinheit auf den Kosten sitzen, während der Sammler längst mit dem schönen Geld über alle Berge war! Ja, da waren die Behörden doch mit einem wie ihm richtig gut bedient, fand Krause.

Fast meinte er schon, man müsse ihm wirklich von Herzen dankbar sein! Blieb nur der Stress mit diesen Ökobürgern, die sich in den Wohnblocks drüben angesiedelt hatten. Widerwärtig! Ständig auf Meckertour.

Als Leo Krause an diesem Tag über seinen Platz ging, war seine Stimmung gedämpft. Es hatte sich in der letzten Zeit so einiges angesammelt – Kapital, das nur noch aus der lästigen Umhüllung befreit werden musste. Viel Geld, das er in den nächsten Wochen flüssig und jederzeit verfügbar brauchte, die Bezahlung der Kreuzfahrt für zwei Personen war fällig. Eine Überraschung für Merle, die immer noch glaubte, sie würden an die Ostsee fahren! Wenn er an ihre Augen dachte, an das Strahlen und Leuchten darin, wenn sie erkannte, was ihr Leo da gebucht hatte, wurde ihm leichter ums Herz. Seine Konkubine, wie er sie liebevoll nannte, ›rundete‹ sich in diesem Jahr, und da wollte er sich natürlich nicht lumpen lassen.

Das Risiko, alles in einem Berg abzufackeln, würde er nicht wieder eingehen! Daher waren über das gesamte Gelände kleinere Kabelberge aufgeschüttet worden. Unpraktischer zwar, weil es gleichzeitig an mehreren Stellen brannte, er alle Feuer im Auge behalten und nebenbei darauf achten musste, dass den Leuten drüben im Achtgeschosser nichts auffiel. Die hatten nämlich von ihrem Balkon einen unverbaubaren Blick direkt in sein Areal! Und einen eigens dafür angeschafften Fotoapparat, wie ihm zugetragen worden war. Hausgemeinschaftsversammlung. Man blies zum Kampf gegen den Stinki. Aber was wollten die in der Nacht fotografieren? Da schliefen die braven Bürger doch!

Die Sache eilte.

Wenn sie seine Haufen entdeckten, konnten diese Ökos auf dumme Gedanken kommen – vor allem dann, wenn die über Nacht verschwunden waren. Sich in Rauch aufgelöst hatten, dachte Krause und freute sich über diese bildhafte und stimmige Formulierung.

Heute Nacht!, entschied er und leitete alles andere in die Wege.

»Man kann sicher viel an Negativem über Leo Krause sagen, aber ein umsichtiger Planer bin ich allemal. Da bleibt nichts unbedacht!«, murmelte er mit gewissem Stolz vor sich hin und rieb sich die schraubstockartigen Pranken.

Rudolf Bergemann gehörte zu denjenigen, die dem Schrotthändler ein Dorn im Auge waren. Natürlicher Feind sozusagen. Er wohnte in der achten Etage eines Wohnblocks, hatte auf der einen Seite eine schöne Aussicht über die Stadt. Leider auf der anderen einen ebenso unbeschränkten Blick auf Leo Krauses Schrottplatz. Nun wäre Bergemann durchaus bereit gewesen, die unmittelbare Nachbarschaft als Kröte zu schlucken, denn er und seine Familie fühlten sich hier wohl, die Nachbarn waren nette Leute, es gab keinen Ärger wegen der üblichen Nickeligkeiten – wären da nicht die potenziell giftigen Dämpfe gewesen, die aus Krauses Richtung manchmal zu ihnen rüberzogen. Wenn der Wind ungünstig stand, roch es oft eindeutig nach verbranntem Altöl. Sicher, Gerüche, auch lästige, produzierten gelegentlich auch mal die Hubers von unten und die Neumanns gleich daneben. Leute von der Sorte, die meinten, es sei unerlässlich, im Sommer an jedem Wochenende auf dem Balkon zu grillen. Noch schlimmer aber waren die Schremmels. Die räucherten sogar auf dem Sonnenplatz. Dieser beißende Gestank war schon eine Zumutung.

Ärgerlich – aber dennoch mit der Belästigung aus Richtung Schrottplatz nicht zu vergleichen.

Leos Krauses Qualm nämlich verursachte bei Bergemanns Töchtern hartnäckigen Husten und Brechanfälle.

Das hatte auch der Arzt bestätigt, der zunächst von Pseudokrupp ausgegangen war. Bergemann war fest davon überzeugt, dass der Händler da Kunststoff verbrannte! »Der lässt sich die Abnahme von dem Dreck gut bezahlen und dann entsorgt er den Müll nicht ordnungsgemäß, sondern verbrennt das Zeug einfach!«, schimpfte der Familienvater unter Gleichgesinnten, doch beweisen konnte er das zu seinem Leidwesen nicht. Immerhin hatte er den großen Brand damals festgehalten. Jede Menge Fotos hatte er gemacht. Schade, dass die Bilder nicht auch den Geruch wiedergaben hatten. Als die vom Umweltamt kamen, hatte sich die stinkende Wolke längst aufgelöst und die konnten mit ihrer ganzen hypermodernen Messtechnik nichts mehr feststellen! Abschließend kam man zum Ergebnis, es habe sich um einen Brand gehandelt, wie er überall und jederzeit vorkommen könne, Vorsatz sei nicht erkennbar. Sogar die Versicherung hatte gezahlt.

»Drüben sind wieder Haufen!« Lotti Bergemanns Stimme hatte eine hysterische Färbung.

»Ich habe die auch schon gesehen«, knurrte ihr Mann hilflos und nahm den Feldstecher runter. »Acht habe ich gezählt. Aber es ihm natürlich nicht verboten, diese Kabel zu Haufen zusammenzuschieben. Die Polizei unternimmt da nichts.«

»Einen Versuch ist vielleicht dennoch wert. Könnte doch sein, dass es inzwischen schon mehr Beschwerden gegeben hat – und die warten nur auf den Tropfen, der das Fass zum Überlaufen bringt!«, insistierte Lotti. »Denk doch an die Mädchen!«

So ermahnt kreisten die Gedanken des Familienoberhaupts während der Arbeit im Büro ständig um Leo, die Haufen und das drohende Husten und Erbrechen seiner Töchter, das besorgniserregend war und manchmal mehrere Tage anhielt. Als die Mittagspause nahte, hatte er einen Entschluss gefasst.

Die Wache machte nicht den Eindruck, als könnte man sich vor Arbeit kaum retten. Bedächtig ging es zu, offensichtlich hatten auch die Beamten gerade Pause. Er trug sein Anliegen vor, wurde weiterverwiesen – an Kriminalkommissar Krause! So ein Schreck! Womöglich war der Mann mit Leo Krause verwandt!

»Ein Krause hackt dem anderen kein Auge aus!«, schimpfte der Vater, als er den Gang entlangging.

Es gab noch Wunder in diesen schweren Zeiten, musste er wenig später feststellen, der sympathische junge Mann war mit dem Schrotthändler nicht einmal bekannt!

Bergemann atmete auf. »Es lässt sich nicht leugnen, dass von dort immer wieder Gestank zu uns herüberweht. Meine Kinder werden krank davon. Wir glauben, er verbrennt da Kunststoffmüll oder Kabel. Jedenfalls kann ich von meiner Wohnung aus sehen, dass er was vorbereitet! Könnten Sie der Sache nicht mal nachgehen? Wenn das giftig ist! Womöglich bleiben dann bei uns allen irgendwelche Substanzen im Körper zurück und wir kriegen Krebs! Chronisches Asthma! Vielleicht eine Nervenschädigung!«

»Ich kann Ihre Sorge gut verstehen. In einer Zeit, in der schon vor Paprika und anderem Gemüse gewarnt wird, möchte man nicht auch noch giftige Luft atmen müssen. Allerdings ist es nicht verboten, Müll zu kleinen Häuflein zusammenzuschieben. Vielleicht will er den Entsorger bestellen und das Zeug abtransportieren lassen.«

»Einen Entsorger habe ich dort noch nie vorfahren sehen!«

»Nun, Sie sind ja auch nicht den ganzen Tag zu Hause, oder? Aber gut. Ich werde mich mit Eberswalde in Verbindung setzen, dort sitzen unsere Umweltfachleute. Die haben zwar gerade einen Fall auf dem Tisch – eine illegale Mülldeponie in Oberhavel –, aber ich mach Druck. Mal sehen …«

Rudolf Bergemann kehrte am Abend mit einem guten Gefühl zu seinen Lieben zurück. Er war nicht untätig geblieben, hatte alles nur Mögliche in die Wege geleitet. Lotti fühlte sich bestätigt, man muss ihm nur Druck machen, dann ist er richtig gut.

In dieser Nacht schlief der Familienvater dennoch schlecht. Von fern war der Lärm schweren Geräts zu hören. Vielleicht richtete die Stadt die Baustelle ein, vorn an der Kreuzung, wo die Straße so tiefe Spurrinnen hat, dass ältere Leute ihren Rollator nicht mehr über die Ampelfurt schieben können, überlegte er und starrte ins Dunkel, warf sich unruhig von einer Seite auf die andere. Gegen Morgen fand er endlich Ruhe.

Doch dann das böse Erwachen. Halsschmerzen, ein Rest von Qualm hing im Schlafzimmer – und noch mehr. Ekelhaft süßlich, irgendwie klebrig.

»Das ist doch unfassbar! Er hat es wieder getan!«, regte er sich auf, packte Pullover, Pyjama und Unterwäsche in einen kleinen Koffer. »Lotti, die Polizei wollte sich ja ohnehin um die Sache kümmern. Könntest du bitte den Kriminalkommissar Krause anrufen? Hier ist die Karte.

Der wird sich ja sicher noch an unser Gespräch von gestern erinnern! Sag ihm, was passiert ist. Vielleicht kommen die dann sofort!«

Lotti nickte. »Vergiss den Rasierapparat nicht!«, mahnte sie aus der Küche. »Ich kümmer' mich drum, wenn ich die Kinder in die Schule gebracht habe.«

»Es stinkt!«, beschwerte sich die Jüngste und wollte das Fenster öffnen.

»Die Fenster bleiben zu!«, kommandierte die Mutter. »Sonst kommt noch mehr von dem giftigen Gestank rein! Dieser Mann kennt keine Skrupel! Der wird uns noch alle umbringen mit seiner verantwortungslosen Kokelei!«

»So, ich muss los!«, verkündete der Vater unzufrieden. »Ich lasse euch nur ungern mit diesem Problem allein. Aber bis Ende der Woche bin ich zurück. Wenn die Polizei sich in der Zwischenzeit nicht rührt, gehe ich dann eben noch mal persönlich bei diesem Krause vorbei!« Er verabschiedete sich mit einem Kuss von jeder seiner Frauen, schärfte Lotti noch einmal ein, das Telefonat mit der Polizei nicht zu vergessen, und war verschwunden.

Lotti musste man daran natürlich nicht erinnern! Sowie sie von ihrer ›Schultour‹ zurück war, wählte sie die Nummer von der Visitenkarte. Kein Durchkommen. Beim nächsten Versuch: besetzt. Bei allen folgenden ebenfalls. Bloß gut, dass ich keinen Mord zu melden habe! Oder eine Messerstecherei mit einem flüchtenden Täter!, dachte Frau Bergemann verärgert. Im Zweifel ist man schon tot und der Mörder längst in Sicherheit, bevor jemand die Tat überhaupt melden kann!

Doch dann, endlich, Freizeichen – Kontakt!

»Oh, Herr Krause ist noch nicht im Dienst?« Frau Bergemann war ein wenig enttäuscht. In ihrer Vorstellung bewachte die Polizei die Bürger rund um die Uhr – dass es Schichten geben konnte, daran hatte sie überhaupt nicht gedacht.

»Vielleicht kann ich ihm ja etwas ausrichten«, schlug die jugendliche Stimme am anderen Ende vor.

»Ja, es ist so: Mein Mann war gestern schon bei Ihnen und hat …« Es folgte eine Zusammenfassung dessen, was Rudolf Bergemann Herrn Krause berichtet hatte, auf Lottis Art, umständlich und weitschweifig. »Und nun hat der Leo Krause wieder was abgefackelt! Das ist ein echter Verbrecher!«

»Ja, über den Vorgang bin ich informiert. Wir haben den Sachverhalt schon nach Eberswalde durchgestellt. Die vom LKA kommen vorbei und sehen sich die Sache genauer an.«

Damit war das Telefonat beendet. Hatte der junge Mann auch wirklich zugehört, mitbekommen, dass es wieder gebrannt hatte? Lotti war sich da nicht so sicher. Auf dem Weg nach unten traf sie im Fahrstuhl auf Schröders, Herrn Schneider und die Familie Hübner. Alle waren entrüstet. »Diesmal lassen wir uns das nicht gefallen«, kam man überein.

»Ich habe schon die Polizei angerufen. Die sind schon dran.« Stolz setzte Lotti hinzu: »Der Rudolf war schon gestern auf dem Revier, weil ihm das Treiben drüben auf dem Schrottplatz verdächtig vorkam!«

Als der besorgte Gatte am Abend seine Frau anrief, konnte sie ihm bestätigen, dass die Dinge nun ihren Lauf nehmen würden, er könne ruhig seine Fortbildung ›genießen‹.

Doch schon am nächsten Tag erwarte Lotti ein herber Rückschlag. Sie wählte am späten Nachmittag die Nummer von Kriminalkommissar Krause und erreichte diesmal weder ihn noch den jungen Kollegen von gestern, sondern eine völlig neue Stimme. Die klang nach Behäbigkeit, Bequemlichkeit, zu viel von zu fettem Essen – kurz: uninteressiert an Lottis Problem.

»Also wirklich, gute Frau«, begann der Kerl jovial. ›Gute Frau‹ war eine Formulierung, die Lotti so richtig gegen den Strich ging. »Sie haben doch vorgestern erst die Anzeige gemacht! Wenn da jeder ständig anriefe, wäre die Leitung nie mehr frei! Wir sind doch hier kein Auskunftsbüro! Ja, was erwarten Sie denn? Bei uns kann auch keiner hexen!«

Frau Bergemann spürte etwas Unbekanntes kräftig in sich aufwallen. Es war viel stärker und größer als bloßer Ärger oder gar Wut. »Jetzt hören Sie mir mal zu!«, forderte Lotti kalt. »Vorgestern haben wir gewarnt, gestern hatte der Krause dann seine Kabelhaufen abgefackelt und die ganze Gegend hier verpestet. Wenn wir nun alle vergiftet worden sind? Und Sie unternehmen einfach gar nichts! Ihren Namen bitte. Mit wem habe ich gesprochen. Ich will doch später sagen können, wer da so hilfreich war bei unserer Polizei«, verlangte sie spitz.

Stimmengewirr im Hintergrund.

»Ich melde mich bei Ihnen, wenn ich weiß, was nun geplant ist«, versprach die Stimme eilig und beendete das Gespräch.

Am späten Nachmittag – Lotti konnte kaum glauben, dass die Polizei sie wirklich zurückrief – wieder die joviale Stimme. »Ja, wie ich sehe, wurde in dieser Angelegenheit bereits mit Eberswalde Kontakt aufgenommen. Und hier habe ich einen Vermerk: Die Kollegen kommen morgen früh – ja, na klar früh. Im Dunkeln sehen sie ja nichts.«

Das schien logisch. Lotti kühlte langsam herunter. »Wir werden ja sehen, ob das auch wirklich klappt!«, gab sie noch schnippisch zurück, dann legte sie auf.

Doch tatsächlich: Bei Tagesanbruch konnte Frau Bergemann eine wahre Karawane von Fahrzeugen beobachten, die vor dem Tor des Schrottplatzes hielt. Blaulicht, Blaulicht ohne Ende. Lotti Bergemann griff nach dem Feldstecher. ›Kriminalpolizei Tatortdienst‹ entzifferte sie auf zweien der fünf Fahrzeuge. Die anderen waren alle grün. Müssen noch alte Wagen sein, dachte Lotti schon wieder ein bisschen beleidigt, die neuen sind ja blau. Na ja, passt dann auch irgendwie zum Schrottplatz!

Die Beamten warteten nicht auf Leo Krause, der in aller Herrgottsfrüh telefonisch von diesem Einsatz in Kenntnis gesetzt und aufgefordert worden war, sich unverzüglich vor Ort einzufinden. Man griff in bewährter Manier auf den herbeigeorderten Schlüsseldienst zurück.

»Scheiße!«, entfuhr es dem Einsatzleiter Kriminalhauptkommissar Nöhle, als das große Tor aufgestoßen wurde. »Alles blitzblank! So einen sauber gefegten Schrottplatz habe ich in meinem ganzen Leben noch nicht gesehen!«

Leo Krause erschien etwas später, das von ihm bekannte leichte Lächeln im Gesicht, als habe er gerade ein besonders gutes Geschäft abgewickelt. »Guten Morgen! Kann ich Ihnen irgendwie behilflich sein?« Freundlichkeit guckte aus jedem Knopfloch, doch Bernhard Nöhle empfand deutlich den nur knapp darunterliegenden Sarkasmus.

»Vielleicht! Anwohner haben sich über anhaltenden Gestank von Ihrem Schrottplatz beschwert. Und ehrlich gesagt, rieche ich noch immer etwas.«

»Ach, die meckern laufend«, wischte Krause die Anschuldigung vom Tisch. »Beim Schrotthandel wird eben keine Lavendelseife verkauft. Da riecht es schon mal, das, womit ich handle, duftet nicht. Aber da drüben«, er wies vage in nördliche Richtung, »ist eine Agrargenossenschaft. Die verbrennen manchmal Altöl, da bin ich ziemlich sicher. Ich war schon mehrfach dort und habe denen gesagt, dass sie das lassen sollen. Ist ja schließlich nicht nur verboten, sondern auch noch umweltschädlich!« Ganz entrüsteter Ehrenmann. Nur gut, dachte Krause, dass ich die Schlacken sofort entsorgt habe. Hausmülldeponie – schließlich müssen in diesen Zeiten doch alle zusammenhalten und die Leute vom Sicherheitsdienst sind nun wirklich schlecht bezahlt. Jeder Kabelberg war auf einem großen Stahlblech aufgeschichtet gewesen, so ließ sich alles schnell und problemlos abfahren. Die riesigen Bleche standen längst schon wieder unschuldig in einer seiner Lagerhallen. Die sauberen Kabelreste hatten noch in derselben Nacht seinen Hof verlassen und waren zu ihrem neuen Besitzer gefahren worden – alle hatten Hand in Hand gearbeitet, wie es sich gehört. »Sehen Sie, bei mir riecht es vielleicht nicht immer toll, aber richtigen Gestank produziere ich nicht. Und schon gar nicht so, dass er die Leute dort in den Wohnblocks stören könnte.«

Kein Risiko, schätzte Krause die Lage ein.

»Wir glauben, dass Sie vor drei Tagen nachts etwas auf Ihrem Gelände verbrannt haben.«

»Ich? Aber nein!« Er trat näher an den Kriminalhauptkommissar heran und meinte vertraulich: »Es gibt schon Leute, die gelegentlich hier in der Gegend ihren Müll abladen und anstecken. Ich sage da nichts.« Er setzte augenzwinkernd hinzu: »Sehen Sie, ich bin ja nicht besser als die Polizei erlaubt.«

»Wir möchten gern einen Blick in Ihre Bücher werfen. Nur um sicherzugehen.«

»Selbstverständlich, kein Problem. Meine Bücher sind sauber. Was anderes ist für mich undenkbar. Gute Erziehung«, grinste Krause selbstgerecht.

In dem Moment trat Jürgen Biedermann hinzu. Unscheinbar, schmalgesichtig, mit langer Nase, deren Endstück ausgesprochen bewegungsfreudig war. Sah aus, als schnupperte er. Man erwartete fast, seitlich Tasthaare entdecken zu können. Deshalb hatte ihm vor Jahren schon irgendjemand voller Respekt den Namen Spitzmaus verliehen.

Spitzmaus hatte offensichtlich Witterung aufgenommen. Altöl, Agrargenossenschaft? Nein! Süßlicher Geruch, der bei der Verbrennung von Polystyrol entsteht. Polystyrol und Kabelummantelung, das wollte nicht so recht passen. Die Nase der Spitzmaus war so lang wie die Säule der Gaschromatographie, ein Gerät, mit dem man die Zusammensetzung von Gasgemischen feststellen konnte. Spitzmaus war eben eine Klasse für sich. Hatte sehr oft den richtigen Riecher.

Während Leo Krause mit zwei Beamten in sein Büro schlenderte, um die Bücher herauszusuchen, meinte Biedermann: »Alles sauber. Eine Luftanalyse wird kein Ergebnis mehr bringen, das uns weiterhilft, versuchen können wir es dennoch. Bodenproben sind auf diesem weitläufigen Areal viel zu aufwendig. Bei diesem riesigen Gelände wissen wir gar nicht, wo wir überall Proben nehmen müssten. Wäre was anderes, wenn die Zeugen die Orte direkt benennen könnten, aber das wird ja wohl kaum möglich sein.«

Ratlosigkeit und Enttäuschung machten sich breit. Was nun? Verdacht auf eine Straftat und keine Beweise!

KK Nöhle rief seine Leute zusammen, einschließlich des Tatortdienstes, obwohl der nicht zur Kripo im eigentlichen Sinne zählte. Tatorttrupp der Kriminaltechnik, allesamt Forensiker.

»Mir ist da was eingefallen: Wir wissen ja, dass er gezündelt hat. Kabelummantelungen abgebrannt, um das schöne, saubere Kupfer zu Traumpreisen weiterverkaufen zu können.« Wer hatte den Beitrag geleistet? Die Spitzmaus natürlich, wer sonst?

»Und?«, fragte Nöhle gereizt.

»Ein Feuer, das über mehrere Stunden brennt, erzeugt jede Menge Wärme, oder? Wie die Osterfeuer. Als Kinder haben wir am nächsten Tag noch unsere Kartoffeln mit der Restwärme der Asche gegart. Sogar die Feuerwehr hat Wache gehalten, um zu vermeiden, dass es wieder aufflackert. Diese Aufheizung müssten wir doch eigentlich aufspüren können.«

»Wie stellen Sie sich das vor? Sollen wir jetzt 50 Thermometer anfordern und wie die Rutengänger das Gelände sondieren?« Man merkte einmal mehr die deutliche Konkurrenz zwischen den Abteilungen der Polizei.

Bernhard Nöhle ärgerte sich. Wärme im Boden, logisch, da hätte ich auch allein drauf kommen können, überlegte er, aber wäre ich sicher auch, wenn ich nicht das Gespräch mit Krause hätte führen müssen, tröstete er sich. Dann schaltete er plötzlich um.

»Sicher. Klar, das ist eine gute Idee. Wir fragen mal nach, ob der Hubi frei ist und rüberkommen kann.« Nöhle wurde etwas verzögert klar, was Spitzmaus gemeint hatte. Und er hatte recht, dachte der Einsatzleiter und war froh, es nicht laut sagen zu müssen. Wenn wir noch eine Chance haben, dann diese. Hubschrauber und Wärmebildkamera, das war die Lösung! Biedermann, der hatte wieder zwei und zwei zusammen zählen können. Unersetzlich dieser Kerl. Nöhle zückte sein Handy und begann zu telefonieren. Gab es nicht sogar eine Hubschrauberstaffel am Flughafen Schönefeld, oder war die inzwischen den Einsparungen zum Opfer gefallen?

Rasch stellte sich heraus, dass es zwei Hubschrauber gab; der eine, mit Wärmebildkamera ausgestattet, stand zur Wartung in Magdeburg, der zweite verfügte nicht über eine solche Kamera.

Und nun? Er konnte doch nicht der einzige Ermittler sein, der so ein Gerät brauchte! Wenn jetzt irgendwo jemand vermisst würde, müsste man doch auch … Klar, fiel es ihm ein, die BTU Cottbus verfügte über so ein Wunderwerk der Technik und die Bundespolizei musste auch eine solche Spezialkamera haben.

Wieder tippte er eine Nummer in sein Handy. Als sich eine jugendliche Stimme meldete, schilderte er sein Problem. »Wir stehen hier auf einem Schrottplatz. Dessen Betreiber steht unter Verdacht, vor Kurzem illegal gezündelt zu haben. Sie wissen schon – man zündet einen Haufen Kabel an, der Kunststoff fließt ab und übrig bleibt das schöne saubere, mit Kupferoxid überzogene Kupfer. Nun hat der Mann hier aber alle verräterischen Spuren schon beseitigt.«

»Und wie kann die Bundespolizei da helfen?«

»Wir vermuten Restwärme im Boden. Gibt es bei Ihnen nicht einen …«

»Hubschrauber mit Wärmebildkamera?«, fiel ihm der junge Mann ins Wort. Schnösel, dachte Nöhle grantig, doch seine Stimmung hellte sich sofort wieder auf, als er weiter zuhörte. »Klar haben wir einen. Die WB-Ausrüstung an Bord müsste Ihren Bedürfnissen ziemlich gut entsprechen – sie hat eine Messgenauigkeit von 0,02 Kelvin.«

Ein glücklicher Zufall.

Schon eine Stunde später hörte man ein tiefes Brummen am Himmel. Es war der Hubschrauber, er landete vor Ort, direkt vor dem Gelände des Schrotthandels von Leo Krause. Der Pilot flog mehrfach den Schrottplatz ab, zusammen mit Biedermann, der den Hubi von einer Ecke in die nächste dirigierte. Beim gelegentlichen Blick auf das Kamerabild geriet der Ermittler geradezu in Verzückung. Volltreffer! Aber anmerken ließ er sich nichts. GPS war eingeschaltet, alles bestens. In einer halben Stunde, ein wenig Zeit für die Auswertung würde er noch benötigen, könnten die Truppenteile der Spurensicherung loslegen.

»Was soll denn das?«, fragte Krause amüsiert. »Seid ihr am frühen Morgen noch nicht fit genug das Gelände zu Fuß abzugehen? Tja, der Alltag des Beamten ist nicht von körperlicher Herausforderung geprägt, wie? Da rostet man ein!« Er merkte selbst, dass er vor lauter Nervosität viel zu viel redete.

»Nee. Das ist der Hubi der Bundespolizei. Die machen Aufnahmen mit einer Spezialkamera«, erklärte der Beamte gelassen, der sich von Krause in dessen Buchführung einweisen ließ.

Krause sah zum Fenster raus – und wusste, dass er verloren hatte. Nichts mit Kreuzfahrt, die Jacht konnte er auch vergessen, und Merle? Die würde sich wohl nach einem neuen Sponsor für das edle Reitpferd umsehen. Er seufzte. Irgendwie hatte er sich das Ende ihrer Beziehung anders vorgestellt.

Wenig später lag die Auswertung vor. Sieben Hitzeherde konnten identifiziert werden – einer war fraglich. Die Daten wurden aus dem Hubschrauber an die Bodenstation geschickt, die GPS-Koordinaten ermittelt, ebenso wie die Hoch- und Rechtswerte des Grundstücks. Jürgen Biedermann griff in die Außentasche seiner Jacke und zog strahlend einige Beutel für Bodenproben heraus. Natürlich wären Probengläschen besser gewesen, aber da stockte im Moment die Nachlieferung. Engpässe überall. Aus der anderen Tasche zückte er einen Spatel. So! Nun musste er nur noch auf die Daten aus dem kleinen GIS warten, dann waren die verdächtigen Stellen auf dem Gelände mit höchster Präzision bestimmt und er konnte loslegen! Den Rest mussten die Kollegen aus den Büchern und Abrechnungen, Kontoauszügen und Kartenbelegen Krauses ermitteln.

Fall gelöst? Nein!

Dann kam ihm die Spitzmaus wieder in die Quere, es hätte doch jetzt alles so gut laufen können. »Habt ihr mal die Vorprobe auf chlororganische Verbindungen gemacht? AOX können wir erst im Labor bestimmen, ebenso wie die polycyclischen aromatischen Kohlenwasserstoffe. Wie? Keine Vorproben. Nein, stopp, Herr Nöhle!«

Vorproben also! Die Kriminaltechniker hoben ihre Kisten aus dem Tatortfahrzeug. Probennahme, Tests –

allerdings keine eindeutige Anzeige bei sechs von sieben untersuchten Stellen!

»Was soll denn das?«, empörte sich Nöhle.

Leo Krause witterte schon Morgenluft! Wendete sich das Blatt zu seinen Gunsten?

Nicht so richtig, denn am suspekten Ort Nr. 5 hatte die Vorprobe ein eindeutiges Ergebnis gebracht. Biedermann geriet ins Grübeln. Warum nur an Ort 5 und nicht ebenso bei den anderen? Dafür musste es eine einleuchtende Erklärung geben.

Und wieder bewies er den richtigen Riecher.

»Herr Nöhle, Sie müssen die Durchsuchung noch einmal machen, auch die Lagerhallen dort am anderen Ende. Den Radlader nehmen sich meine Leute vor. Wir untersuchen auch die beiden Schaufeln, die daneben lehnen.«

Drei Stunden später wies Nöhle seine Beute vor: die Bleche, auf denen Krause die Kabel abgebrannt hatte. Vortest positiv. Auf der Rückseite der Bleche eine schwache Reaktion.

»Das passt.« Biedermanns Miene drückte Zufriedenheit aus. Auch die Vorprobe am Radlader fiel positiv aus, ebenso die Proben an den Schaufeln.

»Diesmal wird er die Strafe wohl nicht mehr einfach aus der Portokasse zahlen können!«, stellte Nöhle trocken fest.

Der Schrotthändler Leo Krause wurde zu einer Ganztagesunterbringung mit Verpflegung auf Staatskosten verurteilt.

WÄRMEBILDKAMERA: Die Wärmebildkamera misst Temperaturabweichungen einzelner Objekte /Areale im Unterschied zur Umgebungstemperatur und setzt sie in ein Wärmebild um. Je heller, desto wärmer, je dunkler, desto kälter ist der aufgenommene Bereich. Es gibt Kameras, die Unterschiede von etwa 0,02 Kelvin registrieren können. Diese Methode kommt häufig bei der Suche nach vermissten Personen zum Einsatz, zum Beispiel beim Versuch, ein Versteck einer entführten Person in Waldgebieten aufzuspüren, sie wird aber auch zur Überwachung bestimmter sicherheitsrelevanter Areale verwendet. Im privaten Bereich wird die Wärmebildkamera eingesetzt, um Energieverluste an Häuserfassaden aufzuspüren, damit eine bessere Wärmedämmung erfolgen kann.

AOX: Kurzbezeichnung für *A*dsorbierbare, *O*rganisch gebundene *H*alogene. AOX ist ein chemischer Summenparameter, der Hinweise auf das Vorhandensein von chlorhaltigen organischen Verbindungen liefert. So wird bei Ackerflächen der Boden unter anderem auf AOX-Gehalte untersucht, da dies unter gegebenen Umständen auf verbliebene Pflanzenschutzmittel im Erdreich schließen lässt.

VORPROBE: Schnelltest. Für viele Substanzen, die an Tatorten vermutet oder gefunden werden, gibt es passende Schnelltests, die einen ersten Nachweis für das Vorhandensein dieser Substanz liefern. Ist das erste Ergebnis positiv, werden weitere Proben entnommen, später im Labor aufbereitet und genauer untersucht, wobei dann nicht nur ein qualitativer Nachweis (die Substanz ist erwiesenermaßen vorhanden), sondern auch ein quantitativer Nachweis (in dieser Probe befindet sich die bestimmte Menge an nachgewiesener Substanz) möglich ist.

BODENPROBEN: Jeder Boden hat eine natürliche Zusammensetzung, die regional sehr unterschiedlich sein kann. Anthropogene Einflüsse können das Erdreich nachhaltig verändern. Je nach Fragestellung werden die Untersuchungsparameter festgelegt. Zur Bestimmung der Fruchtbarkeit gibt es andere Parameter als zum Nachweis eines übermäßigen Gebrauchs von Pflanzenschutzmitteln oder der Ablagerung von Giftstoffen.

GASCHROMATOGRAPHIE/MASSENSPEKTROMETRIE: Die Gaschromatographie dient der Untersuchung von Gasgemischen. Häufige Fragestellungen sind Belastungen der Luft mit Schadstoffen. Bei Luftanalysen kommt in der Regel eine Kombination von Gaschromatographie und Massenspektrometrie zum Einsatz. Über ein Vakuum wird Luft in einen Behälter gesaugt und im Labor in geeignete Gefäße entlassen. Mittels einer Nadel wird das Gasgemisch injeziert, in der Chromatographiesäule in seine einzelnen Bestandteile getrennt und danach durch sogenannte Detektoren meßtechnisch erfasst und ausgewertet. Auf diese Weise lässt sich zum Beispiel der Gehalt an Autoabgasen in der Luft bestimmen.

Sind die Substanzen in der zu untersuchenden Probe gänzlich unbekannt, wendet man die Massenspektrometrie an. Nach erfolgter Gaschromatographie durchläuft das Gasgemisch ein weiteres Gerät, das die Inhaltsstoffe weiter trennt und identifiziert. Es entsteht ein auswertbares Spektrogramm, das Informationen über die in der Probe enthaltenen Substanzen liefert. Bei dieser Trennung des Gasgemisches in reine Stoffkomponenten wird eine Substanz in die Gasphase überführt und dort ionisiert. Die ionisierten Teilchen laufen durch ein elektrisches Feld, wo sie nach dem Masse- bzw. Ladungsverhältnis sortiert und anschließend detektiert werden. Dieses Ergebnis wird mit einer Datenbank verglichen, die zuvor in das Gerät zuvor eingespeist wurde. Eine Software schlägt dann dem Operateur vor, um welche Verbindung es sich handeln könnte. Sehr oft wird eine Gerätekombination aus Gaschromatograph und Massenspektrometer eingesetzt. Die Gaschromatographie dient der Substanztrennung und das Massenspektrometer der Substanzidentifizierung.

Bei der SPME (*solid phase microextraction*, Festphasenmikroextraktion) sticht man eine Nadel durch das Septum des Probengefäßes mit dem Luftgemisch und fährt eine Faser aus, die über einen definierten Zeitraum im Gefäß verbleibt. In dieser Phase lagern sich die im Luftgemisch vorhandenen Substanzen an der Faser an. Diese gibt die Inhaltsstoffe im Injektor der Gaschromatographen unter Hitzeeinwirkung frei und die Analyse kann erfolgen. Es gibt für die unterschiedlichsten Anforderungen passende Fasern, die zum Beispiel mit Aktivkohle präpariert werden.

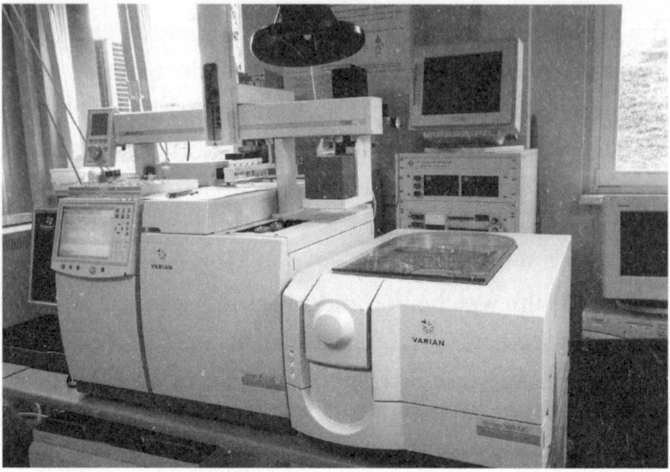

Massenspektrometer zur Bestimmung von Inhaltsstoffen

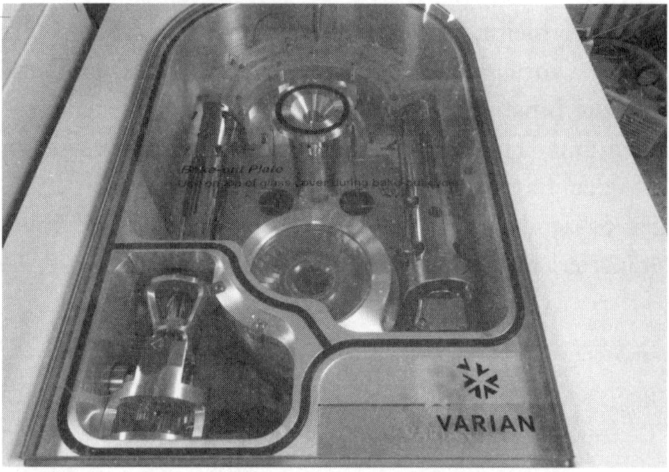

Triplepol. Spezieller Analysator und Detektor für die Gaschromatographie / Massenspektrometrie

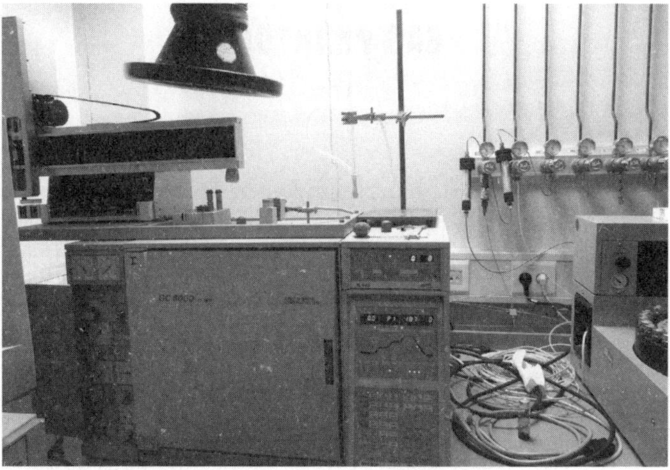

Identifikationsgerät zur Analyse chemischer Substanzen

Feste Phase zur Trennung von Inhaltsstoffen. Während das gasförmige Analysematerial durch die Säule geleitet wird, trennen sich die unterschiedlichne Substanzen auf und können so einzeln vom Detektor erfasst werden.

›Wirtschaftliche Abhängigkeit vom Staat‹, gellte es in seinen Ohren nach. Was dachte sich diese blöde Kuh eigentlich? Der ging es ja gut! Die hatte einen Job beim Arbeitsamt, wurde dafür bezahlt, dass sie anderen ihre Abhängigkeit von der staatlichen Unterstützung vorwarf. Ganz toll! Als ob er gern in dieser Situation wäre! Er hatte früher mal als Lehrer gearbeitet, doch nun brauchte man keine mehr – für Russisch. Eine Verbeamtung war nicht vorgesehen und so fiel er eben durchs Raster, reihte sich unwillig in die Schlange der Antragsteller ein, legte seine finanziellen Verhältnisse und seine persönlichen Lebensumstände offen. Dafür bekam er seit einigen Monaten einen kümmerlichen Lebensunterhalt.

Der Wagen – verkauft. Der Computer ebenfalls. Das Einzige, was er behalten hatte, war sein Laptop. Irgendwie musste er schließlich versuchen am Ball zu bleiben, selbst als ›Harzer‹ hatte man einen Anspruch auf Kommunikation mit der Außenwelt!

Arne Lautenschläger war sauer. So sehr, dass er die Tapete hätte von den Wänden kratzen können.

»Ihr Verhalten ist nicht angemessen«, hatte das blonde Gift geflötet. »Sie sind wirtschaftlich zurzeit vollkommen abhängig vom Staat und nun erlauben Sie sich auch noch Sonderkosten geltend zu machen! Für eine neue Festplatte! Wenn da jeder käme!«

»Kommt aber nicht jeder.«

»Was ich Ihnen mehr zuerkenne, muss ich andernorts entweder kürzen oder eintreiben. Ja, glauben Sie wirklich, der durchschnittliche Arbeitnehmer da draußen, der sich jeden Tag für sein Gehalt abrackert, hat Lust, Ihnen eine neue Festplatte für Ihr Laptop zu schenken?«

Lautenschläger biss sich auf die Zunge. Die Antwort, die er gern gegeben hätte, wäre kontraproduktiv. Er wusste, er würde später Magenschmerzen deswegen bekommen – aber die Festplatte war wichtiger. »Nö. Aber Vater Staat muss doch einsehen, dass ich einen funktionsfähigen Computer brauche. Heutzutage geht es nicht mehr ohne!«

»Dann würde ich meinen, Sie sollten Vater Staat Ihre Bereitschaft beweisen, selbst etwas zu tun«, gab die Blonde zurück und zog ihre viel zu rot geschminkten Lippen boshaft breit. »Ich sehe Sie in den kommenden Woche in unserer Fortbildungsveranstaltung ›Wie bewerbe ich mich richtig?‹. Sollten Sie nicht erscheinen … Sie wissen schon. Wir kürzen dann Ihre Leistungen. Die Einladung geht Ihnen per Post zu. Auf Wiedersehen, Herr Lautenschläger!«

Auf dem Weg durch die Gänge zum Fahrstuhl fluchte er vor sich hin. Mal lauter, mal leiser. Aber doch immer so, dass alle anderen hören konnten, wie man hier mit ihm umzuspringen wagte. Unfassbare Unverschämtheit!

»Dann kürzen wir Ihre Leistungen!«, äffte er die blöde Schreibtischkuh nach. »Dann beweisen Sie mal Ihre Arbeitsbereitschaft!« Er hatte nicht übel Lust, irgendeinen dieser stumpfsinnig vor sich hinstarrenden Typen zu erwürgen, an denen er vorbeikam – oder noch besser: Er erträumte sich, eine Bürotür aufzureißen, den Anzugträger hinter dem Monitor an der Krawatte zu packen, das Fenster zu öffnen und ihn einfach auf die Straße hinunterzustoßen. »Grüße von Vater Staat!«, hörte er sich rufen.

Oder er würde den Kerl so lange würgen, bis seine Hautfarbe gar nicht mehr zur Krawatte passte, die Augen aus den Höhlen traten, die Zunge …

»Auf Wiedersehen, Herr Lautenschläger!«, rief ihm der junge Mann am Infodesk freundlich nach. Aber der ahnte ja auch nichts von Arnes Gewaltfantasien.

In sechs Wochen war Weihnachten. Seine Kinder wussten genau, was sie am liebsten unter dem Weihnachtsbaum finden wollten. Socken und ein warmer Schal waren nett, standen allerdings nicht auf der Wunschliste. Es konnte doch nicht sein, dass er so viele Jahre brav geschuftet hatte und sich nun so gar nichts mehr leisten konnte! Die Gesellschaft behandelte ihn unfair!

Den Kopf an die Scheibe der Straßenbahn gelehnt, schmiedete er Pläne, verwarf sie, überlegte neu. Doch wie er es auch drehte und wendete – legal war nicht zu Reichtum zu kommen.

Miriam hatte vor ein paar Tagen das weißgoldene Collier in der Auslage des Juweliers angehimmelt. Natürlich hatte sie kein Wort darüber verloren – nur ihr Blick … Es war aber wirklich schön anzusehen. Stilisierte Blüten und Blätter, einige funkelnde Diamanten. Es war gar keine Frage, dass es ihr Dekolleté wunderbar zur Geltung bringen würde. Seine Miriam war nämlich eine Frau von Format. Nicht so ein knöcherner Kleiderständer ohne Busen und Arsch. Nein, wohlgerundet und weich.

Er stellte sich das Leuchten in ihren Augen vor, wenn sie an Heiligabend das kleine, leichte Päckchen öffnete und dann vor Freude jauchzte, ihm um den Hals fiel, ihn küsste, ihn …

Er stieg aus, machte sich mit schweren Schritten auf den Weg. »Reiß dich zusammen, Arne!«, zischte er ins Schneegrau des Himmels. »Du kannst solche Geschenke nicht machen. Keine Chance. In diesem Jahr müssen wir froh sein, wenn es was Anständiges zu essen gibt!«

Ein Schneeball aus dem Irgendwo knallte an seine Mütze. Der Ruf »Schmarotzer!« folgte.

Wütend fuhr er herum, bereit den Kerl zu schnappen, der ihn so beleidigte. Käme ihm gerade recht, so einen arroganten Jugendlichen aus gutem Hause zu vermöbeln. Aggressionsstau. Gar nicht gut für den Kreislauf und den Magen. Bis zehn zu zählen, half nicht. Als er bei 250 angekommen war, gab er auf.

»Scheiße!«

Miriam fragte gar nicht erst, wie das Gespräch gelaufen war. War nicht notwendig. Ihre kühlen Finger strichen beruhigend über sein Gesicht, als versuchten sie, die Ärgerfalten wegzubügeln. Ihre Lippen drückten sich fest auf seinen Mund, ihr warmer Körper drängte sich an seinen.

»Du bist zu Hause«, flüsterte sie ihm zu, als sei das eine magische Formel und bugsierte ihn auf einen Küchenstuhl. »Tee?«

Mitten in der Nacht stand Arne Lautenschläger auf, trat an das Küchenfenster und starrte in die Dunkelheit. Überall lebten glückliche Familien, dachte er voller Selbstmitleid, Familien, die keine Finanzsorgen plagten, die ganz selbstverständlich einkauften, wonach ihnen der Sinn stand.

»Jetzt reicht's!«, flüsterte er. »Schließlich kommt es nur darauf an, die Sache schlau genug einzufädeln, und schon sind wir alle Sorgen los. An der Bundesagentur für Arbeit vorbei!« Er dachte an seine Sachbearbeiterin und freute sich darüber, dass die blöde Kuh nie etwas von dem Geldsegen erfahren würde.

Eine kleine Erpressung schwebte ihm vor. Kern seines Plans war, jemanden dafür bezahlen zu lassen, dass er, Arne, etwas Angedrohtes am Ende nicht realisierte. Bei einer Entführung kündigte der Täter an, sein Opfer zu töten – er bekam Geld, damit er genau das nicht tat. So weit, so klar.

Aber eine Entführung war aufwendig und kompliziert. Es konnte in jeder Phase viel schiefgehen. Man brauchte ein ausbruchsicheres Versteck, ein Auto, Geld, um das Opfer in der Zwischenzeit zu ernähren. Hohes Risiko! Was, wenn derjenige durch einen blöden Zufall das Gesicht des Täters zu sehen bekam? Seine Gedanken wanderten zu Gäfgen – so etwas kam für ihn nicht infrage. Er wollte niemanden wirklich schädigen und sterben sollte gleich gar niemand.

Er brauchte nur Geld! Eine Androhung! Das würde völlig ausreichen.

Am besten an seinem Plan gefiel ihm, dass die ganze Sache frei erfunden sein könnte und er dennoch das Geld bekäme. Angst, wusste er, war der Schlüssel zum Safe!

»Herr Frick?«

Der Geschäftsführer des Lebensmittelkonzerns Gramburger Süd hörte sofort, dass seine Sekretärin besorgt war.

»Ja bitte, Frau Schröter?«

»Ich habe hier einen Herrn in der Leitung, der möchte mit Ihnen persönlich sprechen. Er droht damit, dass etwas Schreckliches geschehen wird …«, hauchte die Vorzimmerdame aufgeregt in die Gegensprechanlage.

»Ruhig Blut. Sonst sind Sie doch auch nicht so leicht aus der Bahn zu werfen!« Frick lachte vorsichtshalber etwas demonstrativer als gewöhnlich.

»Diesmal ist es anders. Der klingt so verbissen!«

»Stellen Sie durch.«

Schon nach den ersten Sätzen war klar, dass die Sekretärin recht hatte. Der Typ klang nicht nur verbissen, sondern auch zu allem entschlossen. Frick fiel ein, dass er ja das Gespräch mitschneiden könnte. Schnell drückte er auf ›Rec‹, hoffte, dass man das leise Klicken nur in seinem Büro hören konnte, und bedauerte, nicht gleich daran gedacht zu haben. Nun konnte er der Polizei bloß einen Ausschnitt des Telefonats zur Verfügung stellen. Für eine Sprachanalyse würde es vielleicht dennoch reichen, dachte er mit gewissem Stolz.

Wenige Minuten später telefonierte Maximilian Frick bereits aufgeregt mit dem Leiter seiner Filiale in Berlin-Reinickendorf. »Das Regal mit den Suppentüten. Dort, bei den Fertigsaucen. Napoli. In der linken Box die ersten drei Tüten. Sehen Sie sofort nach, bevor der Laden aufmacht! Nicht auszudenken, wenn der Kerl es ernst meint.«

Er wartete am Telefon, hörte den anderen auf dem Weg durch den Verbrauchermarkt keuchen.

»Hier – ich hab's. Die ersten drei.«

»Fahren Sie mal mit dem Finger über die Verpackung. Können Sie eine Unregelmäßigkeit entdecken?«

»Ja. Aber dazu brauche ich gar nicht über die Tüte zu fahren. Drei Tüten, drei große rote X darauf.«

»Nehmen Sie die Beutel und bringen Sie sie in Ihr Büro. Wir verständigen die Polizei.«

Hauptkommissar Bachmeier war wenig begeistert. Schon wieder so ein Spinner! Erst vor drei Monaten hatte er einen gefasst, der so etwas Ähnliches bei einer anderen Kette probiert hatte.

»Mann, dass die aber auch nichts dazu lernen! Ist doch unglaublich!«, murrte er und warf einen wütenden Blick auf die Beutel, die in einer Tüte der Spurensicherung hinter ihm auf dem Rücksitz lagen. »Jetzt geht das ganze Theater wieder von vorne los! Fingerabdrücke werden wir natürlich ohne Zahl finden – doch die sind nicht registriert, könnte ich drauf wetten. Wenn der Typ schlau ist, hat er irgendetwas beigemengt, das ungiftig oder völlig unschädlich ist. Mehl, Zucker oder Salz. Beim vorletzten Mal war es Babybrei! Selbst wenn wir den Kerl kriegen sollten, kann der sich auf irgendein Bagatelldelikt rausreden.«

»Grober Unfug?«, fragte Peter Maiser und grinste.

»Naja. In der Art eben!«

Bachmeier schaltete krachend einen Gang höher. »Wenn man sich das überlegt!«, fauchte er dann wieder. »Da gibt es in diesem blöden Supermarkt eine Videoüberwachung. Aber nicht in den Regalen mit den Tütensuppen. Weil sich das nicht lohnt! Ich fasse es nicht. Sogar beim Kaugummi hätten wir ein superscharfes Bild vom Täter gehabt – aber nicht bei den Tütensuppen! Das hat der Kerl bestimmt vorher genau ausbaldowert.«

»Es gab eine Geldforderung. Wenn die Firma zahlt, schlagen wir zu.«

»Und dann?«, brummte Bachmeier. »Kleiner Fisch, kleine Strafe. Und kurze Zeit später plant der Kerl den nächsten Coup!«

In diesem Punkt irrte Bachmeier. Es sollte viel schlimmer kommen.

Maximilian Frick hatte dem Anrufer bedeutet, man werde auf seine Forderungen eingehen. Allerdings nur, wenn die Presse keinen Wind von der ganzen Angelegenheit bekäme. »Wenn Sie unsere Kunden verschrecken, gehen Sie ebenfalls leer aus.«

»Ich brauche Geld. Ihre Kunden sind mir im Grunde vollkommen gleichgültig«, versicherte der Erpresser kalt und gab seine Anweisungen für die Lösegeldübergabe durch.

Schon wenige Tage später saßen zwei Beamte in Zivil in einem unauffällig am Straßenrand geparkten Auto und beobachteten ein kleines giftgrünes Nylonzelt auf dem Bürgersteig gegenüber.

»Bist du sicher, dass der Kerl auch kommt?«, fragte Herbert Freiser bestimmt schon zum zehnten Mal.

»Woher soll ich das wissen? Der Koffer mit dem Geld liegt dort im Zelt und unser Job ist es, aufzupassen, ob ihn wer mitnimmt. Bisher allerdings ist keiner gekommen. Aber wenn er sein Geld nicht abholt, hat ja die ganze Erpresserei keinen Sinn gehabt.« Hans Schubert schüttelte bekümmert den Kopf.

»In einer Stunde wird's dunkel.«

»Das weiß ich auch. Dann müssen wir vielleicht aussteigen und näher ran. Sonst sehen wir ihn am Ende nicht.«

Eine gute Stunde verging. Vom Erpresser keine Spur.

»Kollegen? Gleich ist es so dunkel, dass wir das Zelt nicht mehr sehen können. Was sollen wir tun? Bisher hat noch niemand das Geld geholt.«

»Steigt aus und seht nach!«, bellte Bachmeier ins Funkgerät. »Wahrscheinlich kommt er nicht.«

Freiser quälte seine 120 Kilo aus dem Wagen und

streckte sich ausgiebig. Träge schlenderte er über die Straße, bummelte am Gebüsch entlang, stand dann wie zufällig vor dem Zelt und bückte sich, als müsse er den Schuh neu binden. Dabei schweifte sein Blick unter das Nylongewebe.

Nichts!

Da lag absolut nichts. Wild gestikulierend lief er zum Wagen zurück. »Der Koffer ist weg!«, ächzte er und ließ sich schwer atmend auf den Beifahrersitz fallen.

»Wie weg?«

»Frag nicht so blöd! Weg!«

»Das wird dem Bachmeier aber gar nicht gefallen. Oh, Mann!«, stöhnte der Kollege und setzte den Funkspruch ab.

Hans hatte sich nicht getäuscht. Bachmeier gefiel das tatsächlich nicht. Er war stinksauer. Zehn Minuten nach der Information hielt sein Auto neben dem Zelt. Die Spurensicherung hatte er auch gleich mitgebracht. Drohend kam er auf die beiden Beamten zu, die sich beeilten, auszusteigen.

»Soll das heißen, ich setze zwei Leute vor ein Zelt, die nichts anderes zu tun haben, als das grüne Ding im Auge zu behalten – und dann wird das Geld abgeholt und die beiden merken es nicht einmal?«, polterte er los.

»Es war keiner da! Echt nicht!«, versicherten sie unisono.

»Herr Bachmeier! Herr Bachmeier? Kommen Sie mal?«, rief ein Kollege, der sich mit der grünen Folie beschäftigte.

Wutschnaubend stapfte der Hauptkommissar los, spuckte aber über die Schulter: »Wir sprechen uns noch! Was soll ich mir ansehen?«, fauchte er dann.

»Knut Helmer mein Name. Ich denke, die beiden haben tatsächlich nicht sehen können, wie der Koffer verschwand. Sehen Sie hier?« Er zog eine grobe Filzplatte beiseite. »So ein Ding wird zum Unterlegen benutzt, wenn es kühl ist und man auf den Knien arbeitet. Da drunter ist ein Gullydeckel. Ihr Erpresser hat den einfach angehoben, den Koffer gegriffen und ist mit dem Geld abgehauen. War denn kein Sender dran?«

»Doch. Natürlich.«

»Nun, dann wird der Koffer einfach da unten liegen. Er hat das Geld eben umgepackt.«

Zwei Männer hoben vorsichtig den schweren runden Deckel an. Ein dritter untersuchte akribisch Rand und Leiter.

»Hier ist vor Kurzem jemand geklettert. Ganz frische Rostabtragungen.« Er leuchtete mit einer kräftigen Stablampe in die Tiefe. »Da unten liegt was. War der Koffer aus Alu?«

»Ja«, knirschte Bachmeier. »Wir dachten, mit dem Peil-Ding sei was nicht in Ordnung. Aber das schien nicht so schlimm. Schließlich sollten ja zwei Mann das Zelt im Auge behalten.«

Später sah er dabei zu, wie einer der Männer in den weißen Schutzanzügen den Koffer nach oben holte.

»Der kommt wieder, glaubt mir. Dem haben wir es zu leicht gemacht!«, murmelte er leise vor sich hin. Es war unübersehbar, dass KHK Bachmeier sich ernsthaft Sorgen machte.

»Miriam, ich muss dir was beichten.« Zerknirscht zog Arne Lautenschläger seine Frau zu sich auf die Couch. Auf dem hübschen Gesicht lag ein Schatten. »Nichts Schlimmes, glaube ich jedenfalls«, wiegelte Arne sofort ab. »Es ist nur so, dass man im Amt komischen Typen begegnet. Manche saufen, andere kiffen. Hat eben jeder so seine Methode mit dem Frust umzugehen. Und einer, so ein kleiner, bärtiger Typ, der zockt. Auf der Rennbahn. Und gestern hat er mich überredet, mitzugehen.«

Miriam grunzte missbilligend.

»Ich wollte nur gucken, ehrlich. Eine tolle Atmosphäre da. Diese Spannung, die in der Luft liegt, die seltsamen Männer, die anderen Tipps ins Ohr raunen – ich war schon sehr beeindruckt. Wir standen ganz vorne. Wenn die Pferde vorbeitrampelten, bebte der Boden. Es war umwerfend. Faszinierend.«

»Du hast gewettet!«

Arne senkte den Kopf. »Ja.«

Dann zog er ein kleines Päckchen aus der Jackentasche. »Und das ist für dich. Damit du mir nicht böse bist.«

Miriam sah ihren Mann scharf an. »Wovon sollen wir nun das Essen für Weihnachten bezahlen? Ist doch schon übermorgen. Und du wolltest ein paar Kleinigkeiten für die Kinder …«

»Ich hab da schon eine Idee! Du wirst sehen, alles wird wunderbar.«

Misstrauisch nahm sie ihm das Päckchen aus der Hand. Drehte es von einer Seite auf die andere. Schüttelte vorsichtig. Dann löste sie langsam die Schleife. Schob eine dunkelblaue Schachtel aus der Papierhülle.

»Arne!« Ungläubig starrte sie auf das Armband, das auf dunklem Samt gebettet darauf wartete, von ihr in die Hand genommen zu werden.

»Ich habe gewonnen, mein Schatz! Nicht, dass wir jetzt reich wären, aber eine hübsche Summe ist es schon. Niemand weiß davon. Und wir werden dafür sorgen, dass das so bleibt.«

Sie küsste ihn stürmisch.

»In diesem Jahr werden wir so richtig Weihnachten feiern!«, versprach Arne feierlich.

Ein neues, geheimes Glück zog in die Familie ein.

Kurz nach Neujahr fand sich Arne zu seiner Fortbildungsveranstaltung ›Wie bewerbe ich mich richtig?‹ beim Arbeitsamt ein. Er legte seinen Ausweis vor, ein junger Mann suchte seinen Namen in der langen Liste heraus und setzte einen Haken dahinter.

»Die Bescheinigung darf ich Ihnen erst am Ende des Tages geben, tut mir leid. Das Amt besteht darauf. Die haben Angst, dass sich sonst alle in der ersten Zigarettenpause verdrücken.« Dabei zuckte er bedauernd mit den Schultern.

»Ist schon okay. So gehen die täglich mit uns um. Wir sind das schon gewöhnt«, tröstete Arne und verzog sich in eine der hintersten Reihen. Es dauerte gar nicht lang, da gesellte sich Ralf zu ihm, den er schon aus der letzten Fortbildung kannte. Man zwinkerte sich zu.

»Sag mal, du bist doch Deutschlehrer?«, staunte Arne. »Dich haben sie auch einbestellt?«

»Klar, Mann! Hier geht es darum, die Kurse zu füllen. Ob ich das nun brauche oder nicht, wenn ich nicht komme, kürzen die mir die Leistungen. Außerdem habe ich Deutsch immer nur fachfremd unterrichtet, ich bin Russischlehrer!«

»Du hast Jugendlichen beigebracht, wie man sich bewirbt!«

»Ach, ist doch wurscht. Hier is' es warm. Und guck,

ich treffe auf nette Leute wie dich! Besser als manch anderer Tag!«

Arne grinste, Ralf setzte sich, zog einen Block und einen Stift aus der Tasche. »Gewappnet sein ist alles!«, feixte der ehemalige Deutschlehrer. »Neues Jahr – neue Arbeit!«

»Ach weißt du, Glück muss man haben! Haste das gelesen von diesem Erpresser, der die Polizei so vorgeführt hat? Lässt die den Koffer mit der Kohle auf dem Gullydeckel ablegen! Die haben nicht mal gemerkt, dass das Geld schon weg ist, sondern haben brav stundenlang auf so ein Plastikzelt gestarrt und auf den gewartet, der den Koffer holt. Ha! Genial! Der Typ hat meine volle Sympathie. Sicher einer wie wir. Arbeitslos und chronisch in Geldschwierigkeiten. Außerdem war das auch noch kurz vor Weihnachten! Ich gönn dem jeden Cent der Beute!«

»Und die Polizei hat keine Ahnung, wer sie da so gelinkt hat?«

»Liest wohl keine Zeitung, was?« Ralf sah Arne erstaunt an, ließ sich dann aber doch zu mehr Informationen herab. »Der hat den Supermarkt erpresst. Hat gedroht, er würde irgendwelche Produkte vergiften. In den Tüten, die sie gefunden haben, war aber nur Backpulver beigemischt worden. Das Geld wurde gezahlt, der Erpresser konnte ein fröhliches Weihnachtsfest feiern und die Leute unbesorgt einkaufen. Allerdings glaube ich nicht, dass der lang mit dem Geld auskommt. 15.000 Euro war ja eher eine bescheidene Forderung, spricht dafür, dass er noch wenig Erfahrung in diesem Metier hat. Aber besser als nix ist es allemal – viele wären froh, wenn das ihr Jahresgehalt wäre. Steuerfrei! Wie gesagt: Ich gönn es dem Typen! Linkt die ganze Bullerei! Wenn ich mir das vorstelle: Zwei Beamte hocken in der Kälte und warten auf den Erpresser – und der hat das Geld längst geholt, ohne dass die was gemerkt haben!« Er lachte herzlich.

So etwas wie Stolz machte sich wohltuend warm in Arnes Brust breit. Die Leute klatschten für ihn! Gern hätte er sich geoutet, aber er war ja kein Idiot.

»Tja, ist schon cool«, fiel sein Beifall beinahe zu mager aus. Schnell setzte er hinzu: »Der muss jetzt sicher nicht hier in dieser Fortbildungsmaßnahme sitzen!«

Vier Monate später verweigerte Georg, der Wirt in der Sportklause, ihm ein letztes Bier vor dem Weg nach Hause. »Ne, Arne. Nix für ungut, aber bei dir stehen schon fast 60 Euro auf dem Deckel. Da kann ich unmöglich weiter anschreiben.« Zerknirschte Miene zu den bösen Worten. »Meine Sportnix müssen auch immer gleich löhnen.«

Arne war fassungslos. »Ey, ich komme seit so langer Zeit zu dir auf mein Abendbier – oder auch mal zwei. Höhen und Tiefen haben wir miteinander durchgestanden, und jetzt lässt du mich einfach fallen? Die Freundschaft mit einem Harzer erscheint dir auf einmal geschäftsschädigend?«

»Na ja. Du musst mich doch auch verstehen. Ich brauch mein Geld – und so viel Außenstände kann ich mir nicht erlauben.«

»Nee. Arschlöcher können sich Freundschaften mit Arbeitslosen nicht erlauben. Mag wohl sein. Den Deckel zahle ich nächste Woche, wenn der Scheck von Vater Staat einläuft. Danach sehen wir uns nie wieder!«

Sprach's, glitt von seinem angestammten Barhocker und stapfte wütend durch die Frühlingsluft nach Hause. So konnte es nicht weitergehen. Klar, das Geld von Frick war ein Pflaster gewesen – mehr nicht. Die regelmäßigen

Zahlungen von Staats wegen hielten ihn und seine Familie am Leben. Und er, Arne, musste sich von jedermann ins Gesicht spucken lassen.

Miriam merkte sofort, dass etwas vorgefallen war. »Na, Leberläusewetter?«

»Ach!«, winkte Arne ab. »Der Georg. Der will seinen Deckel bezahlt haben – vorher gibt es bei ihm für einen wie mich kein Bier mehr!«

Miriam wuschelte durch seine Haare. »Das ist gemein! Wenn du erst wieder einen Job hast, sieht alles anders aus. Wie war denn das Vorstellungsgespräch heute?«

»Ha!« Arne hängte die Jacke auf, schlüpfte in seine Hausschuhe. »Das war der Hammer. 15 Bewerber von der Job-Agentur im engen Gang, Rücken an der Wand. Dann kam der Chef. Ich habe gleich gesehen, dass da was nicht stimmt, so wie der geguckt hat. Panik, sag ich dir!«

Miriam bugsierte ihren Arne zur Couch.

»Und dann wurde plötzlich die Tür zum Büro der Sekretärin geöffnet, die Tippse fragte, was wir eigentlich hier wollten! Nun, wir zeigten ihr die Schreiben unserer Sachbearbeiter mit der Aufforderung, uns zu bewerben. Daraufhin schloss sie hastig die Tür. Dahinter aufgeregtes Getuschel, ein Telefon klingelte, eine tiefe Stimme brüllte irgendwelches unverständliches Zeug. Danach wurde die Tür wieder geöffnet – diesmal stand der Chef selbst da. Er wisse eigentlich nicht, was die Job-Agentur sich bei solchen Aktionen denke, aber er habe überhaupt keine freien Stellen gemeldet. Er würde uns nun allen einen Stempel auf den Schrieb drücken, der bestätigt, dass wir uns hier eingefunden hätten, damit man nicht unsere Gelder einbehalte – mehr könne er leider nicht für uns tun.«

Er zog das Schreiben aus der hinteren Hosentasche.

Ziemlich zerknittert. »Da ist der Stempel. Nächste Woche kommt Geld.«

»Das ist auch notwendig. Wir haben da ein paar Außenstände. Zum Beispiel will die Klassenlehrerin von …«

»Ich weiß!«, maulte Arne. »Wir überweisen nächste Woche.«

Miriam fiel neben ihm auf das Sofa. »Arne?«

»Mhm?«

»Dein Deckel bei Georg, die Klassenfahrt, Julchen braucht neue Kleider für den Sommer – das wird knapp, oder?«

»Das ist nicht nur knapp, es ist eigentlich nicht möglich. Aber ich werde es schon irgendwie hinkriegen, mach dir keine Sorgen. Auf Papa ist Verlass!«, verkündete er mit unangebrachtem Optimismus.

Seine Frau kuschelte sich an seine Schulter. »Wetten? Beim Pferderennen?«

Daran hatte Arne auch schon gedacht. Es war doch so einfach gewesen! Und wenn man geschickt vorging, war die Polizei kein ernst zu nehmender Gegner, das hatte sie ja schon unter Beweis gestellt.

Er nickte. »Mal sehen, was geht.«

In jener Nacht lauschte er den regelmäßigen Atemzügen seiner Frau, während er seinen nächsten Coup plante. Eine spektakuläre Aktion, diesmal teurer für das Opfer.

Gegen Morgen, als es hinter den Gardinen schon langsam grau wurde, hatte er eine geniale Idee: Er würde die Gelegenheit nutzen und gleichzeitig Rache nehmen! Niemand hatte das Recht, Arne sein Feierabendbier zu verweigern – gleichgültig, ob er nun Arbeit hatte oder eben nicht!

Ein Drohbrief musste her. Den konnte er natürlich nicht von Hand schreiben. Es gab Spezialisten beim LKA, die sich damit beschäftigen würden, zu großes Risiko. Drucken schien ihm zu billig. Ein bisschen mehr Aufwand durfte es schon sein. Ein Brief aus aufgeklebten Buchstaben kam seiner persönlichen Vorstellung am nächsten. Im Fernsehen zeigten sie das auch immer. Georg, der Wirt der Sportlerkneipe, war von sehr einfacher Natur, dem musste er bekannte Bilder anbieten, damit er den Ernst der Lage erkannte. Gleich nach dem Frühstück stellte er sich auf seinen kleinen Balkon und starrte mit brennenden Gedanken auf das Dach seiner – seit gestern ehemaligen – Stammkneipe.

Seine Rache war nah.

Die Wand der daneben liegenden Sporthalle zum Kiez hin war frisch gestaltet, stellte er beiläufig fest, hier tobten sich die Sprayer gern aus, schufen mal mehr und mal weniger gefällige Kunstwerke. Aber bunt waren sie allemal – und Farbe war in seiner Gegend eher Mangelware. Außer Grau war nur wenig anderes vertreten. Da taten die Bilder den Augen gut, egal, wie gelungen sie waren. Aufs Dach zu kommen war leicht, er hatte die Sprayer oft genug dabei beobachtet. Kein Problem.

Die Lüftung der Sporthalle, die Luft ansaugte.

Ein bisschen Buttersäure und die Sache ist erledigt, dachte Arne zufrieden und wandte sich nun Überlegungen zur Übergabe des Geldes zu. Einen übersichtlichen Platz müsste er wählen, wo jeder Fremde leicht auszumachen ist. Für Arne Lautenschläger war schnell klar, wie und wo er die Zahlung inszenieren würde. Im Park! Das Geld in einer Zeitung im Mülleimer. Er selbst könnte dann in aller Ruhe Zeitung lesend auf einer Bank warten, bis sich eine günstige Gelegenheit ergab, das Geld an sich zu bringen.

Als Miriam die Kinder in die Schule brachte, begann Arne mit den Vorbereitungen für den Text.

Das Wochenblatt flatterte kostenfrei in alle Haushalte im Kiez, nun stand ein ungewöhnliches Recycling der Artikel an. »Diesmal sind Sie noch einmal mit einem blauen Auge davongekommen – beim nächsten Mal nehme ich ein giftiges Gas! Wollen Sie wirklich riskieren, dass in Ihrer Halle Menschen sterben? Wenn nicht, dann zahlen Sie …«, hier stockten Arnes Gedanken jedes Mal. Wie hoch sollte seine Forderung ausfallen? Mit 15.000 Euro waren er und seine Familie nicht sehr lange ausgekommen, was daran lag, dass er seiner Miriam diesen wundervollen Schmuck gekauft hatte. Armband und Collier. Die Frau seines Herzens sollte schon sehen, dass sie ihm richtig was wert war. Ein bisschen höher sollte die Forderung diesmal schon sein. Auf der anderen Seite konnte er nicht gut abschätzen, welchen Betrag Georg und sein Sporthallenpächter aufbringen konnten. Er beschloss, die Stelle erst einmal freizulassen. »Wickeln Sie das Geld in eine Zeitung und werfen Sie es am 24. des Monats in den ersten Mülleimer links vom südlichen Parkeingang. Gehen Sie rasch weiter, sehen Sie sich nicht neugierig um. Keine Polizei! Sonst … Es grüßt das Phantom!«

Arne fand den Text überzeugend. Georgs Niveau angemessen. Blieb noch das Problem mit der Summe. Nach reiflicher Überlegung setzte Arne schließlich 150.000 ein. Seine Finger schwitzten in den eng anliegenden Handschuhen, was die Bastelarbeit erheblich erschwerte. Aber Fingerabdrücke galt es auf jeden Fall zu vermeiden – er wusste sehr genau, wie wichtig das war.

Bei seinem täglichen Nachmittagsrundgang sammelte er, was er zur Tarnung verwenden wollte, für den Fall, die Polizei könnte ihn beim Klettern auf dem Dach erwischen. Die Sprayer ließen oft genug einfach die leeren Dosen zurück. Georg schimpfte immer darüber. »Die Malerei mag ja noch angehen! Aber können die dann nicht wenigstens ihren Müll selbst entsorgen? Bin ich denn deren Depp fürs Grobe?«, meckerte der Wirt dann lautstark. Mit den leeren Dosen im Gepäck wäre er für die Polizei einer aus der Szene, was rechtlich gesehen billiger war, als ein Erpresser zu sein. Also steckte er einige der Metalldosen ein. Terpentin müsste sich noch im Keller finden, das hatten die Jungs auch immer in der Tasche, zum Korrigieren und Verwischen.

Miriam bemerkte nichts von all den Vorbereitungen.

Arne deponierte seine Beutestücke im Keller, machte sich dann auf die Suche nach der alten Flasche, die lange Zeit in Vergessenheit geraten war. Erinnerung an gelungene Schulstreiche, abgesagte Klassenarbeit wegen des unzumutbaren Gestanks im Schulgebäude – lange her. Buttersäure! Irgendwo schlummerte sie noch, wartete auf ihren gewinnbringenden Einsatz. Und tatsächlich. In dem Karton, der Kleinzeug aus seiner Studentenbude enthielt, entdeckte er sie, gut gesichert in einem extra Karton. Fast liebevoll strichen seine Finger über das angeschimmelte Etikett.

Fehlte noch ein letzter Blick in den Park, nur um sicherzugehen, dass nicht jemand ›seinen‹ Mülleimer abgebaut hatte. Er dachte daran, zum Eintüten des Briefs in den Umschlag ein weiteres Paar Latexhandschuhe aus Miriams Vorrat anzuziehen, um auch hier Fingerspuren zu vermeiden. Die Klebefläche des Briefumschlags befeuchtete er mit Leitungswasser. Bloß Vorsicht mit DNA-Spuren! Arne wusste, was er beachten musste.

Jetzt galt es nur noch den richtigen Moment abzupassen. Der kam schneller als erwartet.

»Arne, macht es dir etwas aus, wenn ich heute mit den Kindern bei meinen Eltern übernachte?«, erkundigte sich Miriam zwei Tage später beim ersten Kaffee des Tages. Ihr Ton war schuldbewusst angehaucht, war ihr doch bewusst, wie sehr Arnes Verhältnis zu den Schwiegereltern gelitten hatte, nachdem er ›freigesetzt‹ worden war. »Andere schaffen es auch verbeamtet zu werden«, hatte ihr Vater Arne zu verstehen gegeben. »Die letzten Idioten kriegen das hin! Nur mein Herr Schwiegersohn, der nicht! Der wird sogar entlassen!« Seit damals hatte ihr Mann sie nie mehr dorthin begleitet.

»Ist schon in Ordnung«, murmelte Arne zu ihrer Überraschung nur.

»Macht es dir wirklich nichts aus? Ich will nicht, dass es dir nachher leid tut. Ich weiß ja, wie einsam die Wohnung ohne die Familie sein kann.«

»Ist schon in okay. Es sind deine Eltern, die wollen natürlich auch ihre Tochter und die Enkel sehen. Ist doch logisch. Aber, Miriam, kein Wort über …«

»… die Pferdewette! Ich bin doch nicht blöd! Hast du eigentlich deinen Freund inzwischen getroffen, den, der dir den Tipp gegeben hatte?«

»Heute Nachmittag. Alles wird gut.« Sie lachten gemeinsam über den dummen Spruch.

Für Arne war klar, was nun anstand. Er packte die Dosen, das Terpentin, ein Katzenschälchen – langsam nervte ihn das mit den Handschuhen gewaltig – und den Rest Buttersäure in seinen Rucksack. Stellte ihn hinter der Wohnungstür parat. Danach bezog er Posten auf seinem Balkon. Wartete geduldig darauf, dass Kneipe und Sporthalle sich zu füllen begannen, die fleißigen Arbeitsplatzbesitzer vorbeikamen, um die unnötigen Kalorien des Kantinenessens und den Arbeitsstress abzubauen, hinunterzuspülen oder wegzusporten.

»Na los, ihr Sporthosen! Das Training wartet! Ich hab euch so satt. Dieses dumme Geschwätz über Stress am Arbeitsplatz und wie schön es die Harzer hätten, die sich dem ganzen Druck nicht aussetzen müssten. Die wären doch so richtig gut dran, der ganze Tag frei für Sport! Was wisst ihr denn schon! Mir wäre so eine Portion Leistungsdruck schon ganz angenehm, dann könnte ich mir die Mitgliedschaft in eurem Sportclub auch leisten. Ihr widerwärtigen Snobs – ich werde euch heut mal rennen lassen!«

Als es zu dämmern begann, tauschte Arne seine blaue gegen eine schwarze Jeans, zog einen schwarzen Rollkragenpullover, einen ebenso dunklen Kapuzensweater und dunkle Lederhandschuhe – Überbleibsel aus besseren Tagen – an, nahm den Rucksack und machte sich auf den Weg. Kurz vor dem Sportzentrum setzte er die Kapuze auf, trabte von der bunten Mauer her an das Gebäude heran, schlüpfte wieder in die Latexhaut. Den geheimen Aufstieg der Sprayer zu finden, war ein Kinderspiel. Nun war nur noch die Buttersäure günstig zu platzieren. Er staunte selbst darüber, dass seine Hände kein bisschen zitterten, als er die widerlich stinkende Flüssigkeit in das Katzenschälchen goss und unter dem Ansaugrohr abstellte. Jetzt noch ein paar der leeren Spraydosen abgelegt. So!

Behände kletterte er wieder vom Dach, warf im Vorübergehen den Erpresserbrief in Georgs Kasten und kehrte in seine Wohnung zurück, damit er das nun einsetzende Chaos nicht verpasste.

Und richtig. Er hatte sich kaum in einen Stuhl gesetzt und in eine Decke gewickelt, da kamen auch schon die ersten Feierabendsportler aus der Halle gerannt. Ihre aufgeregten Stimmen waren bis zu ihm herauf zu hören. Georg lief zwischen den Leuten herum, es wurde diskutiert, gestikuliert. Es dauerte auch gar nicht lang, bis Blaulicht und Sirenengeheul auf den Zufahrtstraßen die Ankunft der Polizei meldete. Zufrieden registrierte Arne, dass auch einige Rettungswagen geordert worden waren. Ein riesiger Affenzirkus! Er klatschte in die Hände. Mit ein bisschen Glück würde dieses Ereignis Georg in eine tiefe Krise stürzen!

»Schade, dass ich dein Gesicht nicht sehen kann, wenn du den Brief aufmachst! Die Augen werden dir übergehen!«, freute sich Arne, der Erpresser und Rächer. Der Feierabendbiertrinker bedauerte den Verlust seines Stammplatzes. Aber das hat Georg mir ja einbrockt, dachte er, daran trage ich selbst nun wirklich keine Schuld.

Erst als sich draußen eine gewisse Ruhe einstellte, setzte er sich mit einer Stulle vor den Fernseher. Da! Im lokalen Sender kam schon ein Bericht über ihn! Und der Brief war auch schon entdeckt worden. Arnes Brust schwoll an vor Stolz. Die Polizei hatte noch keine Vorstellung von der Substanz, die verwendet worden war, es werde in alle Richtungen ermittelt, man prüfe die gesundheitliche Gefährdung zur Stunde noch, die drei Personen, die ins Krankenhaus eingeliefert wurden, konnten es inzwischen wieder verlassen. Arne war zufrieden. Er hatte nicht erwartet, dass jemand sich wegen eingeatmeter Buttersäuredämpfe im Krankenhaus behandeln lassen musste, glaubte sich daran erinnern zu können, dass diese Säure völlig unbedenklich war, aber letztlich war ja niemand gesundheitlich zu Schaden gekommen. Hysteriker bestimmt, Hypochonder, die in jeder Lage gleich das Schlimmste befürchteten, beruhigte er sein schlechtes Gewissen. Und die Ernsthaftigkeit seiner Forderung unterstrich es allemal.

In dieser Nacht konnte Arne wieder nicht schlafen. Das lag vielleicht daran, dass er es nicht gewohnt war, allein in diesem breiten Bett zu liegen. Aber das war nicht der einzige Grund. In Gedanken ging er wieder und wieder das Szenario durch, das er beobachtet hatte. Polizei überall, wohlgeordnetes, überlegtes Vorgehen, alles stimmig, jeder wusste, was er zu tun hatte. Und Zweifel machten sich breit. Hatte er seine Gegner unterschätzt? Der Übergabeort war von ihm gewählt worden, weil er das Terrain gut überblicken konnte. Kein störendes Buschwerk, keine Hütten oder Schuppen. Doch das galt natürlich für die Polizisten ebenso. Es wäre gar keine Schwierigkeit den Mülleimer unter permanenter Beobachtung zu halten. In dem Moment, in dem er die Zeitung an sich nähme, wäre er verloren.

Was tun?

»Ich kann Georg anrufen und telefonisch einen anderen Übergabeort vereinbaren«, murmelte er der Bettdecke zu. »Aber Georg hat kein Interesse, zu schweigen. Er will sicher sein, dass der Täter im Gefängnis landet. Schon wegen seiner Sportler. Der wird natürlich sofort die Polizei informieren. Scheiße! Wenn das mit dem Geld nicht so eilig wäre, könnte ich ja in aller Ruhe … Aber so geht das nicht.«

Als er am Morgen frühstückte, wusste er, dass er zwar in

den Park gehen und sich das Schauspiel ansehen würde – aber mehr nicht. Rasch brach er auf, um die letzten leeren Dosen und die verräterischen Papierschnipsel zu entsorgen, die im Keller auf den Abtransport warteten. Bei seiner Rückkehr erwarteten ihn zu seinem nicht geringen Schrecken bereits zwei Polizeibeamte an der Wohnungstür. Zuvorkommend, allerdings mit zitternden Knien, bot er den beiden Kaffee an, den sie aber ablehnten.

»Gestern Abend gab es drüben bei der Sporthalle ziemlichen Trubel. Wir möchten nun wissen, ob Sie davon etwas bemerkt haben.«

»Als die Streifenwagen vorfuhren, das war ja nicht zu überhören. Ich habe dann gesehen, dass drüben viele Leute irgendwie kopflos rumgerannt sind – mehr nicht. Aus den Nachrichten habe ich erfahren, dass es einen Giftgasanschlag gegeben haben soll. Wer macht denn so was?«, gab Arne sich entrüstet.

»Uns interessiert, ob Ihnen vielleicht jemand aufgefallen ist, gestern oder in den letzten Tagen, der sich auffällig benommen hat, sich dort an der Halle herumdrückte und offensichtlich die Umgebung erkundete.«

»Nein, das tut mir leid. Sonst sind da immer mal Sprayer unterwegs, aber selbst von denen habe ich in der letzten Zeit niemanden gesehen.«

Damit gaben sich die beiden Beamten zufrieden und Arne atmete tief durch, als sie gegangen waren.

Im Park waren an jenem Nachmittag besonders viele Spaziergänger unterwegs. Das fiel ihm sofort auf. Lautenschläger setzte sich auf die Bank neben dem von ihm bestimmten Mülleimer und schlug ein Buch auf. ›Tractatus Satanicus‹, ein dicker Wälzer über das wahre Wesen des Teufels, den er sich selbst zu Weihnachten geschenkt hatte. Damit konnte er sich gut und gerne ein paar Stunden beschäftigen. Schließlich war er arbeitslos. Warum nicht mal eines der gängigen Klischees erfüllen – zum Beispiel das vom glücklichen und entspannten Müßiggänger?

Obwohl er den Eindruck erweckte, ganz mit dem Text beschäftigt zu sein, bemerkte er doch, dass immer wieder dieselben Spaziergänger an ihm vorbeikamen. Gelegentlich setzte sich einer von ihnen neben Arne auf die Bank, schlug ostentativ eine Zeitung auf und brabbelte leise in sein Sprechgerät. Geschickt sieht anders aus, konstatierte der Erpresser fast ärgerlich, so geht das doch nicht, das durchschaut heutzutage jeder Grundschüler!

Als es dunkel wurde, brach man den Polizeieinsatz ab. Ein Spaziergänger nahm das Zeitungspaket aus dem Mülleimer und trug es zu einer Gruppe hinüber, die außerhalb des Parks gelauert hatte, bereit, jederzeit über den herzufallen, der das Geld aus dem Metallbehälter fischen wollte.

Entschlossen klappte Arne Lautenschläger das Buch zu und ging nachdenklich nach Hause zurück. Eines war klar: Er brauchte einen neuen Plan!

Miriam brachte gerade die Kinder ins Bett, als er die Wohnung betrat.

»Kaum lässt man dich mal allein, schon gibt es drüben einen Anschlag!«, lachte sie und umarmte ihn freudig.

»Du bist ja bloß sauer, weil du das Spektakel verpasst hast!«

»Schalt mal den Fernseher ein, gleich kommt ein Bericht darüber!«, rief sie ihm aus dem Bad zu, wo sie das Zähneputzen des Nachwuchses überwachte.

»KHK Bachmeier steht uns für ein ausführliches Gespräch zur Verfügung. Guten Abend, Herr Bachmeier. Da hat die Polizei wohl alle Hände voll zu tun, um diesen Täter, der sich das Phantom nennt, zu schnappen. Es hat sich bei dem Anschlag auf die Sporthalle gestern also nicht um einen Giftgasanschlag gehandelt? Das können Sie bestätigen?«, fragte eine aufgeregte Reporterin und drückte mit dem Mikro fast die Nase ihres Gesprächspartners platt.

»Es handelte sich um Buttersäure. Die stinkt zwar unerträglich, ist aber nicht giftig. Sie kennen den Geruch sicher von Stinkbomben. Mehrere Mitglieder des Sportclubs klagten über tränende Augen, Übelkeit, Kopfschmerzen und Erbrechen, aber niemand musste stationär aufgenommen werden.«

»Wie kam die Buttersäure denn ins Gebäude?«

Bachmeier wand sich. Für einen kurzen Moment sah es so aus, als wolle er der Frage ausweichen. Dann entschied er sich doch für eine Antwort. »Über das Lüftungssystem. Wir gehen davon aus, dass der Täter vorher gründlich recherchiert hat und so die Stelle entdeckte, die für den Anschlag am günstigsten schien.«

»Wir haben auch von einer geplanten Geldübergabe gehört. Wie hoch war die Forderung des Täters?«

Bachmeier unterdrückte ein Grinsen. Arne sah es deutlich. Er ärgerte sich. Offensichtlich nahm dieser Typ ihn nicht ernst.

»Der Täter hat eine Geldforderung geschickt, das stimmt. Die Übergabe scheiterte allerdings. Er hat das Geld nicht abgeholt.«

»Nicht abgeholt?«, echote die Reporterin fassungslos. »Heißt das, die Mitglieder des Sportclubs müssen nun mit weiteren Anschlägen rechnen?«

»Nein, das heißt es nicht!«, kam die Parade diesmal ohne jedes Zögern.

Arne grunzte.

In den Nachrichten berichtete ein Polizeisprecher wenig später, es habe sich kein Lösegeld in der Zeitung befunden, die Geldübergabe sei nur inszeniert gewesen, um den Täter zu fassen. Das wurde allerdings eilig dementiert – doch Arne war sich sicher, dass es der Wahrheit entsprach. Die haben auch noch versucht mich übers Ohr zu hauen, hämmerte es hinter seiner Stirn, diese Möchtegerncowboys!

»Na, gut, dann eben Plan B!«, vertraute er seinem Salamibrot an. »So geht man mit Arne Lautenschläger besser nicht um! Ihr glaubt, ihr hättet es hier mit einem verblödeten Dilettanten zu tun! Das macht den Täter ärgerlich. Und wenn er sich ärgert …« Er brach abrupt ab, als seine Kinder sich plötzlich neben ihn in die weiche Couch fallen ließen. »Na, meine Süßen, wie hat es euch bei Oma und Opa gefallen?«

»Gut!«

»Mir war es zu langweilig.«

»Aber der Opa hat mit uns Dinosaurierskelette gebastelt. Willst du mal eins sehen?« Schon war Julchen aufgesprungen und holte eilig die Trophäe aus dem Kinderzimmer.

Arne staunte pflichtschuldig.

»Das ist ein T-Rex. Der hat andere Saurier gejagt und gefressen, sagt Opa. Der war sehr gefährlich.«

»Es war sicher gar nicht so leicht, das Ding zusammenzukleben.«

»Die haben den ganzen Nachmittag dazu gebraucht!«, maulte sein Sohn. »Ich war für Schwimmen gehen. Aber nö, war nix zu machen!«

»Deine kleine Schwester hatte Spaß. Du hättest doch was lesen können.«

»Ich bin mehr der sportliche Typ«, tönte der Junge altklug und nahm dem Vater das Versprechen ab, die Familie an einem der nächsten Wochenenden ins Schwimmbad einzuladen – mit allem Drumunddran. Das bedeutete Mittagessen und Cola für alle.

Arne schmunzelte und zwinkerte ihm zu. »Wird schon klappen. Aber jetzt wird geschlafen!«

Gleich am nächsten Morgen begann Arne mit der Vorbereitung für Plan B. Es war keine so gute Idee gewesen, sich von der Lust auf Rache vom Wesentlichen abbringen zu lassen! Frick hatte prompt und ohne viel Federlesens bezahlt – und er würde es wieder tun.

»Diesmal wird er ein bisschen mehr Anschub brauchen. Backpulver ist nicht mehr genug. Ich brauche was Bedrohliches«, erklärte Arne beim Rasieren seinem Spiegelbild. »Gift.«

Sein Gegenüber nickte so begeistert, dass er sich um ein Haar geschnitten hätte. Er war bereit, der Polizei den Zahn vom Idioten als Erpresser endgültig zu ziehen! Gift, das war klar, aber welches? Und wo sollte er es hineinmischen? Die Sache mit dem Backpulver in der Tütensuppe war relativ einfach gewesen und harmlos. Das müsste diesmal natürlich anders sein – die Gefährdung sollte real gefühlt werden können – und natürlich stieg nun die geforderte Summe! Er konnte sich ein wenig Zeit lassen, die anderen weichkochen, wenn es sich als notwendig herausstellen sollte.

Miriam freute sich darüber, dass Arne bester Laune war, als er sich die erste Tasse Kaffee einschenkte. »Na, dir geht es ja richtig gut heute!«

»Ja, ich treffe mich nachher mit meinem Kumpel – du weißt schon, dem Pferdekenner!«

Miriam war zufrieden.

Bachmeier war nicht wirklich überrascht darüber, von diesem Erpresser erneut zu hören: Das Phantom. Klar, ich hätte mich auch geärgert, wenn man versucht hätte, mir Zeitungsschnipsel statt Geld unterzujubeln, dachte er, als er zur eilig einberufenen Besprechung unterwegs war. Logisch, der Kerl wollte ernst genommen werden. Bachmeier predigte schon seit Jahren: Einmal zu viel ernst genommen schadet nicht, aber einmal an der falschen Stelle nicht ernst genommen, konnte eine Katastrophe auslösen!

Wenig später lagen die neuen Fakten auf dem Tisch: Einige Gläser Apfelmus hatten Mitarbeiter der Supermarktkette entdeckt und sofort aus den Regalen entfernt. Eine telefonische Warnung, in einer Filiale, wo man auf die elektronische Aufzeichnung von Gesprächen nicht vorbereitet war, setzte die Suchaktion in Gang, in deren Verlauf insgesamt sieben präparierte Gläser sichergestellt werden konnten. Bachmeier war beunruhigt – der Kerl fuhr nun schärfere Geschütze auf. Die Geldforderung war auch erwachsen geworden. Nun ging es nicht mehr um ein paar Tausend Euro, sondern um eine halbe Million. Ort und Zeitpunkt der Übergabe: noch unbekannt, erfuhr er.

»Eine Grauverfärbung und unangenehmer Geruch fallen auf, wenn man die Gläser öffnet. Sieht aus, als wollte er eher warnen denn vergiften. Die Gläser sind zur Analyse«, verkündete Peter Maiser und ließ sich schwer in seinen Schreibtischstuhl fallen.

»Wer hat die Informationspanne beim letzten Mal zu verantworten?«, erkundigte er sich und sah grantig in die Runde. »Wenn man mir übers Fernsehen mitteilt, dass statt Geld nur Schnipsel im Mülleimer lagen, reagiere ich als Erpresser stinksauer! Das ist durchaus nachvollziehbar! Diesmal muss die Sache besser laufen. Ich weiß nicht mit Sicherheit, wie gefährlich der Kerl tatsächlich ist – aber da er diesmal kein Backpulver verwendet hat, ist klar, dass er das Potenzial zum richtig bösen Buben hat!«

Allgemeines Gemurmel antwortete ihm.

»Das bedeutet für uns, die Öffentlichkeit muss gewarnt werden!« Das Gemurmel nahm an Lautstärke zu. »Darüber diskutiere ich nicht! Wenn nun jemand vom Apfelmus genascht hätte? Nicht auszudenken. ›Polizei lässt tödliche Vergiftung zu!‹ Also: Information an die Medien! Dann: Die Übergabe wird diesmal besser vorbereitet. Das mit dem Sender in der Tasche hat nicht funktioniert, also stecken wir ihn diesmal zwischen die Scheine. Wir präparieren Geldbündel – Papier und 100-Euro-Scheine. So bemerkt er den Fake nicht sofort. Die Teams am Übergabeort koordiniere ich diesmal selbst.«

Nur nickende Köpfe in der Runde. An peinlichen Schlagzeilen über schlaue Verbrecher und dumme Bullen war hier niemand interessiert.

Arne saß im Wartebereich der Arbeitsagentur. Seine Sachbearbeiterin war noch mit einem anderen ›Kunden‹ beschäftigt.

»Na, hallo – auch wieder da!«, begrüßte ihn Ralf jovial und klopfte ihm auf die Schulter. »Hat's schon gewirkt?«

»Super. Der letzte, zu dem sie uns geschickt haben,

hatte gar keine freie Stelle und konnte sich nicht erklären, warum man ihm einen Haufen Arbeitslose in den Flur gestopft hat.«

»Die Bewerbung war richtig – der Betrieb falsch«, grinste Ralf und Arne bemerkte, dass dem anderen die oberen mittleren Schneidezähne fehlten.

»Was ist dir denn passiert?«

»Prügelei. Ich würde ja jetzt gern so was sagen wie: Du solltest erst mal die anderen sehen! Aber das glaubst du mir ja eh nicht. Termin beim Zahnarzt habe ich schon – war ein Überfall, ich hatte keine Schuld.«

»Wer überfällt schon einen Harzer?«

»Einer, der noch ärmer dran ist. Hast du gelesen, das Phantom hat wieder zugeschlagen! Ist ein schlaues Kerlchen! Geht der Polizei nicht auf den Leim – einige munkeln schon, dass er Kontakte haben muss, sonst wäre er sicher im Park geschnappt worden!«

»Kontakte?«, gab sich Arne begriffsstutzig.

»Die Leute glauben, er wusste von dem Papier. Würde mich nicht wundern, wenn der bald einen neuen Coup startet. Ist ja ein bisschen wie ein Spiel, nicht? Wer linkt wen.«

»Herr Lautenschläger!«, schnarrte die Stimme seiner Sachbearbeiterin über den Gang.

»Meinste, die hat was für dich?«

»Nee. Die hatte noch nie was für mich. Die gibt mir nicht mal die Hand, wegen der Ansteckungsgefahr. Tschüss, Ralf!«

Bachmeier wurde blass. »Was war da drin?«

»Simazin.«

»Das schmeckt man doch!«

»Kinder nicht unbedingt. Für sie ist es nicht ungewöhnlich, dass etwas seltsam schmeckt – sie entdecken ja noch.«

»Scheiße! Es hätte also diesmal ernst werden können. Was ist mit den Videoaufzeichnungen?«

Ein anderer Kollege reichte ihm einen Bericht über den Tisch. »Hier ist das Ergebnis der Auswertung. Mit mittlerer Wahrscheinlichkeit ein Mann – aber das ist eben nicht sicher. Die Haare sind nicht zu sehen, er weiß offensichtlich um die Kamera und schaut nie direkt in ihre Richtung. Seine Bewegungen erscheinen flüssig, aber nicht jugendlich. Im Bericht steht, er sei wohl mittleren Alters, zwischen 30 und 50.«

Bauchmeiers Faust sauste auf den Schreibtisch. Seine Kaffeetasse sprang in die Luft, eine kleine Menge der kalten Flüssigkeit schwappte auf seine Jeans. »Wir haben also nichts!«

»So kann man das nicht sagen. Immerhin können wir seine Größe ganz gut bestimmen. Die Kollegen haben die Regalbödenabstände ausgemessen und sich auf eine Größe von 1,78 Meter bis 1,82 Meter festgelegt.«

»Wow! Dann haben wir ihn ja praktisch schon!«, höhnte Bachmeier, der hektisch versuchte, den Kaffee von der Hose zu tupfen. »Meine Frau ist in Urlaub – bei ihrer Schwester. Mann, ich hab keinen Bock auf Wäsche waschen, und das ist meine vorletzte Jeans.«

»Vorletzte?«

»Ich hab nur zwei!«, fauchte Bachmeier den jungen Kollegen an. »Hat sich der Kerl inzwischen gemeldet?«

»Nein. Wir haben eine Fangschaltung installiert. Bleibt nur, zu warten.«

Warten gehörte nicht zu den Dingen, die Bachmeier besonders gern tat. »Die Geldbündel sind vorbereitet? Ich denke mir, er wird es eilig haben. Sollte er sich schon vor dem letzten Fehlschlag in finanziellen Schwierigkeiten befunden haben, sind die in der Zwischenzeit sicher nicht geringer geworden. Und für die, die gern langfristig planen, ist schon bald wieder Weihnachten. Da steigt der Bedarf an Barmitteln bei uns allen an – auch bei denen, die sich kriminell die Taschen füllen wollen!«

»Wir haben einige Bündel so geschnürt, wie Sie vorgegeben haben. Die Übergabe wird wohl in der Dunkelheit stattfinden – wir haben es so gemacht, dass er nicht auf den ersten Blick die Manipulation erkennen kann. Der Sender ist flach, fällt nur auf, wenn man mittig auf die Banderole drückt, am richtigen Bündel. Nicht sehr wahrscheinlich, dass er das bemerkt.«

»Ich kann noch immer nicht glauben, dass die Scheine beim ersten Mal nicht mit einer Farbpatrone versehen waren! Natürlich will am Ende niemand die Verantwortung für die Schlamperei übernehmen, aber ganz klar: Wäre die erste Übergabe gescheitert, hätte das Phantom keine weitere Erpressung versucht!«, polterte Bachmeier.

Das sah der junge Kollege ganz anders. Seiner Meinung nach war Erpressung einfach eine schnelle Methode, an viel Geld zu kommen. Sicher nicht ganz so effektiv wie eine Geiselnahme, aber eben auch mit weniger Risiko behaftet. Ein Teil von ihm bewunderte den Mann, den sie das Phantom nannten. Der musste ein unglaubliches Gespür haben! Sonst wäre er beim letzten Mal in die Falle getappt.

»Die Tasche?«

»Sicher. Alles vorbereitet. Wenn sie etwas hart aufgesetzt wird, entsteht Staub. Alles wie bestellt.«

Bachmeier sah zum ersten Mal seit Langem zufrieden aus.

Arne hörte aufmerksam zu. Der Nachrichtensprecher warnte die Bevölkerung, ein Erpresser habe Apfelmusgläser vergiftet, weitere Anschläge seien nicht ausgeschlossen, und riet zu den üblichen Vorsichtsmaßnahmen. »Überprüfen Sie vor dem Kauf oder Verzehr, ob das Vakuum unter dem Deckel noch erhalten ist. Beim Aufschrauben muss ein leises Ploppen zu hören sein. Probieren Sie zunächst nur eine kleine Menge, riechen Sie am Produkt.«

Natürlich erfolgte auch am Ende der Hinweis an die Bevölkerung, verdächtige Beobachtungen während des Einkaufs sofort dem Personal oder der Polizei zu melden.

Gut, dachte Arne, dann beobachtet mal schön. Er würde nun ein paar Tage verstreichen lassen. Das erhöhte die Ungeduld bei den Ermittlern und den finanziellen Druck auf Frick. Sein Anruf wäre geradezu eine Erleichterung für alle – seine Geldforderung nicht. Mit Peanuts war Schluss.

Fangschaltung – daran musste er auch denken. Sie konnten das Gespräch zurückverfolgen und ihn innerhalb von einer Minute orten. Blieb also nicht viel Zeit für das Telefonat. Sie würden versuchen, das Gespräch in die Länge zu ziehen. Dieses Problem war eines seiner leichtesten Übungen. Arne schwebte ein bewährter technischer Trick vor.

So tönte es ein paar Tage später verrauscht und taschentuchgedämpft – Arne hatte das mal in einem Film gesehen – aus dem Hörer: »Herr Frick, Sie sprechen mit dem Phantom. Wenn Sie nicht wollen, dass weitere Nahrungsmittel vergiftet werden, vielleicht sogar jemand Schaden nimmt, dann …« Es folgte eine ausführliche Beschreibung des Wo und des Wie der Geldübergabe und seine Forderung: 1,5 Millionen Euro!

Danach wartete Arne neugierig im Eingang zu einer Postfiliale auf die heranbrausenden Streifenwagen. Kopfschüttelnd beobachtete er, wie die Beamten ihre Schusswaffen lockerten und sich der Telefonzelle näherten. Einer sicherte das Umfeld, während der andere die Tür aufriss, als vermute er den gefährlichen Täter zwischen den Seiten der Telefonbücher.

Wie eine tickende Bombe trug er dann Arnes fingerabdruckfreien Kassettenrekorder, darauf hatte er natürlich geachtet, zum Wagen.

Arne lachte leise. Ein kluger Verbrecher plante immer mehrere doppelte Böden ein! Er kam sich vor wie ein Puppenspieler, der die Polizei mit dem Kontrollkreuz dirigierte. Wenn er es wollte, kamen sie angesaust, hatten Angst vor ihm. Sie waren genau da, wo er sie haben wollte. Es war ein gutes Gefühl!

Bachmeier nickte nur. Er hatte es ja gleich gesagt: Diesmal käme eine richtig hohe Forderung.

»Wir könnten versuchen, ihm über die Medien eine Nachricht zukommen zu lassen. Um ihm zu zeigen, dass er nicht Herr der Situation ist«, schlug einer aus der Runde vor.

»Damit er am Ende meine Kunden umbringt?«, fragte Frick hysterisch. »Kommt gar nicht infrage!«

»Es gäbe uns die Möglichkeit, die Übergabemodalitäten

zu verändern. Diesmal hat er ein kompliziertes Verfahren festgelegt, dass es meinen Beamten schwer machen wird, seine Fährte aufzunehmen«, polterte Bachmeier ungehalten. »Einen Koffer aus dem fahrenden Zug werfen! Ha! Ich kann doch nicht die gesamte Strecke überwachen lassen! Jeden Meter einen Beamten? Unmöglich!«

»Er will, dass es an der Strecke Berlin-Hamburg passiert. Das sind knapp 300 Kilometer!«, warf einer der jüngeren Beamten ein. »Vielleicht unterstützen uns die Kollegen aus Hamburg.«

»Selbst wenn! Im Dunkeln hat er gute Chancen, trotzdem zu entkommen!«

»Mit dem Sender im Geld? Den finden wir so was von fix, das glauben Sie gar nicht!«

»Nein, glaube ich tatsächlich nicht!«, gab Frick patzig zurück.

»Wir könnten doch wenigstens versuchen, ihn über die Nachrichten anzusprechen. Eine so große Menge Geld zu beschaffen, daure ein bisschen. Dies sei kein Rückzieher, er möge das nicht falsch verstehen. Dann warten wir ab, wie er reagiert. Wir nennen ihm eine Telefonnummer, unter der er uns rund um die Uhr erreichen kann. Das ist eine taktische Entscheidung, die ihm ein wenig den Wind aus den Segeln nehmen wird.«

Nur Stunden später ging einer der Supermärkte Fricks in Flammen auf.

»Grüße vom Phantom. Ich lasse mich nicht vorführen!«, war die verzerrte Nachricht an die Beamten. »Sollte morgen nicht sofort auf mein Signal reagiert oder sollte das Geld manipuliert werden, wird das der Untergang der Firma Frick sein!«

Maximilian Frick entschied noch in derselben Nacht, dass nun gezahlt werden solle, mit echten Scheinen. An weiteren taktischen Spielchen sei er nicht interessiert, teilte er den Ermittlern mit.

Bachmeier seufzte, konnte den Mann aber verstehen.

Die entsprechenden Maßnahmen wurden eingeleitet, die Übergabe so durchzuführen, wie das Phantom es gefordert hatte. Diesmal überprüfte Bachmeier persönlich den Sitz des Senders, kontrollierte, ob das Phantom den Schwindel würde entdecken können. Doch die obersten Bündel waren komplett echt – wenn er die aufblätterte, sah er nur 500-Euro-Scheine. Bei den unteren war das Geld durch Farbkopien ersetzt. Nur bei guten Lichtverhältnissen zu erkennen. Er war zufrieden.

Die Beamten lauerten in Streifenwagen entlang der Strecke. Die ersten würden nach vorn aufrücken, sobald der Zug vorbei war. Eine Art Staffelfahrt. Hunde würden die suchenden Beamten unterstützen. Alles perfekt vorbereitet.

Nicht perfekt genug.

Arne wartete, bis der Polizist, den man auf Frick geschminkt hatte, in den Zug nach Hamburg gestiegen war. Er selbst würde in Richtung Leipzig fahren. Unterwegs dirigierte er über Fricks Mobiltelefon den Mann um. Im Laufschritt hastete der über den Bahnsteig und sprang in letzter Minute in den anderen Zug. Damit waren die Vorbereitungen der Polizei hinfällig.

Arne lauerte im Dämmerlicht, hörte die Lok kommen, wartete, bis der Zug nah genug herangekommen war.

Er gab das Signal. Das Fenster wurde runtergeschoben und eine Sporttasche segelte durch die Nacht.

Ja!

Das Ding zu finden, war nicht schwierig. Hastig trug Arne seine Beute in einen Bereich mit dichtem Buschwerk. Öffnete die Tasche, die bei der Landung auf dem Boden ordentlich eingestaubt worden war, packte die Geldbündel um – bis auf das eine. Er ertastete den Sender sofort. Verzog das Gesicht zu einer geringschätzigen Grimasse.

Um nach Hause zu kommen, nutze Arne die Tram. Die Bahn war überraschend voll. Er musste stehen. Zum Glück habe ich es ja nicht so weit, dachte er und versuchte sich ein wenig Freiraum zum bequemen Stehen zu verschaffen. Durch das allgemeine Geschiebe wurde er an der nächsten Station deutlich tiefer in den Gang gedrängt, sah sich unerwartet einem Mann und dessen Hund gegenüber. Nach dem ersten Schreck beruhigte er sich etwas. Der Hund setzte sich direkt vor ihm hin und warf ihm einen warmen Blick aus braunen Augen zu.

Der Hundehalter fing Arnes panischen Blick auf. »Keine Sorge. Der ist gut erzogen. Pedro guckt nur, beißt nicht. Sieht aus, als habe er Sie in sein Herz geschlossen«, lachte der große Mann gutmütig und strich dem Schäferhund liebevoll über den breiten Kopf.

»Hundephobie«, presste Arne zwischen den Zähnen hervor und war unendlich erleichtert, als Mann und Hund an der nächsten Station ausstiegen.

Kaum war die Tram angefahren, griff der Hundeführer nach seinem Handy. »Hallo, Kollegen, ich war auf dem Weg nach Hause und mein Hund hat einen Verdächtigen in der Tram gestellt. Der hat eindeutig Drogen im Gepäck. Der Kollege Franzer ist in der Bahn geblieben und hat ein Auge auf den Kerl. Ich gebe euch mal eine Beschreibung …«

Schon wenige Stationen später stiegen Bachmeiers Leute in Zivil zu. Natürlich machte sich niemand Illusionen. Schließlich war es möglich, dass sie hier mit Großaufgebot einem eher harmlosen Kiffer folgten. Dennoch – vom zeitlichen Ablauf her könnte es ihr Erpresser sein. Bachmeier setzte auf das Prinzip Hoffnung. Es blieb ihm auch keine Wahl. Der Sender bewegte sich nicht, Beamte suchten nach dem Signalgeber und der Tasche mit dem Geld entlang der Bahnstrecke. Doch es schien, als sei es dem Phantom erneut gelungen, die Verfolger auszutricksen.

Arne Lautenschläger, der sich im Glück wähnte, beschloss auf dem Heimweg noch eine Überraschung für Miriam zu besorgen, um die Geschichte von der gewonnen Pferdewette zu vergolden; hatte ja beim letzten Mal auch funktioniert.

Als er ausstieg, folgten ihm die Beamten dicht. »Zugriff möglichst unauffällig«, mahnte Bachmeier über Funk. »Wenn er jetzt im Kaufhaus irgendwas einkauft, kriegen wir ihn über die Routinekontrolle des Hausdetektivs. Holger? Stell schon mal Kontakt zu dem Mann her.«

So kam es, dass Arne Lautenschläger nach seinem Bummel durch die Lebensmittelabteilung, wo er eine Tafel Schokolade für jedes der Kinder erstand, beim Betrachten der Auslagen in den Schmuckvitrinen von einem diskreten Herrn angesprochen wurde.

Natürlich stimmte er ohne jedes Zögern einer Durchsuchung seines Rucksacks zu. Er fühlte sich völlig sicher, schließlich befanden sich nur unverdächtige Dinge darin.

Zu seiner Überraschung erwartete ihn bereits die Polizei im Raum des Sicherheitsmannes. Sogar ein Zollbeamter mit Hund war dabei. Der Hund setzte sich und behielt Lautenschläger fest im Blick. Ist ja wie bei dem in der Bahn vorhin, dachte er, die Mistköter merken wohl, dass ich Angst habe, und interessieren sich deshalb für einen Phobiker wie mich besonders!

»Würden Sie bitte den Rucksack öffnen und uns den Inhalt zeigen?«, fragte der Hausdetektiv höflich.

Arne zog den Zipper auf. Eine Regenjacke kam zum Vorschein, die beiden Tafeln Schokolade, mehr nicht. Arne verbiss sich ein Grinsen, als er in die enttäuschten Gesichter sah. Was auch immer die in seinem Backpack erwartet hatten – sie hatten sich geirrt. Und dann noch dieses Großaufgebot, tja, Freunde, eine echte Pleite, jubilierte Arnes innere Stimme, peinlich hoch drei.

Die Personalien wurden aufgenommen, ein Protokoll angelegt. »Was soll das? Sie haben nichts bei mir gefunden, was ein solches Protokoll rechtfertigt!«, wehrte sich Lautenschläger selbstbewusst.

»Nun bitte noch die Taschen Ihrer Jacke. Bitte vergessen Sie nicht die Hosentaschen«, forderte der Sicherheitsbeauftragte gleichbleibend freundlich. »Wenn das so bleibt, wir also nichts entdecken, wird es einfach nach unserem Gespräch vernichtet. Nur keine Sorge!«

Arne legte seine Brieftasche auf den Tisch, ein Päckchen Taschentücher und eine kleine Schachtel mit Pfefferminzbonbons. Kleingeld, ein paar Scheine, das Rückgeld und den Kassenbon vom Kauf der Schokoladentafeln vor wenigen Minuten – und einen 500-Euro-Schein –, all das platzierten die Beamten ordentlich neben der Brieftasche.

Der Hund schien das Interesse an Arne für einen

Moment verloren zu haben. Er sah den Schein konzentriert an. Na, das habe ich nicht gedacht!, schoss es Arne durch den Kopf, Hunde sind geldgierig! Na ja, vielleicht weiß der hier, dass man das bedruckte Papier braucht, um sein Futter zu bezahlen. Lautenschläger war ganz mit seinen eigenen Gedanken beschäftigt – so entging ihm das Nicken, das die Beamten austauschten.

»Nun, Herr Lautenschläger, ich fürchte, das ist die Wende in Ihrer Feierabendplanung. Wir werden Sie nun aufs Revier mitnehmen, um ein paar wichtige Fragen zu klären.«

Arne Lautenschläger hörte kaum mehr die üblichen Belehrungen. Wo war der Fehler?, grübelte er fieberhaft, ich hatte doch alles gründlich durchdacht.

Aber wie hätte er auch einen Zollbeamten in Zivil auf dem Heimweg mit einplanen können, dessen Hund immer im Dienst ist.

Wenigstens ist die Beute erst mal sicher untergebracht, tröstete er sich. Die Winterdienstkiste wird frühestens in ein paar Monaten wieder benutzt, vorher schaut da keiner rein. Genug Zeit, mir Gedanken darüber zu machen, wie wir das Geld ausgeben können!

Georgs Kneipe verlor ihre magnetische Wirkung auf von der Arbeit heimkehrende Kiezbewohner. Das traditionelle Feierabendbier konnte man gefahrloser auf der Wohnzimmercouch sitzend trinken. Zu Hause war das Fernsehprogramm auch besser. So dauerte es nur etwa sechs Monate, bis Georg die Sportklause dichtmachen musste.

Sein Sporthallenpächter gab kurz danach ebenfalls auf. Das Vertrauen der Mitglieder des Sportclubs konnte nicht wiederhergestellt werden, einige behaupteten selbst nach

Monaten, der Gestank sei noch immer deutlich wahrzunehmen, verursache ihnen Übelkeit.

Fricks Supermärkte gerieten an den Rand des Konkurses. Lebensmitteleinkauf ist Vertrauenssache und die Kunden blieben lange Zeit misstrauisch. Doch in der Folge häuften sich Erpressungsversuche bei anderen Firmen und Fricks Apfelmus- und Tütensuppenkrise geriet in Vergessenheit.

Miriam zog mit den Kindern zu ihren Eltern.

Arne bekommt nur noch gelegentlich Besuch von Ralf, der einer seiner größten Fans geblieben ist. Ob das bis zum Ende der Haft andauern wird, ist ungewiss.

FANGSCHALTUNG UND ORTUNG: Selbst wenn die eigene Nummer nicht beim Anruf gesendet wird, kann der Anbieter das Gespräch durch sein Netz rückverfolgen bis zum Standort des Apparats, von dem aus telefoniert wurde. Die Umstellung von analog auf digital hat das Verfahren vereinfacht. Bei Mobiltelefonen geht es besonders einfach, weil sich Handys regelmäßig ›einloggen‹ und so vom jeweiligen Funkmast in der Nähe erfasst werden. Diese Signale kann man auswerten und dadurch den Standort des Mobiltelefons mit einer gewissen Fehlertoleranz ermitteln. Einige Smartphones und Androids erstellen über ihre Software eine Art Bewegungsprofil, das vom Netzbetreiber gespeichert werden kann. Um Daten dieser Art zu ermitteln, zu sammeln oder in einem späteren Verfahren verwenden zu können, muss eine solche Überwachung richterlich genehmigt werden. Ohne richterlichen Beschluss sind die bei einer TÜK (Telekommunikationsüberwachung) gewonnenen Ermittlungsergebnisse nicht gerichtsverwertbar.

INFRAROT-SPEKTROSKOPIE: Eine Energiequelle produziert elektromagnetische Wellen und ›beschießt‹ damit die zu identifizierende Probe. Bei der Transmission der Energie werden einige Frequenzen absorbiert, andere treten unverändert aus der Probe. Diese Absorption regt die Molekülbindung im zu untersuchenden Material zu Schwingungen an (Pendel-, Wackel-, Wipp-Schwingung). Im Spektrogramm werden diese sichtbar gemacht. Jede Substanz, jedes Material zeigt ein charakteristisches Spektrogramm, das zum Beispiel über einen Abgleich mit vorhandenen Spektrogrammen in Bibliotheken zu einer Identifikation der Probe führt.

PRÄPARATION DES GELDBEHÄLTERS: Eine Präparation soll den Täter und jeden anderen, der Zugang und Kontakt zum Behältnis hatte, identifizieren. In der Regel wird dazu die Außenhaut kontaminiert (z. B. mit Drogen), für den Täter unmerklich, für einen Spürhund leicht zu verfolgen. Peilsender, deren Signale eindeutig zugeordnet und verfolgt werden können, kommen gelegentlich zum Einsatz. Das gilt ebenfalls für sogenannte Security Packs, die einen pyrotechnischen Satz enthalten, der beim Öffnen der Tasche oder des Koffers auslöst und Täter sowie Beute farbig markiert.

STIMMVERGLEICH UND SPRACHANALYSE: Um eine Vergleichsanalyse durchführen zu können, ist eine elektronische Aufzeichnung notwendig. Nach der Ermittlung eines Tatverdächtigen ist ein Vergleich zwischen seiner Stimme und der aufgezeichneten Sequenz möglich. Dazu spricht der Verdächtige (im günstigsten Fall) einen Text, der einige der im Original verwendeten Worte enthält, dabei wird seine Stimme ebenfalls elektronisch aufgezeichnet. Nun ist ein direkter Vergleich der Mitschnitte möglich. Bei diesem Verfahren muss der Verdächtige willig an der Aufklärung mitarbeiten. Weigert er sich, müssen unbemerkt angefertigte Mitschnitte mit dem Original verglichen werden. Bei der Sprachanalyse liegt das Augenmerk der Ermittler auf der Verwendung regionaler Ausdrucksweisen, z. B. Dialekte, aber auch auf dem Wortschatz und eventuellen Lieblingswörtern, Füllwörtern oder auffälligen Formulierungen. Soll der Standort des Anrufers während des Telefonats ermittelt werden, liegt der Fokus des Beamten auf dem Herausfiltern und Identifizieren von Hintergrundgeräuschen aus dem Mitschnitt.

LEICHENWASSER

Heinrich und Gert Möbus hatten vor einigen Jahren den Autohandel ihres Vaters übernommen.

Leider erwies sich das Geschäft als nicht so lukrativ wie erhofft, was natürlich nicht nur am mangelnden Geschick der Erben, sondern auch an der wachsenden Konkurrenz lag. Es geriet erst ins Schlingern, dann in Schieflage und bekam erschreckend rasch eine derartige Schlagseite, dass ein Untergang kaum mehr abwendbar schien. Aber selbst das war nicht die ganze Wahrheit.

Kreative Buchführung erwies sich als hilfreich in ihrer Situation, aber noch besser war, dass die Brüder bald herausfanden, wie sich mit der richtigen Traute die Gewinne durchaus maximieren lassen konnten.

Gert hatte sich vor ~~einigen Monaten in der~~ Kneipe um die Ecke mit ein paar Kumpeln über das lästige Problem unterhalten und war dabei auf die Lösung gestoßen – praktisch auf eine Goldader. ›Ausländische Abnehmer‹ waren dabei offensichtlich die Zauberworte. Ein bisschen illegal sei das Ganze schon, ließ man Gert wissen, aber eben auch lukrativ. Und im Zweifel gelte es, im entscheidenden Moment schlauer als die Polizei zu sein, aber dabei seien die ›anderen‹ auch schon mal behilflich. Einer, Hans, bot sogar seine Unterstützung beim Knüpfen der Kontakte an. Nun galt es nur noch, den von jeher eher zögerlichen Bruder – Gert bezeichnete ihn gern als totales Weichei der Extraklasse mit Gütesiegel – von der neuen Geschäftsstrategie zu überzeugen.

Das stellte sich als nicht so schwierig dar wie erwartet. Bei dem Gespräch unter Brüdern räumte Heinrich nämlich überraschend freimütig ein, er habe eine neue Flamme, Schmetterlinge im Bauch, aber – wie immer – viel zu wenig Geld im Portemonnaie. Gert versprach, diesen unbefriedigenden Zustand zu ändern, erklärte, wie der Deal abzuwickeln sei, und versicherte, er wolle sich darum kümmern, dass die neuen Geschäftspraktiken sich als gewinnbringend erwiesen.

Wenige Tage später stolzierte eine hochgewachsene, schlanke Gestalt über den Hof der Möbusbruder und inspizierte die Gebrauchtwagen. Von denen hatten Gert und Heinrich zu ihrem Leidwesen so einige, die sich längst als Ladenhüter erwiesen hatten. Manch einer stand schon seit Jahren auf seinem ›Stammplatz‹. Der fremde Herr, der sich gründlich umsah, erklärte, er sei Diplomat aus Moldawien und zeigte sich an einem älteren Ford Mondeo interessiert, den die Brüder schon als unverkäuflich abgeschrieben hatten. 2.500 Euro wollten sie ursprünglich dafür – man einigte sich schnell auf 1.200 Euro bar auf die Hand. Während der Abwicklung des Deals – der Diplomat der Republik Moldawien bat darum, den Mondeo noch einige Zeit auf dem Platz stehen lassen zu dürfen – kam man ins Gespräch.

»Sie haben jede Menge Freifläche dort hinten auf dem Grundstück«, schnitt der Moldawier in überraschend akzentfreiem Deutsch ein neues Thema an. »Wie wäre es, wenn Sie die nutzen? Ich bin gerade dabei, einen Sammeltransport zusammenzustellen, da wäre es toll, wenn ich die Autos hier bei Ihnen lagern könnte.«

Gert und Heinrich wechselten einen kurzen Blick.

»Wie viele Wagen werden es denn am Ende sein?«, erkundigte sich der vorsichtige Heinrich, der fürchtete, der Autohandel Möbus könnte sich innerhalb kürzester Zeit in den Augen der Kunden in einen Autofriedhof verwandeln. So etwas war direkt rufschädigend, das würden sie auf keinen Fall zulassen.

»So 20 bis 30 Autos im Monat. Soll Ihr Schaden nicht sein. Wir machen es so: Falls ich während meines Aufenthalts in Ihrem schönen Land den ein oder anderen Wagen verkaufe, übernehmen Sie die Abwicklung. Das hätte gleich mehrere Vorteile für Sie: Zum einen gibt es auf Ihrem Platz Bewegung, was Ihren Nachbarn deutlich signalisiert, dass es Ihrem Autohaus gut geht. An- und Verkauf brummen. Das würde natürlich auch Ihre Hausbank registrieren – die weiß ja nicht, dass es fremdes Geld ist, was Sie da einnehmen. Zum anderen bedeutet es für Sie 200 Euro cash, steuerfrei. Da kann so einiges zusammenkommen.« Der gut aussehende Fremde zwinkerte. »Steuerfrei! Und alles nur für die Unterbringung der Wagen, das Aushändigen der Papiere an den Käufer und das Parken der Gelder.«

»Fremde Gelder laufen nicht über unsere Konten. Das müssen Sie irgendwie anders regeln. Ich bin nicht bereit, unsere Firmenkonten für so etwas zur Verfügung zu stellen«, erklärte Heinrich rigoros.

Der Diplomat der Republik Moldawien lächelte unbeirrt. »Kein Problem. Das lösen wir so, dass alle Seiten zufrieden sind.«

»Und die Haftung?« Gert stöhnte lautlos. Heinrich fand doch wirklich immer irgendein Haar in der Suppe. »Die Kunden werden sich bei uns beschweren, wenn die Autos Mängel haben!«

»Ist nicht Ihre Angelegenheit. Ich schicke einen Techniker, der die Autos gründlich – wie sagen Sie hier in

Deutschland, auf Herz und Nieren? – prüft. Bevor der die Autos gecheckt hat, geben Sie keines ab. Ganz einfach und ohne jedes Risiko für Sie.«

Heinrich schüttelte zwar in den kommenden Tagen hier und dort den Kopf, murmelte »Wenn das der Papa sehen könnte«, und schlich eher bedrückt denn energiegeladen durch die Ausstellungshalle, doch nun war die Sache angelaufen und nicht mehr aufzuhalten. Zu Gerts Freude legte sich das Genörgel des älteren Bruders bald, als die ersten Autos tatsächlich anrollten.

Allerdings währte die Freude nicht lang. In den kommenden Wochen füllte sich das Gelände der Brüder nach und nach, drohte aus allen Nähten zu platzen – etwa 50 Autos parkten dort, dicht an dicht. Das war jedoch nur ein Teil des Problems. Der andere Teil waren die Kunden, die ihren Kaufvertrag vorwiesen und nun den erworbenen fahrbaren Untersatz abholen wollten.

»Tut uns aufrichtig leid«, vertröstete Heinrich die Leute. »Die Autos sind noch nicht durchgecheckt. Und so geben wir die nicht raus. Wir – und Sie schließlich auch – wollen doch sicher sein, dass mit dem Wagen alles in Ordnung ist.«

»Wo bleibt der Techniker?«, fragte der ältere Bruder, der langsam nervös wurde. »Er wollte doch einen schicken!«

Gert zuckte mit den Schultern. »Wird schon kommen. Mach dir keine Gedanken. Überleg lieber, was du mit dem Geld machst, wenn die Schlitten alle weg sind.«

Doch nach weiteren 14 Tagen hatte sich der Monteur des Diplomaten noch immer nicht eingefunden. Stattdessen erschien an jedem Tag eine neue Invasion von Käufern im Autohaus Möbus. Alle wurden, gemäß der Absprache, auf den Termin nach der Durchsicht vertröstet.

»Gert! Ich sage dir, da ist irgendetwas oberfaul! Heute hatte ich wieder Leute, die Kaufverträge vorgelegt haben für Autos, über deren Verkauf ich schon mindestens drei weitere Verträge gesehen habe. Was machen wir, wenn der Moldawier da ein linkes Spiel getrieben hat? Die Kunden werden über uns herfallen! Obwohl wir ihnen die Karren nicht verkauft haben! Gert, die Sache riecht verdammt nach Ärger.«

»Vielleicht sollten wir ihn einfach mal anrufen? So ein Botschafter hat doch eine Menge Arbeit – da hat er uns schlicht vergessen.« Gert trabte entschlossen ins Büro.

Kam wenig später ungewöhnlich bleich zurück. »Der Typ am Telefon war nicht unser Botschafter. Vielleicht haben die das Personal in der Zwischenzeit ausgetauscht.« Dass er ebenfalls zu hören bekommen hatte, es sei vollkommen ausgeschlossen sich auch nur vorzustellen, der Botschafter wickle derartige Geschäfte ab, ein Sammeltransport gebrauchter Fahrzeuge sei selbstverständlich auch nicht vorgesehen, erzählte er Heinrich nicht.

Um des lieben Friedens willen.

Es sollte noch schlimmer kommen. Mitten in der Nacht klingelte bei den Brüdern das Telefon. Schlaftrunken hörten sie sich an, sie sollten unverzüglich beim Autohaus vorbeifahren – sie würden erwartet. Das stimmte. Der Zoll stand vor dem Tor. Sprachlos mussten Heinrich und Gert mit ansehen, wie alle Autos abtransportiert wurden.

»Die sind beschlagnahmt«, informierte ihn einer der Beamten und legte ein Dokument auf Gerts Schreibtisch.

»Die stehen nur auf unserem Platz«, versicherte dieser. »Wir haben ansonsten mit den Autos nichts zu tun.«

»Hoffen wir mal für Sie, dass das so stimmt. Gehen Sie davon aus, dass wir Ihre Angaben penibel überprüfen. Wir haben diese Autoschieberbande schon lang im Visier – und falls Sie doch an der Gewinnausschüttung beteiligt waren, finden wir es raus!«

Gert seufzte erleichtert. Heinrich sei Dank! Sein Misstrauen hatte das Autohaus vor dem Untergang gerettet. Über die Firmenkonten waren seiner Halsstarrigkeit wegen keine Fremdgelder geflossen.

Eines Abends, kurz vor Geschäftsschluss, betraten zwei Herren in feinem Zwirn und Kaschmirmänteln den Verkaufsbereich. Das roch nach einem guten Geschäft – Gert wusste, woran man potenziell gute Kunden auf den ersten Blick erkannte.

Die Männer sahen sich interessiert um, begutachteten die Neuwagen und unterhielten sich in einer fremden Sprache, die weder Heinrich noch Gert beherrschten. Den Brüdern würde es blümerant, als die Herren nicht im geringsten den Eindruck machten, sie wollten das Geschäft in der nächsten Zeit wieder verlassen, um zu ihren wartenden Familien zurückzukehren. Im Gegenteil. Es wirkte so, als hätten diese Kunden viel Zeit mitgebracht.

»Kann ich Ihnen zu einem der Modelle nähere Auskünfte geben?«, erkundigte sich Heinrich devot und erschrak unter dem eisigen Blick des Fremden.

»Ja, zu Ihrem neuen Geschäftsmodell«, gab der Kunde grinsend und in stark akzentgefärbtem Deutsch zurück.

Diese Sprechweise war den Möbusbrüdern schon beinahe vertraut. Moldawier! Auch Gert spürte die Kälte, die sich im Raum ausbreitete. Besonders, als die beiden einen Revolver als argumentative Stütze auf den Schreibtisch legten.

Die Fremden machten die Brüder in freundlichem Ton darauf aufmerksam, dass sie durch ihr Verhalten die sonst reibungslos funktionierenden Abläufe fundamental störten. Die Einnahmen aus den letzten Verkäufen seien noch nicht auf den entsprechenden Konten eingegangen und die teilnehmenden Partner zeigten zunehmende Besorgnis. Daher sei man übereingekommen, zwei befreundete Herren zu den Brüdern zu entsenden, um sie auf ihren Verzug aufmerksam zu machen.

Heinrich schluckte. Das sind echte Killer, wurde ihm klar, die werden nicht lange fackeln. Auch Gerts Gesicht hatte eine ungesunde Färbung angenommen, Heinrich bemerkte, dass die Hände des Bruders leicht bebten. Na, wenn sogar Gert Angst hat, ist die Lage wohl wirklich ernst, erkannte der Ältere und seine eigene Panik erreichte einen neuen, bisher unerreichten Pegelstand.

Nun ließen die Fremden die Brüder wissen, dass sei alles nicht so dramatisch, noch könne man die Angelegenheit ohne größeres Aufheben bereinigen. Der Verbund erwarte lediglich die Herausgabe der ›widerrechtlich‹ eingenommenen Gelder und fordere die gleiche Summe als eine Art Schmerzensgeld. Die Brüder sollten das am besten sofort aus der Welt schaffen, das Geld abheben und den Besuchern übergeben, sonst … Der größere der beiden spielte verträumt an der Sicherung seines Revolvers.

Gert zuckte zusammen. »Welche Einnahmen?«, wagte er sich vor. »Wir sollten nur 200 Euro pro verkauftem Wagen bekommen – bar. Doch wir haben ja keinen einzigen ausgeliefert. Der Techniker war noch nicht da! Da können die doch nicht eine solch horrende Summe einfordern. Das können wir – so ganz nebenbei – nicht mal eben fix bei der Bank abheben.«

»Und wo, meine Freunde, sind dann die Autos?«, erkundigte sich der Größere süffisant.

»Beim Zoll.« Gert legte eine Quittung vor.

»Was für eine fantasievolle Geschichte. Wären sie beim Zoll, hätten wir schon davon gehört. So weit weg ist Moldawien auch wieder nicht. Ihr seid schlechte Lügner! Glaubt ihr denn, wir wissen nicht, wie man so einen Wisch fälscht oder sich organisiert?« Verächtlich fegte der Fremde die Quittung vom Tisch. »Wir wollen das Geld sofort – und wir nehmen es für unsere Auftraggeber mit. Jetzt! Oder …« Wieder griff er nach dem Revolver, ließ die Trommel herausschnappen, klickte sie wieder ein, spielte am Abzug, wobei er die Waffe wie zufällig mal auf Heinrich, mal auf Gert richtete.

»Das geht nicht!«, widersetzte sich Gert und Heinrich brach der Schweiß aus.

»Nein?«, lächelte der Kleinere drohend.

»Nein. Wir haben natürlich ein Limit. So viel Geld rückt der Automat sowieso nicht raus.«

Die Besucher berieten sich kurz und für die Brüder unverständlich. Dann stand der Größere auf und zückte sein Handy, hielt Rücksprache mit seinen Auftraggebern. Denen schien diese Entwicklung ebenfalls nicht zu gefallen. Es entspann sich eine reges Hin und Her der Argumente, in dem schließlich die Gier nach dem Geld siegte.

»Gut. Wir kommen morgen wieder. Keine Polizei – sonst seid ihr Geschichte. Uralte Geschichte. Vergessen!«

Wie zwei Schatten glitten die Fremden zur Tür hinaus und waren im nächsten Augenblick verschwunden.

»Scheiße!«, kreischte Heinrich seine Angst hinaus.

»Reiß dich zusammen!«, forderte Gert ruhig. »Ich weiß schon, wie wir die loswerden. Lass dich doch nicht von solch aufgeblasenen Angebern einschüchtern. Die sind auch nur aus Fleisch und Blut. Wie du und ich!«

»Was tun wir denn jetzt?«, jammerte der andere. »Wir haben das Geld nicht! Und die Typen glauben uns kein Wort. Die werden uns einfach abknallen! Ohne zu zögern!«

»Mach dir nicht ins Hemd. Wir müssen das Problem eben anders lösen«, beruhigte ihn der Bruder. »Ich hatte schon einen Plan, bevor die überhaupt wieder aus dem Laden spaziert sind. Ist egal, was die glauben. Wir geben denen keinen Cent.«

»Was?«

»Ja, Brüderchen. Bei solchen Kerlen kommt es einzig darauf an, schneller als sie zu sein.«

Am kommenden Abend fanden sich die Fremden pünktlich ein.

»Habt ihr das Geld?«, fragte der Größere barsch. Offensichtlich hatten die beiden keine Lust auf längere Diskussionen.

»Noch nicht. Wir konnten nicht den ganzen Betrag mit einem Mal abheben.«

»Nur, dass das klar ist: Ihr seid komplett raus aus dem Spiel! Das Geld nehmen wir mit – seht es als erste Rate. Dein Bruder wird uns begleiten, bis du alles bezahlt hast! Und wenn ihr euch wieder einmischt und versucht, eure eigene Suppe auf fremdem Feuer zu kochen, geht es für euch nicht so glimpflich ab«, grollte der andere und klopfte wie zufällig auf seine Jackentasche, die sich deutlich ausbeulte.

»Was soll das?«, fuhr Gert nun auf. »Wir haben mit euren Geschäften nichts zu tun gehabt! Mein Bruder wird euch nicht begleiten! Es reicht schon, dass ihr unseren Betrieb in die Pleite treibt!«

»Hör zu, du Würstchen!« Der Große packte Gert am Kragen und zog ihn nah zu sich heran. »Du hast nichts zu melden! Das nächste Mal solltest du dich besser genau erkundigen, mit wem du dich anlegst!«

Gert schlug die Pranke des anderen zur Seite. »Was glaubt ihr eigentlich? Wir denken nicht dran, uns von euch das Geschäft unterm Hintern wegziehen zu lassen! Das ist seit Generationen ein Familienbetrieb gewesen!« Ein Speichelregen flog dem Fremden ins Gesicht. Der blieb unbeeindruckt.

Heinrich beobachtete mit Sorge, wie Gert immer wütender wurde. Schneller zu sein als die beiden, könnte so zu einer unlösbaren Aufgabe werden. Von einem sinnlosen Streit war bei der Planung auch gar nicht die Rede gewesen. Er kam sich ein wenig wie Staffage vor, wie er da stand mit dem Geldkoffer in der Hand. Ihm wurde schlecht, wenn er daran dachte, was passieren würde, wenn die Typen herausfanden, dass der leer war. Der Griff glitt in seiner feuchten Hand hin und her.

Gert und der andere schrien sich inzwischen an.

Heinrich träumte sehnsüchtig von einer Tarnkappe. Plötzlich unsichtbar zu sein, wäre toll. Da kam plötzlich das verabredete Zeichen.

Heinrich knallte der Koffer wie besprochen auf den Tisch – die Kerle kamen mit der arrogant-freundlichen

›Na, geht doch‹-Mimik ganz nah heran, um die Schlösser zu öffnen, Gert trat einen Schritt zurück – da blitzte unerwartet Mündungsfeuer auf, es knallte zweimal gedämpft.

Der Spuk war nicht vorbei! Entgeistert starrte Heinrich auf die Körper, die auf dem gefliesten Boden lagen, und die riesigen Blutlachen, die darunter hervorquollen.

»Scheiße!«, schrie er auf.

»Ruhig Blut, Brüderchen!« Gert war völlig cool.

Er schob die Waffe in die Tasche und kniete neben den Körpern nieder. »Tot!«, verkündete er dann stolz. »Los, steck deine Pistole weg, Heinrich, wir haben noch eine Menge zu tun. Schlafen ist in dieser Nacht nicht drin.« Im Vorbeigehen klopfte er dem Bruder auf die Schulter. »Hätte ich gar nicht von dir gedacht. Super Treffer!«

Heinrichs Körper zitterte unaufhörlich – und das würde sich auch in den nächsten Stunden nicht abstellen lassen. »Ich habe einen Menschen erschossen – und du auch!«, wisperte er.

Gert beobachtete ihn genervt. »Nun reiß dich mal zusammen!«, fauchte er.

Heinrich nickte. Alles blieb unverändert. »Die Polizei wird bald hier sein«, quengelte er. »Irgendjemand erwartet die beiden sicher. Wenn die nun nicht kommen, schlagen die Alarm.«

»Sicher nicht«, gab Gert kalt zurück. »Wenn, dann kommen die selbst!«

»So viel Blut«, hauchte Heinrich. »So viel!«

Mit vereinten Kräften wickelten sie die toten Männer in Planen ein und verluden sie in einen Transporter, einen alten T4 von VW, der nicht zu der moldawischen

Gebrauchtwagenabteilung gehört hatte. Danach hoben sie eine Schubkarre und eine Motorsäge hinein.

»Mann, ist das kalt!« Heinrich rieb sich die Hände und Gert klatschte ihm ein paar warme Handschuhe vor die Brust. »Hier. Zieh die an!«

Der Jüngere schob sich hinters Steuer und fuhr los. Ruhig und ohne jede Hast. Heinrich war gegen seinen Willen beeindruckt.

Nicht lange und sie erreichen einen Waldparkplatz.

»Dort unten. Ich habe mir das gestern schon alles angesehen. Hat sich nicht viel verändert seit unserer Kindheit. Es ist nicht sehr weit – aber die Kerle sind schwer. Wir laden sie in die Karre und los!«

»Beide?«

Gert überlegte. Stieg aus und war plötzlich von der Dunkelheit verschluckt. Heinrich, der sich mit den Leichen als einziger Gesellschaft unbehaglich fühlte, ging ihm eilig ein Stück nach. Entdeckte den Bruder auf dem zugefrorenen See – ein kleiner schwarzer Punkt auf makelloser Fläche.

»Neumond wäre günstiger gewesen«, schimpfte Heinrich. »Mann, ist ja wie auf dem Präsentierteller.«

Gert war rasch zurück.

»Morgen wird man unsere Spuren im Schnee sehen! Die Reifenspuren, unsere Schuhe, die Karre – alles!«, wimmerte Heinrich verzweifelt. »Noch bevor wir den Laden aufschließen kommen, sind die anderen da – oder die Polizei!«

»Es schneit! Guck doch mal. Bis zum Morgen siehst du nichts mehr. Und Eisfischer kommen auch früh, noch vor Tagesanbruch. Die nehmen Schubkarren, um ihr Zeug aufs Eis zu schaffen. Niemand würde sich was bei Spuren hier denken. Wir gehen raus, bis zu der Stelle, wo das Wasser mehr als 20 Meter tief ist. Du weißt schon, die, zu der wir als Kinder nicht rausschwimmen durften, weil Mama solche Angst um uns hatte.«

Heinrich blieb skeptisch.

»Das Eis trägt. Aber besser wir gehen kein Risiko ein und karren einen nach dem anderen hin. Wir haben die Planen ja mit Seil umwickelt. Zum Beschweren nehmen wir die Hohlblocksteine, von unserem Umbau, die habe ich schon heute Nachmittag eingeladen. In so einer Situation muss man nur an alles denken – und schon funktioniert die Sache ohne Probleme. Die stopfen wir unter die Plane, dann können die Leichen nicht zur Oberfläche auftreiben. Los!«

Ächzend hoben sie ein Paket heraus. Gert zog sofort mit der Karre los. Kam zurück. Das zweite verdächtige Paket wurde umgeladen.

»Nimm die Kettensäge. Los!«, verlangte er, und Heinrich griff zu.

Während Gert den zweiten Leichnam auf der Eisfläche zwischenlagerte, befestigte Heinrich die Betonblöcke an den Planen. An die toten, langsam auskühlenden Körper darin wollte er gar nicht denken.

»So, los!«, kommandierte Gert und sein Bruder fragte sich, ob es nun für immer so bleiben würde. Gert gab Befehle und er musste gehorchen. Zu diesem unpassenden Zeitpunkt wollte er darüber keine Diskussion vom Zaun brechen, aber gefallen lassen würde er sich das auf Dauer nicht, beschloss Heinrich. Er packte die Säge und schnitt ein sauberes Loch in die erstaunlich dicke Eisschicht. Das Jaulen des Motors war weithin zu hören.

»Wenn jetzt einer kommt, erwischt der uns mit zwei Toten hier!«

»Quatsch nicht. Es ist mitten in der Nacht. Bei der Kälte kommt keiner gucken!« Mit einer Brechstange schob Heinrich das runde dicke Trennstück ächzend und schwitzend zu einem guten Teil unter das Eis, bis das Loch für das ungewöhnliche Fischfutter groß genug war.

Mit einem lauten Platschen versanken die Opfer im Wasser. Es gurgelte noch ein wenig, dann war nichts mehr zu hören. Mit viel Kraftaufwand wurde das dicke Runde wieder zurück geschoben.

»Passgenau«, grinste sich Gert eins. In einer Stunde würde keiner mehr erkennen, wo das Loch war. Er schaute noch einmal – mit sich und der Welt des Autohauses mit Familientradition im Reinen – in den Himmel. Dank an Frau Holle. Sie wird den Rest schon richten.

»Mach schon!«, forderte der Jüngere und sah ungeduldig zu, wie der Bruder versuchte, lockeren Schnee über die Fuge zu schieben. »Ich bring schon mal die Karre und die Säge zum Auto zurück!«

Heinrich war wieder mit seinen Ängsten allein.

Den Rest der Nacht verbrachten die Brüder mit Hausarbeit. Pünktlich zur Ladenöffnung beseitigten sie die allerletzten Spuren ihrer nächtlichen Aktivitäten und betrachteten zufrieden das Ergebnis.

»Nichts mehr zu sehen«, beruhigte Gert den blassen Bruder. »Uns kann keiner was!«

Gern hätte Heinrich »Dein Wort in Gottes Ohr« geantwortet, war sich aber nicht sicher, ob es geschickt war, sich nach einem gemeinschaftlichen Mord und der Beseitigung von Leichen und Tatspuren ausgerechnet auf den Herrn zu berufen. Deshalb schwieg er lieber.

»Guck nicht so! Wenn die ersten Kunden kommen und deine sauertöpfische Miene sehen, dann glauben die, bei uns klopft der Insolvenzverwalter an die Tür!«

Heinrich versuchte ein zuversichtliches Lächeln – und scheiterte.

Der Stein kam schneller ins Rollen, als es die Brüder erwartet hatten. Zunächst meldete der Besitzer des Hotels, in dem die Moldawier abgestiegen waren, seine Übernachtungsgäste als abgängig.

»Den ganzen Abend hat hier der Attaché der Republik Moldawien an der Bar gesessen und auf seine Freunde gewartet. Aber die sind nicht zurückgekommen. Der arme Mann wurde immer besorgter, schließlich waren die drei fest verabredet. Und mal ehrlich: Wer lässt schon einen Diplomaten warten? Heute Morgen sind sie auch nicht zum Frühstück gekommen. Das Mädchen hat nachgesehen – es ist alles da, die haben sich also nicht aus dem Staub gemacht. Ich denke, denen ist was zugestoßen.«

»Haben die beiden ein Auto?«

»Ja«, bestätigte der Hotelier. »Von so einer Mietwagenfirma. Stand auf unserem Parkplatz. Mit dem sind sie gestern weggefahren.«

»Wir kümmern uns drum«, versicherte Michael Johns, der diensthabende Beamte, und ließ sich die Namen der Gäste geben. Er beschloss, seinen Vorgesetzten Knut Leber in Kenntnis zu setzen. Vielleicht lauerten in diesem Fall internationale Verwicklungen – ein Diplomat der Republik Moldawien hatte schließlich auf die beiden

Gäste gewartet. Je schneller das von seinem Schreibtisch runter war, desto besser.

»Ist gerade reingekommen«, informierte Knut Leber seine Kollegen. »Anonymer Hinweis auf einen Schusswechsel in der letzten Nacht. Möglicherweise Mord. Angeblich sollen die Brüder Möbus verwickelt sein. Der Tippgeber sprach von einer Auseinandersetzung im Autohändlermilieu. Vielleicht Schieber? Wir sollten besser mal nachsehen, passt mir so gar nicht, wir haben in dem Fall mit der toten jungen Frau aus dem Wiesenpark eine heiße Spur, der würde ich jetzt lieber nachgehen, aber ist schon richtig, je näher wir zeitlich zum Geschehen am Tatort sind, desto besser die Informationen.«

»Ich habe hier auch noch was. Zwei Männer sind verschwunden …«, begann Johns seine weitschweifige Erklärung.

So stand wenig später ein Streifenwagen vor dem Eingang. Heinrich entdeckte ihn zuerst. Seine Knie gaben nach, er musste sich an der Kante seines Schreibtischs festhalten. »Gert! Gert!«, warnte er leise. »Polizei!«

»Guten Morgen, meine Herren! Hier riecht es ja wie bei mir zu Hause nach dem Frühjahrsputz!«, staunte einer der Beamten beim Betreten der Ausstellungshalle.

Gert schoss einen warnenden Blick auf seinen Bruder ab. Jeder Kommentar war jetzt ein Risiko. »Wie können wir Ihnen helfen?« Er gab sich höflich und forsch.

»So genau wissen wir das noch gar nicht. Wir sind darüber informiert worden, dass in diesen Räumlichkeiten ein Schusswechsel stattgefunden haben könnte, in dessen Verlauf es Tote gab. Können Sie dazu etwas sagen?«, fragte Knut Leber freundlich.

»Bei uns?«, keuchte Heinrich aus dem Büro.

»Wie kommt nur jemand darauf, wir könnten in so etwas verstrickt sein?«, empörte sich Gert. »Das ist doch ungeheuerlich!«

Knut Leber gab seinem Kollegen ein Zeichen, der daraufhin zum Streifenwagen zurückkehrte. Es war deutlich zu sehen, dass er eifrig mit jemandem sprach.

»Sie haben eine Firma, die in Ihren Räumen die Reinigungsarbeiten durchführt?«, erkundigte sich Leber ungerührt.

»Firma wäre wohl zu viel gesagt. Wir beschäftigen eine Reinigungskraft. Wenn Sie möchten, gebe ich Ihnen Namen und Adresse.«

»Kommt diese Kraft jeden Tag?«

»Dienstag, Donnerstag, Samstag. Nur wenn der Frost nachlässt und wieder Schmuddelwetter kommt, putzt sie nach Notwendigkeit auch an anderen Tagen.«

»Aha. Da es hier so sauber riecht, war sie also gestern im Einsatz, wenngleich es Freitag war?«

»Nein.« Gert lachte. »Manchmal legen wir auch selbst Hand an. Gestern war eine Familie in den Ausstellungsräumen. Deren vier Kinder brachten einen unglaublichen Dreck rein. Profilsohlen eben. Wenn der Schnee taut, fällt der ganze Kies und Modder heraus. So konnte es jedenfalls nicht bleiben – also haben wir das gestern selbst weggewischt.«

Heinrich schwieg. Jetzt würde der Polizist sicher den Eimer und den Schrubber sehen wollen.

»Seltsam. Weder Schrubber noch Lappen sind feucht.« Leber warf Gert einen unergründlichen Blick zu, als er wieder aus der Kammer kam.

»Wir trocknen das immer an der Heizung – damit das Zeug nicht anfängt zu modern. Sie wissen schon, sonst stinkt's.«

Heinrich staunte. Gert hatte wirklich immer eine Antwort parat. Er entspannte sich etwas.

Lebers Handy meldete sich.

»Ha!«, hörten die Brüder nur.

Danach führte Leber noch ein weiteres Gespräch: »Der Wagen der Vermissten wurde über das GPS-Signal geortet, der steht hier um die Ecke und im Autohaus stinkt's nach aggressivem Reiniger, vielleicht Wasserstoffperoxid. Ich denke, wir brauchen Unterstützung!«

Der Parkplatz vor dem Autohaus füllte sich. Diskutierende Männer stiegen aus, bepackt mit Koffern und Kisten.

Der Herr, der nun zu Gert trat, zog ein amtlich aussehendes Schreiben hervor und verkündete: »Herr Möbus, aufgrund einer Anzeige suchen wir hier nach Hinweisen, die auf ein Kapitalverbrechen deuten können. Dieser richterliche Beschluss erlaubt uns, einige Untersuchungen durchzuführen.«

Gert nickte selbstbewusst. »Kein Problem. Solange mir nur nichts an die Ausstellungswagen kommt!«

»Gut. Wir sind eher an den Wänden und dem Boden interessiert.«

»Wer zahlt uns den Verdienstausfall?«, hakte Gert bei Herrn Leber nach. »Schließlich kann ich ja wohl kaum ein Kundengespräch führen, wenn all diese Leute auf meinem Boden rumkriechen!«

»Mit welchen Kunden wollten Sie sprechen, Herr Möbus?«, grinste Leber und zeigte ins ansonsten menschenleere Rund.

Gert schnaubte, trollte sich aber ins Büro.

Heinrich beobachtete besorgt, wie die Techniker mit Chemikalien zu hantieren begannen. »Gert, sieh doch mal!«

»Setz dich endlich hin!«, zischte der Bruder.

»Können Sie die Rollos runterlassen?«, fragte einer der Männer in weißer Schutzkleidung mit der Aufschrift ›Polizei‹.

Gert nickte. Drückte auf mehrere Knöpfe. Ratternd fuhren Innenrollos herunter. Schweigen klebte zwischen den Brüdern wie Giftnebel aus einer Spraydose.

»Entschuldigung. Können Sie bitten mal herkommen?«

Bläulicher Schimmer. Auf dem Boden, zwischen den gut geschrubbten Fliesen.

»Sehen Sie, die Kollegen haben gleich geahnt, dass wir auf den Fliesen nichts mehr werden nachweisen können, die sind – wie man deutlich riechen kann – mit einem aggressiven Reiniger gesäubert worden. Aber beim Putzen werden gern die Fugen vergessen – das ist unsere Chance, denn hier sind wichtige Informationen ›gespeichert‹. Und hier, sehen Sie, dieser Schimmer im UV-Licht beweist, dass in diese Fugen Blut eingesickert ist.«

Gert sagte nichts, Heinrich schwieg ohnehin.

»Ihr könnt wieder hochziehen!«, rief der Mann, der mit einer Kamera bewaffnet um die schimmernden Flecken herumschlich.

»Nun?«, fragte ein neuer Teilnehmer der Runde, der sich als Kommissar Gerald Schütz von der Kriminalpolizei vorgestellt hatte.

»Tja«, grunzte Heinrich.

»Ach!« Gert schlug sich mit der flachen Hand gegen die

Stirn. »Weißt du noch, Heinrich, wie der Hund sich verletzt hat? Der ist doch hier überall durch den Raum gelaufen, lag auch 'ne Weile, bis wir gemerkt haben, dass er blutet.« An den Kommissar gewandt erklärte er: »Nebenan war eine Baustelle. Die wurde nicht sauber geführt und an manchen Stellen ragten Eisenbänder aus dem Erdreich. Wir hatten das ein paar Mal moniert, doch der Bauherr hat nichts unternommen. Na ja. Es kam, wie es kommen musste. Unsere Hündin Carla hatte sich beim Stöbern dort den Hinterlauf aufgeschlitzt.«

»Sie meinen, das ist Hundeblut? Aha. Bei welchem Tierarzt haben Sie das Tier behandeln lassen? Muss ja eine dramatische Wunde gewesen sein, bei der Menge an Blut, die das Tier verloren hat. Sie haben doch gerade gesehen, wie groß der Fleck war, der im UV-Licht gestrahlt hat?«

»Gar nicht. Ich habe selbst einen Verband angelegt und nach ein paar Tagen war alles ganz gut verheilt. Carla ist keine von den wehleidigen. Wenn es eine Narbe gegeben hat, ist davon jedenfalls nichts zu sehen. Der Hund ist wie neu!«, scherzte Gert.

Der Kriminaltechniker schüttelte den Kopf, er hatte zwischenzeitlich eine besonders ›trächtige‹ Fuge aus dem Fliesenverband herausgekratzt und mit seinem ›Zauberkit‹ untersucht. »Hm, das ist jetzt natürlich sonderbar. Denn diese Blutanhaftungen stammen eindeutig von einem Menschen.«

Das verschlug selbst Gert die Sprache.

Die Brüder wurden vorläufig festgenommen. Abgeführt in Handschellen, sichtbar für ›Kunden‹, die sich bereits am Autohaus Möbus versammelt hatten.

»Es ist ziemlich klar, was gestern bei Ihnen passiert ist, nicht wahr?« Kommissar Schütze ging langsam in seinem Büro auf und ab. »Wir haben zuverlässige Informationen darüber, dass Sie vorgestern und gestern Besuch von zwei vorgeblichen Moldawiern hatten. Von ihrem letzten Besuch sind sie nicht ins Hotel zurückgekehrt. Also, Sie haben sich mit ihnen gestritten! Wahrscheinlich um Geld!« Dabei sah er den jüngeren Möbusbruder scharf an.

»Ach, die beiden Kunden waren aus dem Ausland?«, staunte Gert. »Die waren an einem unserer Modelle interessiert, wollten am nächsten Abend wiederkommen und eine Probefahrt machen. Aber gestern sind sie einfach nicht mehr aufgetaucht«, schloss Gert. »Unser Geschäft ist sauber«, versicherte er ungefragt. »Aber wir wissen natürlich, dass es auch im Autohandel schwarze Schafe gibt, die nur am schnellen Geld interessiert sind. Dazu muss man sich aber mit finsteren Typen einlassen – wir sind keine monopolkapitalistischen Profithyänen.«

Die gleiche Frage stellte Schütze im Nebenraum auch dem Älteren.

»Die kamen wegen einer Probefahrt«, bestätigte Heinrich. »Wir hatten sogar schon die roten Nummernschilder montiert.«

»Es gab keine Auseinandersetzung wegen irgendwelcher Geschäfte? Unsere Kollegen, die in diesem Dunstkreis ermitteln, haben uns Akten zur Verfügung gestellt. Die kennen die beiden Männer gut. Eine deutsche Gruppe.«

»Ach, die kamen gar nicht aus Moldawien?« Heinrich wirkte ehrlich überrascht.

»Welche Art Geschäfte haben Sie mit ihnen abgeschlossen?«

»Wir lassen uns doch nicht mit solchen Typen ein! So was entspricht nicht unserer Firmenphilosophie.«

»Sie sind keine Profithyänen?« Gerald Schütze kämpfte gegen ein Grinsen. »Meint Ihr Bruder.«

Wo Gert solche Paraden immer her hat, staunte Heinrich, nickte nur.

Kriminalkommissar Schütze ließ nicht locker. Er war ein guter Beobachter, erkannte schnell die Wesensverschiedenheit der Brüder und beschloss, sich diese Erkenntnis zu Nutze zu machen. Während Gert in einem Nebenraum wartete, holte er für Heinrich und sich einen Kaffee.

»Möchten Sie rauchen?«

Heinrich trank dankbar von dem heißen schwarzen Gebräu. »Bin Nichtraucher. Diese Qualmerei kostet nur ein Schweinegeld und schadet der Gesundheit.«

»Wir werden eine DNA-Analyse erstellen. Damit können wir nachweisen, ob das Blut in ihren Fugen von den vermissten Männern stammt.«

»Vielleicht hatte sich ja einer von denen vorher irgendwo verletzt. Kann doch sein. Dann hauen Sie uns jetzt dafür in die Pfanne!«

Gerald Schütze seufzte. »Das gibt es nur im Fernsehen. Ich hau doch keinen in die Pfanne!«, wehrte er sich leutselig. »Schließlich käme ja dann der Falsche ins Gefängnis und ein Mörder liefe frei rum. Nee, nee.« Er trank ebenfalls von seinem Kaffee und ließ Heinrich nicht eine Sekunde aus den Augen. Wenn er geschickt genug vorging, würde Heinrich Möbus mit Sicherheit einen Fehler machen, vielleicht gar freiwillig die Morde einräumen.

»Ihnen geht es heute nicht so gut, oder? Der Magen?«

»Ja, der reagiert immer so empfindlich. Und bei dem

Stress ist es kein Wunder!« Der Beschuldigte zuckte zusammen.

»Mir geht das auch so. Kalkulierter Stress geht ja noch, aber wenn dann überraschend etwas dazwischen kommt, ist Schluss mit lustig.« Schütze wartete, bis sein Gegenüber sich etwas entspannt hatte. »Wenn wir den DNA-Abgleich haben, kann sich von euch keiner mehr rausreden. Die verschwundenen Männer haben uns jede Menge Vergleichsmaterial im Hotel zurückgelassen. Zahnbürsten, Haare im Kamm und auf dem Kopfkissen. Sie stecken in Geldschwierigkeiten, nicht wahr? Da muss man schon mal zu unorthodoxen Maßnahmen greifen, damit der Rubel wieder rollt!«

»Nein, nein. Der Gert hat doch sicher auch gesagt, dass wir das nie machen würden«, widersprach Heinrich leise.

»Das glaubt ihm nur keiner. Unsere Leute finden das ohnehin raus. Illegale Geschäftspraktiken bleiben nie lange verborgen, wenn die Polizei ermittelt.« Schütze beugte sich weit über den Tisch, kam Heinrich ganz nah. »Für Sie stellt sich nur noch die Frage der Schadensbegrenzung. Darüber sollten Sie ernsthaft nachdenken. Geständnisse werden vom Gericht immer strafmildernd gewertet. Das lohnt sich bei Mord so richtig. Ist ein gewaltiger Unterschied, ob ich ein Leben lang sitze oder nach etwa fünf bis zehn Jahren wieder rauskomme.«

Heinrich schwieg zu diesem Angebot.

Gut, dann anders, beschloss Schütze und brachte für den zweiten Anlauf einen Kollegen mit. »So, Herr Möbus. Sie hatten ja jetzt etwas Zeit, um über alles nachzudenken. Dies ist Kommissar Pfahl, er wird sich zu uns setzen.«

Heinrichs Blick flackerte nervös von einem zum anderen.

»Sie bleiben also bei der Aussage, es habe gestern weder einen Besuch der Moldawier gegeben noch einen Streit mit ihnen?«

»Ja, das hat der Gert doch bestimmt auch gesagt.«

»Ach, der Kerl lügt doch!«, polterte Pfahl unbeherrscht los. »Klar gab es einen Streit! Den wird auch jemand gehört haben. Da finden wir Zeugen!«

»Herr Möbus, die vermissten Männer haben in einem Telefongespräch mit Freunden erklärt, sie wollten sich jetzt auf den Weg zu Ihnen machen. Angeblich um die Angelegenheit endgültig aus der Welt zu schaffen.«

»Aha«, mehr fiel dem Autohändler nicht ein.

»Nun, noch können Sie mit uns zusammenarbeiten …«

»Lass den Quatsch«, fiel Pfahl dem Kollegen rüde ins Wort. »Siehst Du denn nicht, dass der Kerl nichts sagen will? Der wartet lieber darauf, dass wir ihm jedes Stückchen nachweisen! Dann ist es eh zu spät. Wir vergeuden hier unsere Zeit!«

»Nun lass mich doch mal!«, beschwerte sich Schütze. »Wenn du mich dauernd unterbrichst, kann ich Herrn Möbus gar nicht erklären, dass nur einer der Mörder dieses Angebot annehmen kann. Und dass natürlich seinem Bruder ebenfalls dieses Angebot gemacht wird.«

»Was? Dem habt ihr das auch angeboten? Dabei ist das so ein arroganter Schnösel. Na ja – so ist es ja oft, erst machen die einen auf eiskalter Killer und dann hängen sie andere hin, wenn's ans Bezahlen geht. Kennt man ja!«, ereiferte sich Pfahl.

»Ich glaube, es ist besser, du gehst wieder. Hast du nicht jemand anders, den du bei der Arbeit stören kannst?«

Pfahl stöhnte hörbar, stand aber auf. In der Tür drehte

er sich noch mal um. »Ey, wenn du jemanden ranlassen willst, der das mit dem Verhören wirklich kann und auch Ergebnisse liefert – dann weißt du ja, wo du mich finden kannst!«, grinste er fies, bevor er auf den Gang hinaustrat.

Die beiden Zurückgelassenen sagten kein Wort.

Schütze konnte diese Stille gut aushalten, sie war Teil seines Konzepts. Heinrich Möbus dagegen litt. Ohne Gert wusste er nicht recht, was er tun oder sagen sollte. Noch schlimmer: was er nicht sagen sollte. Zweifel nagten an seiner Seele. Ob der Gert wohl wirklich das Angebot zur Strafminderung annehmen würde? Selbst wenn es auf Kosten des Bruders ging? Dieser Pfahl kannte sich bestimmt gut aus, mit Beschuldigten – der machte den ganzen Tag nichts anderes. Sicher war dessen Urteil richtig. Was bedeuten würde, dass Gert vielleicht genau in diesem Moment … Heinrichs Welt geriet vollkommen aus dem Tritt. Ihm wurde schwindelig.

»Ist Ihnen nicht gut, Herr Möbus?«, fragte Schütze mitfühlend. »Brauchen Sie ein Glas Wasser?«

»Ja, bitte«, röchelte Heinrich.

Nach den ersten Schlucken erholte er sich schnell. »Die Typen standen vorgestern plötzlich im Laden«, begann er stockend. »Wie aus dem Boden gestampft. Wir haben gleich gesehen, dass das keine normalen Kunden waren. Die haben eine Waffe gehabt – die lag während des Gesprächs zwischen uns auf dem Tisch, natürlich näher bei denen. Sie haben versucht, uns zu erpressen, wir sind zum Schein darauf eingegangen. Doch so viel Geld konnten wir ja in der kurzen Zeit gar nicht auftreiben.«

Shit, erkannte Schütze, der hat eindeutig mehr Angst vor

seinem Bruder als vor der lebenslangen Haft im Gefängnis. Der ist noch nicht reif.

»Also haben sie die Frist verlängert. Danach haben wir die beiden nicht wiedergesehen«, schloss Heinrich mit einem erleichterten Seufzer.

Schütze brach ab. Er würde noch viele Gespräche führen müssen.

In den kommenden Wochen konnte die Polizei Beweise zusammentragen: Das auffällige Auto der Mietwagenfirma war an beiden Tagen von Zeugen in der Nähe des Autohauses gesehen worden, die DNA-Analyse ergab wie erwartet zwei Übereinstimmungen mit den Vergleichs-DNA aus dem Hotelzimmer. Die Bankauskunft brachte an den Tag, dass die finanzielle Lage der Brüder entgegen ihrer eigenen Angaben äußerst prekär war.

Die Leichen jedoch blieben unauffindbar.

Während es draußen langsam Frühling wurde, gelang es Schütze, in vielen Gesprächen eine Art Vertrauensverhältnis zu dem ängstlichen Heinrich Möbus aufzubauen, während dessen Bruder Gert sich nach wie vor eisig abweisend verhielt und zu allen Vorhaltungen hartnäckig schwieg.

»Hallo, Herr Möbus.«

Heinrich war bleich. Seine Stimme klang brüchig. »Hallo, Herr Schütze.«

Nachdem der Kommissar sein Gegenüber über neue Erkenntnisse informiert hatte, schlug er plötzlich einen neuen Ton an. »Ist schon traurig. Ihr Vater wäre entsetzt, wenn er Sie so sehen könnte.«

Heinrich senkte den Kopf, wich dem Blick Schützes aus.

»Er hat Ihnen damals ein florierendes kleines Unternehmen vererbt. Was ist schiefgelaufen?«

»Die Krise. Arbeitslosigkeit, Konsumverweigerung. Es gab viele Gründe, warum Leute auf einmal keine Autos mehr kaufen wollten.« Heinrich seufzte. »Unser Vater hätte den Betrieb auch nicht retten können.«

»Aber er wäre nie so weit gegangen. Ich fürchte, er könnte Ihnen das alles nicht verzeihen.«

»Meinen Sie?« Heinrich Möbus wurde unsicher. »Vielleicht haben Sie recht. Er war ein sehr gradliniger Mensch. Preußische Erziehung.«

»Na, aber die haben Sie doch auch genossen.«

»Ich habe alles versaut. Vater würde mich hassen.«

»Warum?«

»Weil ich versagt habe. Ich bin der Ältere! Ich hätte Gert aufhalten müssen. Aber das habe ich noch nie gut gekonnt. Gert ist sich immer absolut sicher, bei allem, was er tut. Da kommt man nicht gegen an.«

»Wie bei dem Plan fürs große Geld.«

»Wo hat es uns jetzt hingeführt? Ins Gefängnis. Gert und seine tolle Ideen. Vater hat mich immer vor ihm gewarnt.« Heinrich stierte blicklos vor sich hin. »Der Gert ist gefährlich, hat er gesagt. Und jetzt hat er mich sogar zum Mörder gemacht«, flüsterte Möbus.

Schütze musste sich sehr beherrschen, um hier nicht sofort einzuhaken. Ruhig Blut, lass dir nichts anmerken, ermahnte er sich, nur nicht stören.

»Mein Vater würde wollen, dass ich zu dem, was ich getan habe, auch stehe. Ein Mann übernimmt jederzeit die Verantwortung für sich und sein Handeln – das hat er immer gesagt.«

Wieder wurde es ganz still im Raum.

»Ich kann das Geräusch nicht vergessen. Sie kommen zu mir – wecken mich nachts, quälen mich mit Vorwürfen. Dieses Gurgeln, als die beiden auf Nimmerwiedersehen verschwanden. Grauenvoll! Seither wache ich jede Nacht auf und muss mich übergeben.«

Nur das Atmen der Männer war zu hören.

»Diese Typen haben uns bedroht. Gert meinte, die würden uns so oder so umbringen, das mit der Geldforderung sei nur ein Trick. Es ginge darum, schneller als sie zu sein. Als sie zum zweiten Mal kamen, waren wir schneller. So viel Blut! Es war alles voll davon. Selbst eins der Autos hatte was abbekommen. Schrecklich. Unvorstellbar grässlich! Gert hatte alles vorbereitet. Die Planen, die Steine, die Säge, die Karre und so. Wir haben sie eingewickelt, später noch Steine angebunden, damit die nie wieder hochkommen. Und als sie dann im See verschwunden waren, habe ich fast daran geglaubt, dass man uns nichts beweisen kann.«

»In welchem See?«

»Peterssee.«

»Zeigen Sie mir die Stelle?«

»Ist ja jetzt schon egal, oder?«

Zwei Stunden später waren Möbus und Schütze in einem zivilen Polizeifahrzeug unterwegs. Der geständige Mörder saß neben einem uniformierten Beamten steif auf dem Rücksitz, angespannt, die Augen fest auf die Straße gerichtet.

»Hier ist die Einfahrt zum Parkplatz«, sagte er leise. Der Kommissar bog ab.

»Dort hat unser Transporter gestanden.«

Schütze stellte den Wagen ein Stück von der Stelle entfernt ab.

»Wir haben sie nacheinander geholt. Beide gleichzeitig wäre nicht gegangen. Das Eis hätte uns vielleicht nicht getragen. Wir haben sie nacheinander in die Schubkarre gelegt und sind losgefahren. Zwischen den Bäumen durch bis ans Ufer. Gert hat vorgeschlagen, die Hohlblocksteine vom Hof zu nehmen, um die Körper zu beschweren, hat ihnen das quasi als Marschgepäck verordnet – das habe ich übernommen. Danach sind wir aufs Eis. Irgendwo legten wir erst den einen, dann den anderen ab. Ich habe das Loch gesägt. Wir haben sie nacheinander darin versenkt. Danach musste Gert ja nur die Scheibe wieder einsetzen. Die würde festfrieren. Wenn überhaupt jemand etwas sehen könnte, würde der glauben, hier waren Eisfischer. Komisch, wenn man das so erzählt, klingt es, als wäre die Sache schnell erledigt gewesen – aber mir kam's in der Nacht endlos vor.«

Schützes Blick wanderte über die Wasseroberfläche. Wie sollte er hier die Leichen finden? »Sind Sie mit der Schubkarre weit übers Eis gefahren? Oder nur ein paar Schritte?«

»Kann ich nicht sagen. Aber bestimmt ein ziemliches Stück. Es sollte ja auch tief genug sein an der Stelle.«

Am nächsten Tag fand sich der Kommissar mit ein paar Beamten am See ein. Inzwischen hatte er sich kundig gemacht. Circa 90.000 Quadratmeter groß, bis zu 24 Meter tief, eutrophiert bis 16 Meter, hatte man ihm bei der Wasserwirtschaft erklärt. Eutrophiert bedeutete, das Wasser sei voller Schwebeteilchen, also trübe. Das klang nicht vielversprechend. Gerald Schütze ahnte, dass diese Bedingungen den Einsatz von Tauchern stark einschränken würden. Aber er wollte nichts unversucht lassen.

Während ein Teil der Beamten zur Befragung der Nachbarn aufbrach, fuhr Schütze mit einem Taucher aufs Wasser raus und nahm Proben.

»Sieht ja fast aus wie Erbsensuppe!«, war der Kommentar von Polizeihauptkommissar Heimo Kunze, als er begutachtete, was der Taucher aus der Tiefe gezogen hatte. »Das wird schwierig.«

»Aber es ist machbar?«

»Ehrlich gesagt, nee. Wenn überhaupt, dann geht es nur in einem definierten Bereich. Dieser See ist so groß, da tauchen die Jungs monatelang und finden nichts. Legen Sie fest, wo die Leichen sind. Dann gehen wir runter und bergen sie. Für eine allgemeine Suchaktion sehe ich keine Chance auf Erfolg.«

»Machen Sie einen anderen Vorschlag! Es muss doch möglich sein, mit einer anderen Methode in diesem Gewässer nach den Körpern zu suchen. Also, es war kalt. Das Wasser erwärmt sich gerade erst. Die beiden dürfen gut erhalten sein. Da unten waren die bei 4 Grad gelagert!«

»Na ja. Vielleicht geht es mit Rechen.«

»Das habe ich schon mal gesehen. Da haben wir einen Selbstmörder gesucht. Leichenrechen heißen die, nicht wahr? Wie lang dauert die Vorbereitung, wann können Sie die Suche durchführen?«

Kunze ruderte das Schlauchboot zurück ans Ufer. »Ich mache einen Dienstplan für meine Männer. Wir bereiten den Einsatz vor und dann könnten wir in drei Tagen anfangen. Wir machen einen Probetauchgang. Kann ja sein, dass meine Jungs doch mit den Verhältnissen klarkommen. Wenn nicht, dann können wir immer noch mit den Rechen arbeiten. Bei der Größe des Sees eine ziemliche Aufgabe. Außerdem kann es passieren, dass wir nur Leichenteile bergen.«

Schütze knurrte unzufrieden, es blieb ihm aber nichts anderes übrig, als sich zu fügen. Als die Tauchereinheit anrückte, staunte er nicht schlecht: vierzig Beamte, vier LKW mit Bootsanhänger, Leuchtgiraffen, Tauchanzügen, Umkleiden, fünf Personentransportfahrzeuge etc. Es entstand eine richtige Zeltstadt. Man könnte meinen, die wollen hier Urlaub machen, dachte Schütze.

Die Beamten hatten tatsächlich einige Aussagen von Anwohnern zusammengetragen, die sich daran erinnern konnten, kurz nach dem Jahreswechsel nachts gehört zu haben, wie ein Loch in den See gesägt wurde. Sie hätten sich noch darüber gewundert, dass jemand um diese Zeit zum Eisfischen draußen war. Bei Temperaturen um minus 17 Grad bräuchte man eine Menge Glühwein oder Grog, um nicht zum Fischerstäbchen zu werden, während man darauf wartete, dass einer anbiss. An welchem Tag genau die nächtliche Sägerei zu hören war, wusste niemand mehr zu sagen. Ein älterer Herr erzählte, er habe am folgenden Tag nach dem Loch geguckt, weil viele Schlittschuhläufer unterwegs waren und er fürchtete, es könne jemand an der Stelle einbrechen – doch da sei reinweg gar nichts zu sehen gewesen. Was eigenartig sei, denn normalerweise entstehe ja eine deutliche Stufe.

Schön, dachte Schütze, das bestätigte die Aussage Heinrich Möbus‹, aber zu den Leichen führt mich das nicht.

Die Skepsis Kunzes machte Schütze zu schaffen. Was, wenn die Rechen nicht zum erhofften Erfolg führten? Es musste ein Plan B her, auf den er bei Bedarf ausweichen könnte. Welche Möglichkeiten blieben ihm, wenn Taucher und Rechen versagten? Er griff zum Telefon und vereinbarte einen Termin mit Matthias Franke aus der Kriminaltechnik.

Am folgenden Abend trafen sie sich in einer Altstadtkneipe. Als sie ihre Schnitzel weitgehend bewältigt hatten, fragte Franke: »Also, um was geht es denn nun genau?«

Gerald Schütze erklärte es ihm.

»Zwei gleich, ja? Hm. Ich denke, da kann ich schon ein bisschen helfen. Wir könnten einen Bodenprofilplan des Gewässers raussuchen. Ich glaube, den gibt es schon. Dann rechne ich dir aus, wie weit die Typen mit den Leichen übers Eis gegangen sein müssen, um sicherzugehen, dass die Fracht auch tief genug sinkt und nicht mit den Beinen von irgendeinem Schwimmer im Sommer kollidiert. Am besten ist es, wenn du mir mal die Akte rüber schiebst, dann kann ich mir einen Kopf machen. Und danach überlege ich mir, wie man die Pakete aufspüren kann. Zwei Tage?«

»Das geht nicht! Wer soll das bezahlen? Der Staatsanwalt war schon kaum geneigt, die Kosten für den Taucheinsatz zu übernehmen. Ohne das Geständnis hätte ich gar nichts erreicht. Jetzt muss ein Erfolg her, sonst kann ich mir den nächsten Besuch bei ihm sparen.«

»Aber schlecht ist er nicht!«

»Na ja, ist schon wahr, er hat uns bisher nie im Regen stehen lassen. Zwei Tage ist trotzdem zu lang! Ruf mich an, dann treffen wir uns auf ein weiteres Bierchen.«

Die Suche mit den Rechen zog sich hin, das Ergebnis: ein alter Koffer, zwei Fahrräder, ein Einkaufswagen und Kleinkram, aber keine Leichen. Jedes Mal, wenn sich etwas in den Zinken verhakte, hoffte der Kommissar – wurde jedoch immer wieder enttäuscht. Gegen Mittag des zweiten Tage entschloss sich Kunze doch ein paar seiner Männer tauchen zu lassen. Das Ergebnis war ernüchternd:

»Nichts. Man sieht überhaupt nichts«, beschwerte sich einer der Taucher, »und mit dem Atemventil gibt es auch Probleme, die Trübung ist so fein, unsere Ventile machen nicht mit, wir saufen schlichtweg ab. Wenn ich den Scheinwerfer einschalte, dann hat man das Gefühl, man sehe auf eine grüne Wand. So können wir nicht suchen.«

Am späten Nachmittag gesellte sich Matthias Franke zu den frustrierten Männern am Ufer des Sees. »Ich habe mir folgendes überlegt. Deine Mörder kamen aus Richtung Parkplatz – das ist hier.« Er zeigte den Punkt auf der mitgebrachten Karte, zog mit dem Finger einen Weg durch das kurze Waldstück nach. »Eine Eisschicht bedeckte den See komplett. Sie haben sicher erst mal die Tragfähigkeit getestet – schließlich wollten sie ja nicht zusammen mit den Opfern untergehen. In Ufernähe Leichen zu deponieren, ist Schwachsinn. Dort werden sie sogar im Winter rasch entdeckt. Von Hunden zum Beispiel. Selbst wenn wir den ganzen Flachwasserbereich abziehen, bleibt immer noch eine enorme Fläche, die es zu untersuchen gilt. Wie weit würdest du laufen, habe ich mich gefragt. Allerdings, die beiden kannten sich aus, sie haben schon als Kinder hier gespielt.«

»Sie wollten ihre Fracht im Tiefen versenken, meint mein Mörder.«

»Eben. Die kennen sich hier aus. Aber ganz bis zur Mitte werden sie auch nicht gegangen sein, zu viel Arbeit und Entdeckungsrisiko, 80 Meter weniger reichen auch. Aus Erfahrung weiß man, dass in der Mitte die Eisdecke vielleicht nicht ausreichend dick ist, um zwei Männer, zwei Leichen und eine Schubkarre zu tragen.«

Kunze schaltete sich ein. »Im Januar waren eigentlich alle Gewässer gut zugefroren. Das kam sogar in den Nachrichten. Ich habe mich im Wetteramt erkundigt, starker Frost bis minus 20 Grad für mehrere Wochen. Wir können nicht ausschließen, dass die Mörder das ebenfalls gewusst haben.«

»Gut, dann gehen wir also davon aus, dass sie die Körper in diesem Areal versenkt haben.« Franke deutete eine große Fläche an. »Das ist ein viel zu weitläufiges Gebiet, um frei zu suchen, circa 2.800 Quadratmeter. Nein, das geht nicht. Selbst dann, wenn wir davon ausgehen, dass sie eher näher am parkplatznahen Ufer geblieben sind, als über die Mitte in Richtung des anderen Strandes zu laufen. Wir können allerdings nicht ausschließen, dass die Strömung sich an den Leichen zu schaffen gemacht hat.«

Gerald Schütze spürte Mutlosigkeit in sich aufsteigen. Es konnte doch nicht so schwierig sein, diese Männer wieder aufzuspüren! »Was bleibt also?«, fragte er unnötig scharf. »Entschuldigung, ich bin ein bisschen ungeduldig.«

Franke grinste, zeigte Verständnis. »Ist schon blöd, wenn einem die Leute erklären, was alles nicht geht. Versteh' ich schon. Deshalb weiß ich ja auch, was geht! Weißt du, wie man heutzutage Fischschwärme ausfindig macht?«

»Klar, mit Sonar.«

»Genau. Das könnten wir hier probieren. Sonar, Radar, Georadar. All das, was Wellen zurückwirft. Lass uns die Männer holen, die mit den elektromagnetischen Wellen umgehen können.«

»Unter Wasser, wie soll das gehen? Das ist doch alles

ziemlich schweres Gerät, das kann man nicht so einfach vom Schlauchboot aus in den See halten!«

»Das lass mal deren Sorge sein. Was hier geht, kann ich dir auch nicht sagen, aber das werden wir bald wissen. Finden wir eine Anomalie, könnte das eine der Leichen sein.« Franke strahlte.

»Muss aber nicht!«, dämpfte nun Kunze die keimende Hoffnung. »Jeder größere Stein, der auf dem Grund liegt, produziert auch solch eine Anomalie.«

»Einen Versuch ist es wert!«, entschied Schütze.

»Dann kümmere ich mich um die Geräte. Dazu frage ich am besten bei der BTU nach. Morgen gebe ich dir Bescheid.« Franke sprang auf, raffte das Kartenmaterial zusammen und lief los. »Mach ich sofort!«, rief er zum Abschied und war verschwunden.

Gerald Schütze half Kunze und seinen Männern beim Zusammenpacken des Equipments.

»Das Boot, die Crew, zwei Taucher mit Ausrüstung stelle ich dir für die kommenden Tage in Bereitschaft. Wenn du ein verdächtiges Areal findest, kommen sie vorbei und tauchen nach.«

»Danke schön.«

»Viel Erfolg!«, wünschte Kunze und brauste davon.

Franke hielt Wort. Schon am Nachmittag des nächsten Tages fand sich ein Team der BTU mit der entsprechenden Technik am Ufer ein. Die Geräte wurden auf Boote verladen und gesichert. Dann fuhren die Teams los. Langsam und stetig, von einem Ufer zum anderen. Ein Student überwachte derweil auf dem Monitor das entstehende Bild.

Während die BTU das Wasser durchschallte, überlegte

Schütze, ob man das Problem auch auf andere Weise lösen konnte. Franke hatte da was erwähnte. Für einen kurzen Moment hatte er einen Geistesblitz gehabt, der leider im Verlauf des Gesprächs erloschen und nun nicht mehr greifbar war. Worüber hatten sie nur gesprochen?

Er beobachtete einen Spaziergänger, der neugierig stehenblieb. »Was suchen Sie denn da?«, rief er dem BTU-Boot zu und der Student gab zurück: »Anomalien!«

»Aha!« Der Luftschnapper machte kehrt, pfiff und trollte sich mit seinem Hund in Richtung Parkplatz. Schütze grinste. Ob der Mann wohl Aliens verstanden hatte?

Hund!, fiel ihm plötzlich ein, genau. Franke hatte über Hunde gesprochen. Leichen entwickelten beim Verwesen einen starken Geruch. Und nach mehreren Monaten im See dürften die Körper trotz der kühlen Lagerung angefangen haben, sich zu zersetzen. Wurden dabei nicht auch Gifte oder Gase frei? Schütze konnte sich an den Vortrag des Rechtsmediziners dazu nicht mehr sicher erinnern. Aber diesen Verwesungsgestank, den kannte er! Schließlich war er mindestens dreimal im Monat im Leichenschauhaus.

Ein Kollege aus Stuttgart, den er vor etwa einem Jahr zufällig im Zug getroffen hatte, erzählte von einem Einsatz mit Leichenspürhunden, die einen Toten in mehr als 30 Metern Tiefe geortet hatten. Er konnte sich genau erinnern, wie erstaunt er gewesen war, nie hätte er das für möglich gehalten. Doch der Kollege war sich sicher! Und dieser See war 24 Meter tief. Vielleicht war das eine weitere Chance. Er griff zu seinem Handy.

»Ja, wir haben einige Leichenspürhunde, die speziell dafür ausgebildet sind«, bestätigte man ihm. »Aber die

Tiere können nicht den ganzen Tag über einen riesigen See schnuppern. Sobald Sie ein eingegrenztes Areal haben, kommen wir vorbei.«

Tags darauf hatte Schütze am frühen Nachmittag nicht nur ein Areal – er hatte zwei!

Der Student, der den Monitor überwacht hatte, brachte ihm eine Mappe voller Ausdrucke zum Einsatzwagen. »Wir haben zwei Areale gefunden, in denen es eine Häufung von Anomalien gibt, die mit dem Vorhandensein einer Leiche erklärbar sein könnten.«

Schon allein die unpräzise Formulierung trieb Schütze den Schweiß auf die Stirn. Er brauchte Ergebnisse!

»Einmal hier und einmal dort.« Der junge Mann zeichnete die suspekten Gebiete mit einem roten Filzstift auf der Karte in den See ein. »Dabei müssen Sie bedenken, dass die Strömung eine gewisse Rolle spielt. Deshalb werden die beiden Pakete nicht mehr genau dort zu finden sein, wo man sie versenkt hat. Wir haben die Strömungsdaten eingespeist, damit wir von vornherein eine Grundannahme haben, wo eine Anomalie auch wirklich einen Leichenfund anzeigen könnte. Schließlich führt ja jede Störung zu einer Abweichung – selbst ein versenktes Fahrrad, ein illegal entsorgter Müllbehälter, im See verlorenes Spielzeug. Der Computer hat diese Informationen bei der Auswertung berücksichtigt.«

»Wie groß sind diese Areale genau?«

»Etwa 80 mal 20 Meter. Für den nordöstlichen Bereich können wir das noch weiter eingrenzen, vielleicht auf 40 Quadratmeter. Dazu benötigen wir ein hoch spezialisiertes Gerät. Wir haben das schon angefordert. Morgen am frühen Nachmittag können wir anfangen.«

»Prima!«, freute sich Schütze und rief wieder bei der

Hundestaffel an. »Ich kann den Suchbereich auf zwei Gebiete von insgesamt 1.640 Quadratmeter eingrenzen.«

»Gut, ich bringe fünf Hunde mit. Wie der Kaiser so treffend sagt: Schau'n mer mal …«

Hochspannung. Endlich, die Leichenspürhunde kamen an.

»Bevor die Tiere anfangen zu arbeiten, müssen sie sich noch etwas austoben«, erfuhr der ungeduldige Gerald Schütze, der nervös von einem Fuß auf den anderen trat, während er die Hunde beim Spiel beobachtete.

Dann war es so weit. Die Boote zogen wieder in langsamen Bahnen über das Wasser – im Bug stand jeweils ein Hund, aufmerksam die Nase über der Wasseroberfläche, der Körper angespannt, hoch konzentriert. Gerald Schütze bedauerte den Anlass für diesen Einsatz – denn ohne Kenntnis darüber, was die Hunde da trieben, hätte er diesen ästhetischen Anblick genießen können.

»Wenn die Hunde Leichengeruch wahrnehmen, setzen sie sich im Boot. Kein Gebell, kein Geräusch. Das haben sie so gelernt.« Justus Weinberg beobachtete die Tiere mit Stolz. Minute um Minute zogen die Boote weiter, glitten beinahe geräuschlos über die Oberfläche.

Plötzlich setze sich einer der Hunde in den Bug. Der Hundeführer lobte das Tier – zog einen großen Kreis, näherte sich erneut der Stelle und das Tier reagierte wie zuvor. »Hier ist was!«, rief der Hundeführer, bestimmte die Koordinaten und brachte Boot und Hund zum Ufer zurück.

Nach wenigen Stunden gab es zwei von den Hunden identifizierte Orte. Vier der fünf Tiere hatten übereinstimmend reagiert. Schütze forderte Taucher an.

Dieses Mal ausgestattet mit den Daten für den wahrscheinlichen Fundort. Wegen der zu erwartenden Probleme mit den Atemventilen verwendete man ein spezielles Tauchsystem mit stationärer Luftversorgung und Sonderausrüstung. Zwar konnten die Männer unter Wasser wegen der aufgewirbelten Schwebeteilchen nichts sehen, bewegten sich aber tastend voran und entdeckten schließlich zwei ominöse Pakete, eingewickelt in dunkle Plane, verschnürt mit einem Kunststoffseil.

Nach der Bergung des ersten Päckchens fiel die Verpackung auseinander. Gerald Schütze sah in das Gesicht von einem der Männer, die er so lange gesucht hatte. Weiß war es, wirkte aufgequollen. Der gesamte Körper schien unglaublich gut erhalten, er zeichnete sich deutlich unter der Plane und der Kleidung ab.

»Muss ja richtig gutes Lagerhaltungsklima gewesen sein da unten. Sieht noch frisch aus«, stellte er fest.

»Besser, Sie lassen die beiden eilig in die Gerichtsmedizin bringen. Ist nicht das erste Mal, dass ich das sehe. Die zersetzen sich an der Luft in atemberaubender Geschwindigkeit«, warnte der Taucher.

Und er sollte recht behalten. Noch bevor der zweite Körper geborgen war, verströmte die zuvor relativ geruchlose Leiche unglaublichen Verwesungsgestank, es war, als könne man dem Zerfall regelrecht zusehen. Der Leichnam wirkte wie aufgeblasen, drohte gar zu platzen. Schütze war erleichtert, als die Toten auf dem Weg in die Kühlräume der Rechtsmedizin waren.

Die beiden Mörder saßen hinter Schloss und Riegel und die Opfer hatte er nun auch gefunden. Blieb noch, die Farbe an den gesicherten Hohlblocksteinen mit der Wand im Hof des Autohauses abzugleichen, um die Sache endgültig abzuschließen.

Zufrieden fuhr Schütze in sein Büro zurück, um das Protokoll fertigzustellen und die Akten weiterzuleiten.

SONAR: Als Sonar bezeichnet man ein Verfahren zur Ortung von Gegenständen oder Ähnlichem mittels hochfrequenten Schallwellen. Der Name ist die Abkürzung von ›*SO*und *N*avigation *A*nd *R*anging‹ ab. Sonar-Systeme eignen sich besonders für die Unterwassererkundung, da sich der Schall unter Wasser mit geringerem Verlust als in der Luft ausbreitet und etwaige Reflexionen auf diese Art erst messbar werden. Es gibt aktive und passive Sonarsysteme, die je nach Auftrag eingesetzt werden können. Diese Methode arbeitet zerstörungsfrei.

RADAR: Als Radar bezeichnet man eine Methode zur Ortung und Entfernungsmessung von Gegenständen und Ähnlichem. Dieses System arbeitet mit elektromagnetischen Wellen im Bereich der Radiofrequenzen. Dabei werden die Wellen von einem Sender ausgestrahlt und beispielsweise von einem metallischen Körper wie einem Schiffsrumpf oder einem Flugzeug reflektiert. Auch Radar ist eine Abkürzung, und zwar für ›*RA*dio *D*etection *A*nd *R*anging‹. Diese Methode arbeitet wie das Sonar zerstörungsfrei.

GEORADAR: kommt zur zerstörungsfreien beziehungsweise zerstörungsarmen Untersuchung von Böden zum Einsatz. Dabei sendet man elektromagnetische Wellen mit Frequenzen von 10 bis 1.000 Megahertz in den Boden. In einem homogenen Medium (zum Beispiel reinem Sand) erhält man eine konstante Ausbreitungsgeschwindigkeit als Resultat. Trifft sie auf ein anderes Medium, wie z. B. einen Fels, ändert sie sich. Aus den unterschiedlichen Laufzeiten des Signals erkennt der Fachmann Auffälligkeiten, sogenannte Anomalien. An diesen Stellen wird bei Verdacht (z. B. auf ›illegale Beerdigung‹) gegraben, um dem veränderten Signal einen konkreten Sachverhalt zuzuordnen.

LEICHENSPÜRHUNDE: Hunde verfügen über ein sehr viel empfindlicheres Riechorgan als Menschen. Während der Mensch mittels 10 bis 30 Millionen Sinneszellen in der Nase Gerüche oder Düfte wahrnehmen kann, sind es z. B. beim Schäferhund 220 Millionen. Es ist möglich, Hunde auf die Wahrnehmung unterschiedlichster Gerüche zu trainieren. Neben den Leichenspürhunden sind wohl Drogen-, Lawinen-, Sprengstoff- und Geldspürhunde sowie Fährtenhunde am bekanntesten. Hunde kommen auch nach Erdbeben oder anderen Katastrophen zum Einsatz, wenn es gilt, Verschüttete zu retten. Beim Verwesungsprozess von Körpern werden ganz typische Gerüche freigesetzt, der Hund wird auf deren Identifikation trainiert, zeigt dann beim Aufspüren des Geruchs eine ihm beigebrachte Reaktion. Nachgewiesen ist, dass Hunde auch Leichen in Gewässern mit Tiefen bis zu 30 Metern ›erschnüffeln‹ können.

LUMINOL: eine Chemikalie, die zum Nachweis von Blut verwendet wird. In Verbindung von Oxydationsmitteln wie Wasserstoffperoxid reagiert sie schon bei geringsten, oft mit bloßem Auge nicht wahrnehmbaren Mengen. Bei positivem Test (Reaktion mit dem Blutfarbstoff Hämoglobin) zeigt die Flüssigkeit eine bläuliche Chemolumineszenz und leuchtet im UV-Licht.

BLUESTAR: wird gelegentlich anstelle von Luminol verwandt. Es ist leicht zu mischen und ermöglicht eine Identifikation von Blut, selbst wenn die Umgebung nicht vollkommen abgedunkelt ist. Beide Tests, Luminol und Bluestar, sind hoch empfindlich und können Blut in einer Konzentration von weniger als 1 : 100.000 nachweisen. Es ist möglich, sie großflächig an Tatorten zu versprühen. Der DNA-Nachweis wird durch diese Produkte nicht berührt. Daneben gibt es eine Reihe mikrokristalliner Tests, die allerdings nicht so empfindlich wie Luminol oder Bluestar sind.

DNA: ist eine Abkürzung für Deoxyribonucleic Acid (deutsch: Desoxyribonukleinsäure, DNS). Dabei handelt es sich um den Träger der Erbinformation. In Deutschland ist es erlaubt, aus dem nichtcodierenden Bereich des Erbguts Verdächtiger neun Faktoren zu bestimmen, die bei einer Vergleichsuntersuchung zur Identifizierung des Täters herangezogen werden können. DNA kann aus den unterschiedlichsten Zellen des Körpers gewonnen und bestimmt werden. Schon geringe Mengen sind ausreichend, um entsprechende Test im Labor durchzuführen.

VERHÖRMETHODEN: sind Techniken, die der Aufklärung von Straftaten dienen. Ziel ist es, möglichst der Wahrheit entsprechende Aussagen zu bekommen, Lügen zu entlarven und Täter zu überführen oder Geständnisse zu erwirken. Es entspricht der Natur des Menschen, sich bei Bedrohung selbst zu schützen – und Straftäter sind nur in wenigen Fällen bereit, frei und offen über ihre Taten zu sprechen. So entwickelte man auf psychologischer Basis gründende Gesprächstaktiken, die eingesetzt werden, um Sachverhalte aufzuklären. Aus verschiedenen Fernsehserien ist beispielsweise die Methode ›guter Polizist, böser Polizist‹

bekannt, aber auch das Cross Over, bei dem durch gezieltes Nachfragen immer gleicher Sachverhalte Widersprüche in den aussagen entdeckt werden können.

LEICHENRECHEN: Wenn Taucher bei der Suche im Wasser nicht zum Einsatz kommen können, weil das Wasser zu trüb oder Tauchen in diesem Gewässer zu gefährlich wäre, wird abhängig vom Suchgebiet ein Leichenrechen verwendet. Ist der ungefähre Ablageort bekannt, fährt man den Untergrund mit einer Harke in entsprechender Größe ab. Verfängt sich ein Gegenstand wie beispielsweise ein toter Körper, so löst dies einen Mechanismus aus, der die anschließende Bergung ermöglicht. Die Suche nach Leichen auf dem Grund eines Sees ist ein typisches Beispiel für den Einsatz dieser Rechen.

DUMM GELAUFEN

Berthold Kunze hatte den Kanal gestrichen voll.

Egal, an wen aus seinem Abschlussjahrgang er auch dachte, der hatte es geschafft. Gut, räumte er ein, Chlodwig nicht. Der saß ein. War nicht anders zu erwarten gewesen, nach dem Theater. Wer eben zu blöd war für krumme Geschäfte, fuhr auf geradem Weg in den Knast ein. Schicksal.

Sein großer Coup dagegen lief bestens. Schluss mit Berthold, dem Loser. Ab jetzt würden die anderen Bauklötze staunen. Beim nächsten Klassentreffen würde auch er mit einem glänzenden Daimler vorfahren, einen Anzug aus feinstem Zwirn tragen und dicke Zigarren an die anderen verteilen!

Sein Geld war schon sicher – nun gut, fast sicher –, es musste nur noch eine Kleinigkeit erledigt werden und schon bald hieß es dann ›Adieu Deutschland, adieu Frau Berthold Kunze, adieu Arbeitsalltag – ab in die Sonne!‹. Er seufzte sehnsuchtsvoll, wenn er an die Villa am Strand dachte, die ihm schon gehörte und nur darauf wartete, dass er endlich mit seinem Koffer dort einzog. 14 Tage noch, dann waren alle Transaktionen abgeschlossen – und in ein paar Monaten konnte es endlich losgehen.

In seinem Briefkasten lag ein Schreiben der Staatsanwaltschaft, nicht das erste.

»Scheiße! Was wollen die Idioten denn nun schon wieder von mir?«, fluchte er, schlitzte das Schreiben auf und überflog die Zeilen auf dem Weg durch den Gang in sein ›Arbeitszimmer‹.

Was nun? Wenn er darauf reagierte, wäre seine Planung hinfällig. Natürlich hatte er gewusst, dass das Lästigste am betrügerischen Konkurs die Gläubiger sein würden, die versuchten, ihre Außenstände eintreiben zu lassen – aber er hatte nicht geahnt, wie penetrant die tatsächlich sein konnten! Wie Flöhe oder Läuse im Pelz!

Schon als das erste Schreiben in seinem Briefkasten lag, hatte Kunze eine geniale Idee gehabt. Von dem Tag an verfuhr er mit allen anderen Briefen dieser Art auf dieselbe Weise. So würde er es auch diesmal handhaben, beschloss er, hatte sich ja bewährt.

Für ihn war die Sache schon beinahe vergessen. Umso erstaunter war er, als am Morgen eines sonnigen Septembertages ein Streifenwagen vorfuhr, zwei Beamte in Blau ausstiegen und zielsicher auf seinen Hauseingang zuhielten.

Er reagierte empört, behauptete, Opfer eines Irrtums zu sein – es half nicht. Nach einem kurzen Wortwechsel nahmen sie Berthold Kunze einfach mit.

»Sie haben einen Schriftsatz zugestellt bekommen, der die Forderungen des Gläubigers Heinrich Schlamm auflistet. Der Gläubiger besteht auf Bezahlung seiner Rechnungen und Begleichung seiner weiteren Auslagen. Zugrunde liegen deutliche Zweifel des Herrn Schlamm an den Angaben, die Sie zum Verbleib der Gelder gemacht haben.«

»Welchen Schriftsatz meinen Sie?«, fragte Kunze ratlos zurück und der Staatsanwalt begann in seinen Unterlagen zu blättern.

»Sie erhielten das Schreiben mit Datum vom 25. Juli dieses Jahres. Es wurde per Einschreiben zugestellt. Einschreiben Einwurf.«

»Nee, ganz sicher nicht. Ich habe von Ihnen kein Schreiben bekommen. Hat der Postbote vielleicht falsch eingeworfen, kommt doch mal vor.« Kunze spielte auf Zeit. Er hatte die Strategie durchgeplant und war fest davon überzeugt, dass sie aufgehen würde. Die eng beschriebenen Seiten wurden längst von den eifrigen Männern der Stadtreinigung entsorgt – in geschreddertem Zustand versteht sich. Berthold Kunze verschränkt die Arme vor dem ausladenden Bauch. Dann macht mal los und beweist mir das Gegenteil, forderte er die Ermittler in Gedanken auf und ein zufriedenes Lächeln machte sich auf seinem Gesicht breit.

»Nicht nur dieser Brief gilt als in Ihren Einfluss- und Machtbereich gelangt – das gilt auch für die beiden Vorladungen in mein Büro, die wir Ihnen geschickt haben, wegen des Verdachts auf betrügerische Insolvenz. Der Postbote hat den Einwurf jeweils ordentlich dokumentiert.«

»Der kann viel dokumentieren. Ich habe den Brief nicht bekommen, basta!«, pumpte Kunze, der meinte, es wäre nun an der Zeit, seinen Unmut deutlich zu zeigen.

»Herr Kunze, bei der vorhin in Ihrer Wohnung durchgeführten Durchsuchung wurden Teile des Umschlags entdeckt.« Das Zusammenzucken seines Gegenübers schien der Staatsanwalt nicht zu bemerken – oder er hielt es für einen klugen Schachzug, nicht darauf einzugehen. »In dem Verfahren gegen Sie geht es um einen erheblichen Geldbetrag – da können Sie davon ausgehen, dass die Ermittlungsbehörde dranbleibt. Auch wenn ja leider bei dem Feuer Ihre gesamte Buchführung in Flammen aufgegangen ist – wie Sie wissen, sind die Brandermittler noch mit der Auswertung beschäftigt.«

Kunze verdrehte die Augen. Beschloss, sich in seine

schneeweiße Villa zu träumen. Er kniff die Augen fest zusammen. Sonne, Wind, das Rauschen des Meeres …

Erst als er sie wieder öffnete, bemerkte er, dass der Staatsanwalt das Zimmer verlassen hatte. Kunze stellte sich auf eine längere Wartezeit ein. Seiner Meinung nach hatten die Behörden nun all ihr Pulver verschossen.

Staatsanwalt Friedrich Schacht sah das allerdings ganz anders.

Wenn er nachweisen könnte, dass Kunze diesen Briefumschlag in der Hand gehabt hatte, wäre das der Beweis dafür, dass er ihn auch bekommen hatte. Ein Sachverständiger musste her, der die sichergestellten Reste auf Fingerspuren untersuchte. Friedrich Schacht griff zum Telefon.

»Klaus Winter«, meldete sich die viel zu hohe Stimme des Sachverständigen beim LKA.

Schacht schilderte seinen Fall. »Und da dachte ich, Sie könnten womöglich Fingerspuren auf den Umschlagresten finden. Damit es uns gelingt, ihn festzunageln. Wenn ich die Akten zum Gericht gebe, muss die Sache wasserdicht sein.«

Der Sachverständige zögerte. »Mein Schreibtisch ist im Augenblick ziemlich voll.«

»Meiner auch. Das ist Normalzustand.«

»Aber ich kann mich schon nicht einmal mehr an die Farbe der Schreibtischplatte erinnern, so lange habe ich die nicht mehr zu Gesicht bekommen!«, trumpfte Winter auf.

»Ich brauche diesen Nachweis.«

»Wissen Sie eigentlich, wie teuer diese Untersuchung ist? Sind Sie sicher, dass ich die durchführen soll? Ich könnte mir vorstellen, dass sie den Kerl auch anders überführen können. Wie wäre es mit der guten alten Polizeiarbeit?«

»Herr Winter, das ist ausgereizt. Nun brauchen wir die Fingerspuren!«

»Die Untersuchung ist giftig!«, protestierte Winter, der als Hysteriker verschrien war. Friedrich Schacht dachte, dass es für die Psyche dieses Sachverständigen besser gewesen wäre, einen anderen Beruf zu ergreifen. »Ich muss da ein Mittel einsetzen, das krebserregend ist«, lamentierte Winter weiter.

»Hm.«

»Ninhydrin.« Ein letzter Versuch.

Friedrich Schacht wusste, dass nun alles gesagt war. Er kannte diese Appelle schon. Sie zielten immer in die gleiche Richtung: ›Können Sie verantworten, dass ich mich wegen dieser Untersuchung einem solchen Risiko aussetze?‹ Schacht konnte.

Klaus Winter tauchte einige Tage später den Umschlag, der nun Asservat 1163/11 hieß, in eine Speziallösung mit Ninhydrin und lüftete ihn gründlich ab. »Na, da haben wir ihn ja!«, stellte der Sachverständige zufrieden fest. »Schacht wird sich über diesen blauen Ton ganz besonders freuen!«

Friedrich Schacht bestellte Kunze ein. Er erschien, wie vermutet, nicht zum vergesehenen Termin, Schacht ließ ihn erneut vorführen.

»Nun reicht es mir aber!«, polterte der schwere Mann schon beim Eintreten. »Ich lasse mich doch von Ihnen nicht abführen wie ein Verbrecher!«

»Sie haben eine Ladung von uns bekommen und es vorgezogen, diese zu ignorieren. Das lassen wir nicht durchgehen, Herr Kunze. Schon gar nicht, wenn wir wichtige neue Erkenntnisse mit Ihnen besprechen möchten.«

Der ›insolvente‹ Firmenchef setzte sich murrend.

»Auf dem Briefumschlag sind Ihre Fingerabdrücke gefunden worden«, hielt der Staatsanwalt ihm vor. »Das beweist, dass Sie ihn in der Hand hatten. Selbst und höchstpersönlich.«

Kunze schwieg sicherheitshalber. Spürte, wie ihm die Luft ein wenig knapp wurde, weil er die Schlinge um seinen Hals physisch fühlen konnte. Nervös griff er sich an die Kehle und begann zu hüsteln. Das Bild seiner Villa wollte sich vor seinem inneren Auge nicht scharf stellen lassen. Scheiße, dachte er, die haben dich am Arsch! Doch dann war plötzlich alles wieder da: das weiße Haus, der Strand, das Rauschen … Ein Geistesblitz.

»Mensch, klar!« Er schlug sich mit seiner Patschhand kräftig vor die Stirn. »Jetzt erinnere ich mich! Dass mir das nicht gleich eingefallen ist!« Er guckte den Staatsanwalt zerknirscht an. »Muss in dem ganzen Stress mit der Insolvenz untergegangen sein! Da vergisst sich schon mal das eine oder andere!«

Friedrich Schacht lehnte sich zurück und wartete auf die nächste abenteuerliche Erklärung.

»Der Umschlag lag in meinem Kasten und ich habe ihn aufgemacht – stimmt. Aber ganz ehrlich: Da war kein Brief drin! Und das war auch nicht der erste dieser Art. Ich weiß noch genau, wie erstaunt ich darüber war, dass man mir leere Hüllen schickt. Aber, dachte ich mir, wenn die mir was Wichtiges zusenden wollen, merken die das bestimmt noch und dann kriege ich einen neuen Brief.

Deshalb habe ich auch nicht nachgefragt. Fehler passieren eben, nicht wahr?«, sprudelte seine neue wunderbare Idee nur so aus ihm heraus.

Schacht wiegte nachdenklich den Kopf.

»Sehen Sie, Herr Kunze, da kann ich Ihnen nur zustimmen. Fehler passieren, sie sind menschlich. Und tatsächlich bin auch ich mehr als erstaunt über den leeren Umschlag.« Der Staatsanwalt machte eine kurze Pause, stand auf, ging in seinem Büro auf und ab.

Berthold Kunze freute sich im Innern wie ein Schneekönig. Geschafft! Umso größer war sein Schrecken, als Schachts Faust plötzlich auf die Tischplatte donnerte.

»Wissen Sie, was mich am meisten erstaunt?«, fragte der Staatsanwalt lauernd.

Kunze schüttelte den Kopf.

»Dass Sie den Umschlag überhaupt bekommen haben!«, polterte der andere los. »Wir verschicken unsere Post in Umschlägen mit einem Fenster. Ihre Anschrift steht auf dem Briefkopf und wird durch das Fenster gelesen! Wäre also kein Brief in dieser Hülle gewesen, hätte man bei der Post nur den grauen Hintergrund gesehen – und niemand hätte ein Schreiben bekommen, Herr Kunze!«

Kunzes Träume zerplatzten wie eine Seifenblase. Dumm gelaufen, dachte er noch und seufzte besiegt.

NINHYDRIN: wird als Nachweissubstanz für Aminosäuren und Eiweiße benutzt. Durch die Schweißproduktion entstehen auch an den Händen des Menschen Aminosäuren, die sich in Fingerspuren nachweisen lassen. Da nur eine äußerst geringe Menge Ninhydrin notwendig ist, um eine Reaktion (Farbreaktion – Ruhemanns Violett) zu erreichen, wird es besonders beim Aufspüren schwer zu entdeckender Fingerabdrücke eingesetzt. Die Papillarlinien sind im Prinzip eine Anordnung von Bergen und Tälern, die als Gesamtausdruck die bekannten Formen von Fingerabdrücken zeigen. Die Reaktion von Aminosäuren mit Ninhydrin führt zu sehr beständigen Verbindungen, sodass das Bild eines Fingerabdrucks leicht dokumentiert werden kann.

Mit der menschlichen Haut darf die Chemikalie nicht in Berührung kommen, da sie als krebserregend eingestuft ist. Daher ist bei den Untersuchungen ein hoher Aufwand hinsichtlich des Arbeitsschutzes zu realisieren, um Mitarbeiter vor Erkrankungen zu schützen.

HORIZONTLINIE

Sommer 1996

Als Günter Hanno in einer mondlosen Nacht aus unruhigem Schlaf erwachte, traf ihn die Erkenntnis wie eine schallende Ohrfeige, überraschend und heftig. Er hatte einen riesigen Fehler gemacht – und nun war es wohl zu spät noch etwas daran zu ändern. Deprimiert starrte er die Dunkelheit, sann auf einen Ausweg.

Günter Hanno war durchaus glücklich. Immer, wenn er nicht zu Hause war.

Sobald er zu Frau und Kind zurückkehrte, schlug seine Stimmung um. Kati und das Balg. Drei Monate war es alt, nervte und schrie, quengelte und forderte. Auch Kati hatte sich verändert. Ihre schlanke Gestalt, die ihn früher so angemacht hatte, war bis zur Unkenntlichkeit von innen aufgepolstert worden.

»Babyspeck!«, kicherte seine Frau nur albern, wenn er sie darauf ansprach. Behauptete, das sei normal, Frauen veränderten sich eben während und nach der Schwangerschaft.

Günter wusste, dass das nicht stimmte. In seinem Bekanntenkreis gab es durchaus Paare, bei denen sich die Frauen nach der Geburt schnell wieder auf normal zurückentwickelt hatten. Das musste man aber wollen – doch Kati spürte keinerlei Leidensdruck.

Zu Weihnachten schenkte er ihr eine Jahresmitgliedschaft im Fitnessstudio. Zunächst ließ sich die Sache auch gut an, doch als er sich weigerte, das schreiende Balg abends zu beaufsichtigen und ihm die Flasche zu geben, weil Mutti sich mit Sportfreundinnen zum Schwof treffen wollte, war bald Schluss mit Bauch-Beine-Po und Aerobic.

»Ist doch auch dein Kind!«

Genau was diesen Punkt betraf, war Günter nicht wirklich überzeugt. Männer konnten sich schließlich nie zu 100 Prozent sicher sein! Mussten glauben, was die Kindsmutter behauptete.

Seit er Cordula begegnet war, kannte er die schönen Seiten des Lebens. Mit ihr war alles wunderbar. Schade nur, dass sich ihre Wege nicht schon vor Jahren gekreuzt hatten. Wie viel einfacher wäre sein Leben geworden. Cordulas Fröhlichkeit steckte an, ihr bezaubernder Charme sorgte für neiderfüllte Blicke der anderen Männer, wenn er sie ausführte, sie lachte unbekümmert – und das Beste: Sie wollte keine Kinder.

Seinem Glück mit der rothaarigen Rassefrau stand Kati im Weg. Natürlich.

Moralische Skrupel banden ihn nicht an Frau und Kind, eher die finanziellen Stricke. Die Gärtnerei hatte bis zur Eheschließung ihren Eltern gehört. Mit der Unterschrift auf dem Standesamt wechselte sie in ihren Besitz – aber nicht in seinen. Auf Drängen des Schwiegervaters wurde Gütertrennung vereinbart. Günter arbeitete im Betrieb, bezog ein gutes Gehalt, doch mehr war nicht vorgesehen.

Nach einer Scheidung wäre er arbeitslos, mittellos, obdachlos. Das würde Cordula nicht gefallen.

Wenn er wenigstens wüsste, ob dieses Schreikind wirklich von ihm war! Erst neulich, als der Kleine ihn so von schräg unten angebrüllt hatte, weil sein Schnuller aus dem Kinderwagen gefallen war, kam es ihm so vor, als schaue er in Peters Augen. Die Mundpartie glich, wenn der Junge wütend war, durchaus der von Marius. Je mehr er darüber nachdachte, desto weniger ähnelte Katis Sohn seinem ›Zahlvater‹, wie Günter sich in Gedanken nannte.

Seine Sehnsucht nach einer gemeinsamen Zukunft mit Cordula wuchs von Tag zu Tag. Brannte dort, wo er seine Seele vermutete, und beschäftigte sein Denken, sorgte für intensive Träume.

Sechs Monate später

Edeltraut Nowack lief über den Hof der Gärtnerei zum Haus der Hannos.

Eigentlich hatte sie schon vor einer Stunde zusammen mit ihrer 23-jährigen Tochter und dem Baby in die Stadt fahren wollen, aber manchmal konnte eine Mutter Termine nicht ganz pünktlich einhalten, Kinder waren eben unberechenbar. So lächelte Edeltraut nachsichtig, beschloss, ihre Hilfe anzubieten. Auf ihr Klingeln öffnete niemand.

»Seltsam«, murmelte die Großmutter. »Wahrscheinlich wickelt sie den Kleinen gerade, da kann sie natürlich nicht weg«, fand sie eine befriedigende Erklärung.

Rüttelte dennoch prüfend an der Tür – nichts. Also umrundete sie das Gebäude, fand die Terrassentür nur angelehnt.

»Kati! Ich bin's!«, rief sie in die Stille. Auch das schien ungewöhnlich, bei ihrer Tochter dudelte den ganzen Tag über laut Musik. »Kati!«, versuchte sie es erneut. Wieder keine Antwort. Entschlossen durchkämmte Edeltraut nun das Haus. Keine Kati, kein Dirk.

Im Bad lag eine zusammengerollte Windel auf der Wickelauflage. Offensichtlich vor Kurzem gewechselt. Besorgt stöberte die Großmutter durch die anderen Räume. Schließlich entdeckte sie in der Küche im Gläschenwärmer eine vorbereitete Mahlzeit für Dirk, ein Lätzchen hing über der Lehne des Hochstuhls.

Kati konnte also nicht weit sein! Ihre Angst nahm zu.

Sie erinnerte sich an Berichte ihrer Tochter über Wutausbrüche ihres Mannes, seinen Ärger über das Geschrei des Kleinen, sein Gerede über die Zweifel an seiner Vaterschaft. Vor wenigen Tagen erst hatte er gedroht, den Kleinen in der Badewanne zu ertränken, wenn sich das nächtliche Gebrüll nicht anders abstellen lasse.

Kati hatte das nicht ernst genommen, Edeltraut dagegen schon.

»Polizei?«, flüsterte die besorgte Oma wenig später in den Hörer. »Ich glaube, meiner Tochter und meinem Enkel ist etwas Schreckliches zugestoßen!«

Kommissar Paul Schelter ging wenig später gemeinsam mit Edeltraut durch alle Zimmer. »Fehlt irgendetwas?«, wollte er wissen.

Die Großmutter schüttelte den Kopf.

»Haben Sie überprüft, ob das Auto Ihrer Tochter in der Garage steht?«, erkundigte Schelter sich freundlich.

»Nein!« Edeltraut sah beschämt zur Seite. Daran hätte ich natürlich denken müssen, schalt sie sich, am Ende ist sie doch nur schnell zum Supermarkt gefahren. Sie führte Schelter zu einem Schuppen gegenüber des Wohnhauses. Die Tür war nicht verschlossen. »Sie schließen nicht ab. Hier kommt so gut wie nie jemand vorbei.«

»Der rote Polo gehört Ihrer Tochter?«

»Ja. Sie wollte mich abholen. Aber«, Edeltraut stockte einen Moment, »im Auto ist ja gar kein Kindersitz!«, fuhr sie aufgeregt fort. »Der ist sonst immer auf dem Rücksitz! So ein schwarzer mit einem orangefarbenen Tisch.«

»Wo ist denn Ihr Schwiegersohn im Augenblick?«

»Der Günter ist zu einem Bekannten gefahren. Der züchtet eine neue Variante der Gentiana lutea, das ist so ein Enzian. Er will das auch für Katis Betrieb übernehmen, weil die Kunden schon danach gefragt haben.«

Schelter rekapitulierte in Gedanken: offene Wohnungstür, Mutter und Kind weg, trotz Verabredung, Flaschenwärmer an, Kindersitz im Auto weg – für ihn sah das zusammengenommen nicht nach ›normal‹ aus. Bei ihm läuteten längst die Alarmglocken. Paul Schelter telefonierte kurz mit seiner Dienststelle. Wenigstens die Suche nach der Vermissten kann ich schon mal in die Wege leiten, das beruhigt die Großmutter und sinnvoll ist es ohnehin, selbst wenn sich am Ende herausstellen sollte, dass sich alle unnötig Sorgen gemacht hatten, dachte er. »Hm. Unsere Streifenwagen sind informiert. Wenn Ihre Tochter irgendwo gesehen wird, gebe ich Bescheid.«

»Aber sie hat nicht einmal den Kinderwagen mitgenommen! Sie kann nicht zu einem Spaziergang losgegangen sein! Außerdem haben wir heute Früh miteinander telefoniert, um uns zu verabreden. Das kann sie unmöglich direkt danach wieder vergessen haben!«

Schelter, selbst Vater zweier Töchter, hatte ein mulmiges Gefühl. Ihm war bewusst, dass die Mutter nicht mit einem hungrigen Kind aufgebrochen sein konnte. Der Junge hätte doch lautstark sein Frühstück eingefordert.

»Wie heißt denn der Kinderarzt Ihrer Tochter?«, beschäftigte ihn ein neuer Gedanke. »Vielleicht hat der

Kleine ganz plötzlich hohes Fieber bekommen. Oder es gab einen häuslichen Unfall, der Kleine war verletzt.«

Edeltraut wurde noch eine Nuance blasser. »Und da lässt sie das Auto stehen? Nimmt den Kindersitz mit und lässt den Kinderwagen zurück?«

Gut, musste der Kommissar einräumen, logisch klang das wirklich nicht. »Sie könnte sich kurzfristig entschlossen haben, ihren Mann zu diesem Bekannten zu begleiten. Sie holt den Sitz aus ihrem Auto und los geht's!«

»Wissen Sie eigentlich, wie sehr Dirk dann gebrüllt hätte? Ohne zweites Frühstück los? Nein! Ausgeschlossen. Außerdem hätte sie mich dann angerufen!«

Kati und ihr Sohn blieben verschwunden. Günter, der am Nachmittag zurückkehrte, gab sich schockiert, entsetzt, besorgt.

»Hat es in letzter Zeit Streit zwischen Ihnen und Ihrer Frau gegeben?«, erkundigte sich Schelter vorsichtig.

Günter nickte trübsinnig. Es hatte keinen Sinn, diese offensichtliche Tatsache zu bestreiten. »Seit der Geburt des Kindes hatten wir öfter Meinungsverschiedenheiten. Dirk ist ein Schreikind. Er brüllt den ganzen Tag und nachts schläft er nur in sehr kurzen Intervallen. Kati meint, das wächst sich aus. Ich halte es eher für ein Erziehungsproblem«, antwortete der Vater traurig.

Der Kommissar registrierte, dass Günter Hanno im Präsens von seiner Familie sprach. Glaubte er demnach nicht, dass den beiden etwas zugestoßen sein konnte – oder war das nur ein geschickter Schachzug, um ihn genau das denken zu lassen?

»Was könnte passiert sein?«

Hanno zuckte mit den Schultern. »Ich habe keine Vorstellung. Aber ein Schlüsselbund fehlt. Sieht so aus, als wäre Kati einfach gegangen, hat mich verlassen.«

Dann stellte Schelter die Frage, die ihn schon den ganzen Tag beschäftigt hatte. »Wir erkundigen uns bei allen Angehörigen und Freunden, Sie sollten das also nicht falsch verstehen. Wo waren Sie heute so gegen 10 Uhr?«

Hanno verzog das Gesicht zu einer Grimasse. »Der Ehemann ist immer verdächtig, wie? Alle Polizisten denken in denselben eingefahrenen Gleisen! Frau weg – Mann war's!«

Der Kommissar zuckte mit keinem Muskel. Diese Anfeindungen perlten an ihm ab. »Die meisten Beziehungen bergen Aggressionspotenzial. Also?«

Unerwartet begann Hanno rumzudrucksen. »Muss das sein? Also ehrlich, ich habe mit dem Verschwinden von Kati und Dirk nichts zu tun.«

Die linke Augenbraue des Ermittlers schoss Richtung Haaransatz. Diese Einleitung kannte er nur zu gut, wusste schon, was für eine Aussage er jetzt zu erwarten hatte. »Also?«, hakte er streng nach.

Auf allzu großen Widerstand stieß er nun nicht mehr. »Na ja, Sie finden es ohnehin schnell raus, könnte ich mir vorstellen. Aber das muss unter uns Betschwestern bleiben, ist klar, oder?«

»Kommt drauf an, was die weiteren Ermittlungen noch enthüllen.«

»Es ist so: Wenn Kati morgen früh auf der Matte steht, heulend, weil sie es doch nicht übers Herz brachte, mich sitzen zu lassen, und wieder nach Hause möchte, dann könnte mir meine Aussage finanziell das Genick brechen. Ich wäre also ziemlich blöd, wenn ich Ihnen nun die Wahrheit sagen und das Kati zu Ohren kommen würde.«

Schelter wartete. Kommentarlos.

Hanno seufzte. »Also schön! Ich war bei einer guten Bekannten. Cordula Bauer.«

Nun, Schelter war zufrieden, das ließe sich ja kontrollieren. Zu diesem Zeitpunkt ahnte er nicht, wie lange ihn dieser Fall beschäftigen sollte.

Cordula Bauer war nervös und unnatürlich blass. Sie schob sich auf dem harten Besucherstuhl bis an die vorderste Kante, ihr Blick flackerte unruhig durch Schelters Büro und ihre Finger flochten unentwegt die Henkel ihrer Tasche zusammen, lösten sie, verwickelten sie erneut.

Schelter bemerkte, dass ihre Hände bebten.

»Ich habe noch nie was mit der Polizei zu tun gehabt.« Tränen lagen dicht unter ihrer Stimme.

»Wir möchten uns gern mit Ihnen über Günter Hanno unterhalten. Das kann man nicht als ›mit der Polizei zu tun haben‹ bezeichnen.«

»Günter Hanno?«, hauchte sie und sah einen Moment lang so aus, als würde sie bewusstlos. »Was ist mit ihm?«

»Kennen Sie ihn schon länger?«

Sie presste die Lippen aufeinander. »Ja!«, quetschte sie hervor.

»Wissen Sie, wo Herr Hanno heute am Vormittag war?«

»Er wollte zu einem Bekannten nach Frankfurt fahren. Wegen irgendwelcher Hybriden oder etwas ähnlichem«, wich sie geschickt aus.

»Und? Ist er hingefahren?«

Sie schwieg. Starrte auf die Tasche in ihrem Schoß.

»Nun?«

»Nein«, gab sie trotzig zurück. »Er war bei mir.«

»Den ganzen Tag lang?«

»Bis in den Nachmittag. Wir waren essen. Und im Tierpark. Ein schöner Tag.« Ihre Augen leuchteten und Paul Schelter fragte sich, ob sie überhaupt verstanden hatte, warum er diese Fragen stellte.

»Seine Frau und das Baby sind verschwunden.«

Weder Erstaunen noch Verwunderung war in Bauers Miene zu erkennen – eher etwas anderes, Unerwartetes. Schelter konnte es nicht deuten.

»Aha. Sie wird ihn wohl verlassen haben!«, gab die Zeugin patzig und heftig zurück, was so gar nicht zu ihrem sonderbaren Gesichtsausdruck passen wollte.

Paul Schelter ging von einem Verbrechen aus. Günter war sein Hauptverdächtiger, irgendwann würde er ihm nachweisen, dass er Frau und Sohn getötet hatte, davon war er überzeugt.

Freiwillig wird Kati nicht mit ihm mitgefahren sein, überlegte er. Das Essen für den Kleinen war vorbereitet, nein, das hätte sie sonst wenigstens mitgenommen. Was hat sie daran gehindert? Zwang! Günter musste sie bedroht haben! Zum ›Wie‹ fielen dem Kommissar gleich eine ganze Menge denkbarer Szenarien ein.

Paul Schelter legte eine Liste an. Er sah Günter vor sich, den Jungen auf dem Arm, mit einem Messer drohend. »Los steig‹ ein!«, befahl er Kati kalt, die aus Angst um ihr Kind willenlos gehorchte. Ein anderes Kopfvideo zeigte ihm Günter mit einer Waffe, die direkt auf Kati gerichtet war, die ängstlich ihren Sohn an sich presste.

Oder war sie gar nicht eingestiegen? Hatte Günter sie im Haus getötet, vielleicht erstickt, und dann den Leichnam wegtransportiert? Doch wozu brauchte er dann den Kindersitz? Wäre es nicht einfacher gewesen, in diesem Fall das Kind ebenfalls sofort umzubringen?

Schelter stellte schnell fest, dass Hanno eine Waffenbesitzkarte hatte. Er fuhr sofort bei ihm vorbei. »Ihre Glock. Die würde ich gern mal sehen.«

Günter Hanno drehte sich auf dem Absatz rum und trabte ins Arbeitszimmer, zog die oberste Schublade auf und zeigte auf die große Pistole. »Da. Ich darf sie tragen, weil wir hier so abgelegen wohnen. Vor einiger Zeit gab es mal Morddrohungen gegen mich, vielleicht von der Konkurrenz, vielleicht auch von der Neonazigruppe, die sich in der Nähe niedergelassen hatte. Ihre Kollegen konnten das nie rausfinden. Damals habe ich mir die Waffe zugelegt.«

Warum hatte der verdächtige Ehemann die Pistole nicht verschwinden lassen? Wäre es nicht besser gewesen zu behaupten, sie wurde gestohlen oder sei bei einem Angelausflug in den Teich gefallen? Er erkannte, ohne Leiche und Projektile konnte er Hanno gar nichts nachweisen. Siedend heiß fiel ihm ein, dass eine Schmauchspurenanalyse wichtig sein könnte. Beim Abfeuern des Schusses gibt jede Handfeuerwaffe Partikel ab, Rückstände der Treibladung und des Zünders. Er musste dafür sorgen, dass Hannos Hände und seine Kleidung untersucht würden. Beinahe wäre es verdächtiger gewesen, die Waffe nicht vorweisen zu können, überlegte Schelter. War Katis Mann so abgebrüht, all das zu bedenken? Obgleich er nicht viel Hoffnung hatte, dass die Kollegen noch etwas finden würden, verständigte er die KT, um den Ehegatten und dessen Kleidung auf Schmauchspuren untersuchen zu lassen.

Möglicherweise wieder eine Sackgasse. Vorsichtshalber würde er die Waffe mitnehmen – ein Probeschuss mit der vorgefundenen Munition würde ein Projektil und Schmauch zur Verfügung stellen, die als Vergleichsmaterialien herangezogen werden könnten, falls die Leichen mit Schussverletzungen gefunden würden.

Hanno gab ihm die Glock ohne Widerstand. »Ist eine gute Waffe. Heute Morgen habe ich damit noch ein paar Ratten erledigt!«

Entweder war er sich seiner Sache sehr sicher, oder er war nicht in das Verschwinden von Frau und Sohn verstrickt. Oder, überlegte Schelter weiter, der Mord war ganz anders ausgeführt worden. Hatte er die beiden erdrosselt? Erwürgt oder vergiftet?

Tatsächlich wurden weder an der Kleidung Hannos noch an seinen Händen oder in den Haaren Schmauchspuren gefunden. Unzufrieden legte Schelter den Untersuchungsbericht beiseite. War er nicht der Täter – oder einfach nur schlau? Für Schelter war die Antwort klar. Er musste dem Mann den Mord eben anders nachweisen!

Der Kommissar befragte in den kommenden Tagen einige Freundinnen Katis. Ihren Gynäkologen, den Hausarzt der Familie. Bei diesen Gesprächen begegnete er einem neuen Günter Hanno.

»Er ist neurotisch! Echt!«, versicherte eine Freundin. »Total verrückt. Seit Kati schwanger war, hat er sie drangsaliert. Erst sollte sie das Kind wegmachen lassen, dann, als es auf der Welt war, hat er es gehasst. Kati dachte, er würde dem Kleinen was antun, wenn er mit ihm allein zu Hause war, deshalb haben wir uns immer seltener treffen können. Meist bin ich zu ihr rausgefahren.«

»Hat Günter Hanno seine Frau geschlagen?«

»Nun, sie hatte ab und an große blaue Flecken. Wenn ich sie gefragt habe, hatte sie immer eine blöde Ausrede. Ich denke, er ist brutal und rücksichtslos, sie wollte es nur nicht wahrhaben.«

Dr. Pflug, der Hausarzt, berichtete ebenfalls von Prellungen, die ihm aufgefallen waren, über deren Entstehung Kati allerdings nie ein Wort verlauten ließ.

Schelters Ermittlungen erreichten einen toten Punkt, als Günter Hanno unerwartet ein unwiderlegbares Alibi vorweisen konnte. Er hatte mit seiner Cordula am Morgen des Verschwindens seiner Frau im Café gesessen und ein üppiges Sektfrühstück genossen. Dafür gab es eine ganze Reihe von Zeugen.

Ein halbes Jahr später waren Mutter und Kind immer noch nicht nach Hause zurückgekehrt, hatte Kati sich nicht bei ihren Eltern gemeldet. Tochter und Enkel blieben spurlos verschwunden. Auch Hanno schien davon auszugehen, dass er Frau und Kind nicht wiedersehen würde.

Nach dem Verschwinden seiner Frau hatte er ganz selbstverständlich die Funktion des Chefs im Betrieb übernommen, war nun endlich auch Herr über alle finanziellen Transaktionen, traf alle Entscheidungen. Die Schwiegereltern mieden ihn, wichen jeder Begegnung mit Günter aus.

Als nach nur zwölf Wochen eine neue Frau ins Haus zog, mussten sie hilflos mitansehen, wie Katis Besitz, Möbel aus dem Kinderzimmer und Dirks Spielzeug vom Hof getragen wurden.

»Ich habe es einlagern lassen. Falls Kati kommt, hole ich es ab. Aber die ganzen Kindersachen passen dem Jungen ohnehin nicht mehr. Nach drei Monaten ist er eh aus all dem Zeug rausgewachsen«, erklärte Hanno, als der Ermittler ihn nach dem Verbleib der Umzugskisten fragte.

Doch es schien nicht so, als nehme Günter ernsthaft an, dass Kati ihre Möbel und Kleider zurückfordern könnte.

Schelter blieb dran.

Günter blühte an Cordulas Seite auf. Wurde er in seiner Stammkneipe gelegentlich auf Kati angesprochen, antwortete er immer auf dieselbe Weise. »Mir ist das ziemlich bald aufgefallen. Der Dirk, der war nicht mein Sohn. Ein Kuckuckskind! Das habe ich Kati auch auf den Kopf zugesagt. Klar, das hat sie dann bestritten. Aber man musste sich den Jungen doch nur mal richtig ansehen! Der hatte ja sogar mit dem Postboten – oh, entschuldige, Klaus, nichts für ungut, was wahr ist, ist wahr –«, an dieser Stelle erntete er jedes Mal lautes Gejohle, »mehr Ähnlichkeit als mit mir! Ich denke, Kati hat das auch erkannt und ist zum wirklichen Vater gezogen.«

Und so dauerte es nicht lang, bis das Getratsche verstummte.

Schelter aber ließ nicht locker. Sollte Günter tatsächlich Frau und Kind getötet haben, wusste Cordula mit Sicherheit davon. Der Kommissar besprach sich mit einem Polizeipsychologen, überlegte mit ihm gemeinsam, wie die neue Frau an Günters Seite verunsichert werden konnte.

Er veranlasste eine Überwachung des Gärtners und besuchte Cordula.

»Sie sind sich sicher, dass Günter mit Ihnen an jenem Vormittag zusammen war?«

Die zierliche Frau nickte. »Nicht nur am Vormittag. Seine Frau erwartete ihn ja nicht zurück, wir konnte uns fast einen ganzen Tag Zeit nehmen. Ich habe ja schon gesagt, wie schön es war.«

»Hat Hanno je mit Ihnen über eine Eheschließung gesprochen?«

»Ach, Herr Schelter! Er hat mir nie etwas vorgemacht! Gleich bei unserem zweiten Treffen zeigte er mir Fotos von Kati und dem Knirps. Ich war mit meiner Rolle einverstanden. Es ging mir nur darum, ihm ab und zu nahe sein zu können«, erklärte sie schwülstig.

»Meine berufliche Erfahrung widerspricht dem. Die meisten ›Nebenfrauen‹ sind unglücklich.«

Cordula Bauer sah ihn kalt an. »Ich hatte damit kein Problem!«

»Und Günter Hanno? Wollte er nicht lieber jeden Tag mit Ihnen verbringen? Ohne Ausreden und kluge Vorbereitung?«

»Wenn er unzufrieden mit der Situation war, so hat er mich das nie spüren lassen«, erklärte sie.

»Er hat nie gesagt, ihm wäre lieber, er könne mehr Zeit mit Ihnen verbringen? Das hat Sie nicht gekränkt?«

Einen Moment lang war sie verunsichert. »Nein. Günter hat mich vom ersten Augenblick an geliebt. Daran habe ich nie gezweifelt!«

Wem versuchst du das einzureden, dachte Schelter, dir oder mir? Mehrere Atemzüge lang glaubte er, vielleicht den falschen Täter im Visier zu haben. Was, wenn gar nicht der Gatte, sondern dessen Geliebte die Morde begangen hatte? Eifersucht war ein starkes Motiv! Doch dann verwarf er den Gedanken wieder. Cordula Bauer hatte nicht einmal einen Führerschein. Wie wäre sie an jenem Morgen zum Grundstück der Hannos gekommen? Nein, nein, schloss Schelter seine Überlegungen ab, geholfen hast du ihm vielleicht, aber nicht selbst getötet.

»Wenn Sie an jenem Vormittag mit ihm unterwegs waren – und ich recht habe mit meiner Annahme, dass Ihr Günter etwas mit dem Verschwinden der beiden zu tun hat –, dann wissen Sie auch ganz genau, was in diesen Stunden passiert ist«, behauptete er selbstbewusst.

Cordula Bauers Gesicht wurde maskenhaft.

»Haben Sie keine Angst, Frau Bauer? Könnte doch sein, Sie geraten in eine ähnliche Lage wie Hannos Frau. Er wird Ihnen dasselbe antun. Wenn man einmal mit einem Doppelmord davongekommen ist, warum soll man seiner Methode der Problemlösung nicht treu bleiben? Befürchten Sie nicht, ein Problem für ihn werden zu können? Was, wenn er eine andere kennenlernt?«

Flackerte ihr Blick für eine Sekunde, zitterten ihre Hände plötzlich, oder hatte er sich das nur eingebildet?

Die Ergebnislosigkeit der polizeilichen Ermittlungen hielt sich unverändert über Jahre. Die Akte wurde geschlossen, vorläufig, wie das bei Kapitalverbrechen so üblich ist. Schelter war im LKA bekannt dafür, dass er so manchen ›abgeschlossenen Fall‹ doch noch gelöst hatte. Alle halbe Jahre Wiedervorlage hieß seine Methode. Paul Schelter ging es wie den meisten seiner Kollegen: Er vergaß seine Fälle nicht, die gelösten wie die ungelösten. Der Unterschied war, die ungelösten taten ihm so richtig weh. Es bedeutete, dass dort draußen ein Mörder frei herumlief. Und das ließ ihm keine Ruhe.

Von Zeit zu Zeit ermittelte er weiter, verlor auch diesen Fall nicht aus den Augen. Sein anhaltendes Interesse äußerte sich unter anderem dadurch, dass er, wenn es ihm gerade wieder einmal in den Sinn kam, einen anderen Heimweg als gewöhnlich wählte, vorbei an Hannos Gärtnerei in der Scherenstraße. Manchmal, wenn er dabei Cordula Bauer sah, winkte er, sie winkte zurück.

Gelegentlich traf er sie zufällig, wenn sie durch die Stadt bummelte, und so kam es zu der einen oder anderen Tasse Kaffee, die sie freundlich miteinander plaudernd im Café Laubenbach zu sich nahmen. Schelter, der alte Fuchs, fand Zugang zu ihr, ohne auch nur ein einziges Mal auf den abgeschlossenen Fall zu sprechen gekommen zu sein. Jedenfalls nicht für Cordula erkennbar. Sie war zwar gut aussehend, vielleicht sogar sexy, allerdings von schlichtem Gemüt. In Schelters Gesellschaft fühlte sie sich durchaus wohl, jedes Misstrauen ihm gegenüber war bald eingeschlafen.

Genehmigte, stichprobenartige Überwachungen des Gärtners führten nicht zu neuen Erkenntnissen. Selbst um den Jahrestag des Verschwindens von Frau und Kind oder an den jeweiligen Geburtstagen unternahm Günther Hanno keine verdächtigen Abstecher in nahegelegene Waldstücke oder entlegene, einsame Gebiete. Er verhielt sich völlig unauffällig.

Schelters Meinung nach zu auffällig unauffällig. »So ein Mistkerl! Eiskalt, der Typ! Diese Hochnäsigkeit ist ja kaum zu ertragen!«, fluchte der Ermittler gern, wenn er an seinen Hauptverdächtigen dachte.

Während Günter Hanno glücklich zu sein schien, veränderte sich Cordula Bauer zusehends. Schelter bemerkte es bei seinen gewollt zufälligen Treffen. Er hatte es sich zur Gewohnheit gemacht, einmal im Quartal eine Begegnung mit ihr herbeizuführen, vorgeblich, um sich nach ihrem

Befinden zu erkundigen. Wetter, Cordulas Gesicht und Seelenlage passten heute irgendwie zueinander – bedrückend und ausdruckslos, wie Tage so sein können.

»Er hat Ihnen gedroht«, begann Schelter seinen Angriff, »nicht wahr? Wenn Sie ihn hinhängen, bringt er Sie um. Und da Sie wissen, dass dies bei Günter Hanno keine leere Drohung ist, leben Sie in permanenter Angst vor ihm!«

Sie schwieg. Lud ihn in das Haus ein, aus dem Kati und Dirk so unerwartet verschwunden waren. »Günter ist heute nicht da. Er sucht nach attraktiven Pflanzen, die unsere Kunden sich für ihre Steingärten wünschen«, war das Einzige, was er bei diesem Besuch von ihr zu hören bekommen sollte.

Sie kochte ihm einen Kaffee und brachte ihn nach einer halben Stunde wieder zur Tür. Ihre Fröhlichkeit und Unbeschwertheit waren gänzlich verdämmert. Für Paul Schelter war klar, woran das liegen musste. Ein so schreckliches Geheimnis zehrte schließlich, meinte er, die Angst ätzte große Löcher in Cordulas Seele.

Frühjahr 2006

Zehn Jahre nach dem Verschwinden von Mutter und Kind erfuhr er, dass Cordulas Beziehung zu Günter Hanno beendet war. Er hatte sie abserviert, schlichtweg aussortiert. Schelter witterte eine neue Chance.

Er besuchte sie. Nahm einen Strauß Blumen und eine Flasche Portwein mit.

»Irgendwie habe ich Sie schon erwartet. Sie sind mein erster Gast in der neuen Wohnung«, begrüßte sie ihn und schmunzelte.

»Schöne Wohnung, ruhige Lage. Geht es Ihnen gut?«

»Danke. Es ist nicht einfach nach so langer Zeit. Früher fühlte sich Alleinsein besser an.«

»Die Trennung von Ihnen hat Herrn Hanno wenigstens nicht dazu veranlasst, Sie verschwinden zu lassen. Ich bin froh, dass Sie wohlauf sind.«

Sie drehte sich um, er folgte ihr ins Wohnzimmer.

»Seien Sie nicht immer so gnadenlos direkt«, beschwerte sie sich.

»Nun, wo sich Ihr Verhältnis zu Hanno geändert hat, wollen Sie nicht Ihr Gewissen erleichtern?«

»Es gibt nichts zu erleichtern. Möchten Sie einen Kaffee?«

Doch dann, einige Blumensträuße und Besuche später, hatte Paul Schelter sie so weit. Ihre abweisende Haltung bekam Risse.

»Haben Sie nicht manchmal das Gefühl, es sei unrecht, dass Kati und Dirk nicht einmal ein Grab haben, die Eltern keinen Platz zum Trauern? Die beiden leben seit über zehn Jahren in quälender Ungewissheit, zwischen Hoffen und Bangen. Sie könnten sie erlösen.«

»Sie können mich ja doch nicht vor ihm beschützen!«, behauptete Cordula erschrocken. »Wenn er rausfindet, dass ich ihn verpfiffen habe, bringt er mich um«, platzte es aus ihr heraus und sie schlug die Hände vor den Mund.

Zu spät. Die Worte konnte sie nun nicht mehr zurücknehmen.

Ha, dachte Paul Schelter, wie ich es seit Ewigkeiten vermutet habe! »Wenn Sie uns erzählen, was an jenem Tag passiert ist, sitzt Günter Hanno bei uns in einer Zelle und kann niemanden mehr ermorden! Wir lassen den nicht mehr raus!« Schelter war für ihre Naivität dankbar. Ihrer einfach strukturierten Natur war es zu verdanken, dass sie diese Polizeiphrase nicht als solche erkannte. Sicher war es möglich, jemanden vorübergehend zu beschützen, auch intensiv zu beschützen oder für einige Zeit zu verstecken, aber eine absolute Sicherheit gab es natürlich nicht.

Schiere Panik lag in ihrem Blick. »Ihnen glaube ich das ja. Aber was ist dann? Sie schließen ihn weg – und der Richter spricht ihn am Ende frei! Liest man doch immer wieder in der Zeitung!«

Der Ermittler wartete ab.

Eine Tasse Kaffee später fragte sie: »Nimmt mich die Polizei in ein Zeugenschutzprogramm auf, wenn er doch wieder rauskommen sollte?«

»Ja!«, versprach der bullige Beamte. »Neuer Name, neue Identität.«

Wieder herrschte Schweigen. Die Zeugin war angeschlagen, weichgekocht.

»War Günter Hanno an jenem Tag mit Ihnen unterwegs?«

Tränen rollten über die Wangen Cordulas. Tropfen bildeten sich an Wangen und Kinn, sie schniefte. »Ja. Das stimmt wirklich! Er hat an jenem Nachmittag die beiden Leichen vergraben – und ich musste auf der Straße stehen bleiben und aufpassen, ob jemand kommt«, brach es unvermittelt aus ihr hervor. »Es war so unwirklich. Wie ein Albtraum – nur, dass ich nicht aufwachen konnte. Dirk, er war so ein süßes Kind gewesen. Nun ein halbsteifer Klotz. Günter hat ihn sich einfach in seinem kleinen Kindersitz unter den Arm geklemmt und ist pfeifend mit ihm weggegangen, einen Spaten in der anderen Hand. Hätte ich nicht gewusst, was in der Tüte ist, ich hätte denken können, er geht zum Arbeiten in den Wald.«

Waldstück, registrierte Schelter erfreut. Ein erster Anhaltspunkt.

»Er war ziemlich lang weg. Ich habe mir fast in die Hose gemacht vor Angst, es könnte einer kommen und etwa fragen, ob ich eine Panne habe. Wenn der den Kofferraum aufgemacht hätte! Da lag ja noch Kati!« Ihre Finger verschlangen sich in- und wanden sich umeinander, wie fleischfarbene Würmer.

Schelter drängte nicht. Wartete geduldig, bis sie weitersprechen wollte.

»Er kam zurück und holte das Auto – Kati konnte er nicht tragen. Ich musste an der Straße stehenbleiben.«

Wieder entstand eine Pause.

»›Du wolltest sie doch auch loswerden!‹. Das hat er zu mir gesagt, als ich anfing zu weinen. ›Wer A sagt, muss auch Be – erdigen!‹. Und dabei hat er laut und grob gelacht.«

»Stimmt das denn?«, fragte Schelter sanft. »Wollten Sie den Tod der beiden?«

»Nein«, schluchzte Cordula und griff nach einem Päckchen Taschentücher.

»Aber?«

»Ach, wenn man in einen verheirateten Mann verliebt ist, da denkt man schon mal, es wäre schön, Frau und Kind könnten sich in Luft auflösen. Das heißt doch nicht, dass man ihnen den Tod wünscht!« Sie putzte sich die Nase. »Nicht im Traum habe ich gedacht, dass er sie umbringt! Mein Gott, als er es mir erzählte, war ich so was von geschockt. Günter meinte, er habe es für uns getan und ich sei nun verpflichtet, ihm beim Verbergen der Leichen zu helfen! Ich hätte es doch auch gewollt! Es war so entsetzlich!« Jetzt schrie sie fast.

Schelter gönnte ihr einen Moment Pause, schenkte ihr noch eine Tasse ein.

»Er verschwand dann mit Kati. ›Wehe, du kommst mir nach!‹, hat er noch so halb im Scherz gedroht. Ich hatte plötzlich furchtbare Angst vor ihm. Ich glaube, ich habe mich nicht einen Millimeter gerührt, bis er wieder zurück war. Geweint habe ich damals auch – so wie jetzt. Dafür gab er mir eine saftige Ohrfeige. Die erste, die ich von ihm bekam.«

»Können Sie uns zeigen, wo die beiden beerdigt sind?«

»Nein! Ich musste auf der Straße stehen bleiben! Nichts habe ich gesehen!« Sie zögerte kurz. »Das große Kornfeld vorne und ganz hinten Günter.«

»Wo ist denn dieses Waldstück? Mit dem Kornfeld davor? Sind Sie lang unterwegs gewesen?«, fragte Schelter viel zu viel auf einmal.

Cordula zerfetzte das Papiertaschentuch und ließ die Streifen wie weiße Federn zu Boden fallen.

Als sie anfing zu sprechen, war es nur ein Hauch. Schelter musste sich Mühe geben, nichts zu verpassen.

»Hätte ich gewusst, wo sie liegen, dann wäre ich manchmal bei ihnen vorbeigegangen. Diese Schuld! Sie wissen sicher, wie eine Leiche aussieht, auf die geschossen wurde. Gerade bei dem Kleinen! Der halbe Kopf – einfach weg! Als Günter an jenem Morgen zu mir kam, war er so unglaublich glücklich. Er flüsterte mir schon bei der Begrüßung ins Ohr, er habe das ›Kati-Problem‹ nun endgültig gelöst – ich würde schon sehen. Dann lud er mich ins Café ein, zum Feiern. Später fuhren wir raus und plötzlich hielt er an. Das muss am frühen Nachmittag gewesen sein. Stieg aus, nahm mich mit zum Kofferraum, öffnete ihn.« Sie schluchzte wieder. »Erst sah ich nur zwei Säcke, den einen mit herausragendem Kindersitz. Dann entdeckte ich Haare! Ich konnte nicht mehr klar denken. Er zwang mich, die Toten anzusehen. Heute glaube ich, er tat es, damit ich erkannte, wozu er fähig ist. Nachdem ich seine ›Lösung des Kati-Problems‹ gesehen hatte, schob er mich auf den Beifahrersitz zurück. Während der Weiterfahrt erzählte er mir, was passiert war. Ich stand unter Schock, hatte Probleme, ihm zuzuhören, dachte immer an die beiden Körper wenige Meter hinter meinem Rücken, wusste ganz genau, dass wir zu dem Ort unterwegs waren, an dem er sie vergraben wollte.« Sie putzte sich die Nase und richtete ihren Oberkörper gerade auf, dann sprach sie leise weiter. »Günter hatte Kati genötigt, mit dem Baby in sein Auto einzusteigen. Sie fuhren ein Stück, er bog irgendwo ab, wo es einsam und verlassen war, zwang sie, auszusteigen, den Sitz mit Dirk unter den Arm zu nehmen und ein Stück zur Seite zu gehen. Er wollte keine Blutspuren am Auto – das hat er mir genau so gesagt. Kati musste sich neben den Kindersitz hinknien. Dann hatte er einfach abgedrückt. Er war auch noch stolz darauf. ›Einen Schuss für jeden, Volltreffer beide Male‹, sagte er.«

Sie starrte auf die geblümte Tischdecke, begann mit dem Finger, die Konturen der Blüten nachzuzeichnen. »Mir wurde ganz schlecht, als ich daran dachte, dass Kati und Dirk hinten im Auto gelegen hatten, während wir fröhlich beim Frühstück saßen! Es war entsetzlich, das müssen Sie mir glauben.« Sie putzte sich wieder die Nase, schob das Taschentuch in die Hose, zog es sofort wieder hervor, schnäuzte sich erneut.

Übersprunghandlung, dachte der Kommissar.

»Ich dachte, er hätte es aus Liebe zu mir getan. Dass

es ihm nur um Katis Geld ging, war mir zuerst gar nicht klar.«

Schelter hielt den Atem an.

»Wenn ich es mir überlege, müssen wir in Richtung Norden gefahren sein. Etwa eine Stunde lang, eher anderthalb. Vielleicht erkenne ich die Stelle wieder«, sagte sie dann unsicher. »Was wird denn jetzt aus mir?«, wollte sie plötzlich wissen.

»Mal sehen. Sie waren all die Jahre Mitwisserin. Auf der anderen Seite hat er Sie ja mit dem Tod bedroht, falls Sie ihn verraten. Und nun haben Sie mir die ganze Sache erzählt und natürlich werden Sie uns jetzt aktiv bei der Suche nach der Stelle unterstützen, nicht wahr?«

Cordula Bauer nickte eifrig.

»Notstand! Wir werden das so begründen. Kopf hoch. Wenn Sie ab sofort guten Willen …« Er ließ den Satz in der Schwebe. Schließlich lag jedes Versprechen dieser Art gar nicht in seiner Kompetenz.

So kam es, dass er und Cordula Bauer an diesem Tag viel unterwegs waren. Auf der Karte hatte Schelter den Radius abgesteckt, in dem sie versuchen wollten, den Ort aufzuspüren, an dem Hanno die Leichen vergraben hatte. Endlich legte sich ihre kalte Hand auf Schelters Unterarm. »Da!«

Paul Schelter stoppte am Straßenrand.

»Hier war es!« Cordula Bauer war mit einem Mal sehr aufgeregt. »Ich bin mir sicher! Der Acker, der Wald, ja! Ganz bestimmt. Wenn Sie wüssten, wie oft mich dieses Bild bis in meine Träume verfolgt hat!«

»Hm«, grunzte der Ermittler und warf einen skeptischen Blick über den Acker, an den sich ein lang gezogenes, breites und abschüssiges Waldstück anschloss. »Wo genau? Damit wir die beiden möglichst schnell finden, müssen meine Leute wissen, wo in etwa sie graben sollen.«

Die Zeugin zuckte unsicher mit den Schultern. »Genau weiß ich es nicht. Ich war ja nicht wirklich dabei.«

»Diese Gegend ist nicht leicht abzusuchen. Das war im Zweiten Weltkrieg Kampfgebiet. Mein Großvater wusste das noch – der hat uns von den schrecklichen Kämpfen erzählt, ein einziges Gemetzel.« Schon überlegte er, bei wem er Erkundigungen einziehen würde. Dieses Gelände barg jede Menge Probleme: Munition, man konnte nicht ohne Gefahr im Boden graben, der Wald hatte sich in zehn Jahren vielleicht verändert, wie sollte man da etwas finden können? Gebüsch und Gestrüpp musste gerodet werden, um graben zu können. Sie wären Wochen hier, wenn sie es nicht genauer bekämen.

Kampfmittelräumdienst fiel ihm als Erstes ein, die müssten mir doch eigentlich weiterhelfen können.

»Dies ist ein riesiges Areal. Können Sie es ein bisschen eingrenzen?«, wollte der Kollege wissen. Schelter überlegte: Eingrenzen ist gut, wer gibt mir die Kriterien dafür? Was konnte die Grundlage dafür sein? Wieder Probleme in Hülle und Fülle. Wie einfach dagegen war es im Telefonbuch die Meyers mit der Vorwahl Berlin herauszusuchen.

Cordula Bauer überlegte. »Ach, ich weiß nicht. Damals hatte ich solche Angst.«

»Was haben Sie gemacht, während Hanno die Leichen beerdigte?«, forschte Schelter weiter.

»Nun, ich habe die Straße entlanggeguckt – und Günter im Auge behalten.«

»Günter im Auge …? Sie haben ihn also sehen können, während er dort grub?« Der Kommissar wurde ungeduldig. Das war eine Aussage, mit der er arbeiten konnte.

»Nicht die ganze Zeit über. Wenn er sich zum Graben bücken musste, war er verschwunden, sonst habe ich seinen halben Oberkörper sehen können.«

Es war sinnlos, diese Frau weiter zu traktieren – mehr Informationen konnte sie einfach nicht anbieten. »Lassen Sie uns zum Wald vorgehen, frische Luft tut gut und bewirkt Wunder, jedenfalls manchmal.«

Bereitwillig spazierte sie mit ihm zum Ende des Waldstücks. Immer wieder drehte sich Schelter um, animierte Cordula, sich an dem Standort zu orientieren, von wo aus sie die Grabearbeiten mutmaßlich beobachtet hatte. Ja, da war sie zielsicher. Sie erkannte immer wieder ihren Ort der Beobachtung, die große Eiche war ihr Fixpunkt.

Kann ich als zuverlässige Angabe werten, schloss Schelter, wenigstens das. Er machte Aufnahmen aus unterschiedlichen Blickwinkeln. Aber der Wald sah in seiner Breite wirklich fast überall gleich aus. Keine Chance, auch nicht beim fünften Versuch, einen echten Ausgangspunkt für die Sucharbeiten zu finden.

Schelter brachte Cordula Bauer in ihre Wohnung zurück und fuhr ins Büro, nahm sich den Lageplan vor mit allen Wegen zum Wald, legte seine Fotos daneben und ließ den Nachmittag noch einmal an sich vorüberziehen. Wo würdest du das Grab angelegt haben?, fragte er sich immer wieder. Langer Weg, kurzer Weg, nein, das war nicht die Frage, sicherer Ablageort, der nicht entdeckt werden konnte, das war die Zielgröße. Schelter nahm eines seiner Fotos, die den kahlen Acker zeigten. Natürlich, warum war er nicht eher darauf gekommen? Er malte mit seinem Faserschreiber das Weizenfeld auf das Glanzpapier. Acker, Korn, das ist die Bezugshöhe. Dann verfiel er wieder in tiefes Grübeln, denn der Spaziergang mit Cordula hatte ihm gezeigt, dass der Wald sich ganz schön weit nach hinten ausdehnte, viele lange Grabemeter. In seinem Kopf brodelte es wie beim Ansetzen des Apfelweins, wenn der Gärballon die Maische aus dem Röhrchen herausquellen lässt. Der Ansatz war gemacht. Mit solchen Situationen kam Schelter gut zurecht, meist hatte er eine zündende Idee, nur nicht jetzt, wo ihm die Weltkriegsmunition ebenfalls noch ein riesiges Problem bereitete.

»Am Ende bringe ich uns alle in Gefahr – das kann nicht sein!«, murmelte er vor sich hin und erlaubte sich einen emotionalen Moment, in dem er daran dachte, den Täter selbst graben zu lassen. Er grinste. Ausgeschlossen natürlich.

Gleich am nächsten Tag meldete er sich in aller Herrgottsfrühe telefonisch beim Kampfmittelbeseitigungsdienst. Der Name seines Gesprächspartners war vernuschelt. Verständlich, ging Schelter auch so, wenn ihn einer morgens unverhofft anquatschte. Aber das Gespräch lief besser, als er gedacht hatte. Vom Kampfmittelräumdienst erfuhr er, dass das Gebiet nicht ausreichend kartiert sei, um konkrete Aussagen über Liegeorte von Sprengkörpern zu machen. Man müssen an jeder Stelle mit sogenannten Zufallsfunden rechnen.

»Liegt dort nur Gewehrmunition oder können wir auch auf Granaten oder Minen stoßen?« Diese Frage hätte er besser nicht gestellt, sie kostete ihn eine geschlagene halbe Stunde, in der der Feuerwerker ihn problemsensibel machte. Am Ende der Lektion war man aber bereit, einen Sprengmeister und sein Team vor Ort bereitzuhalten, sollte er sich entschließen, zu graben. Er möge das Risiko nicht unterschätzen, warnte der Kollege noch einmal zum Abschluss.

»Bestens!«, fluchte der Kommissar.

Danach suchte er nach einem Beamten, der in Größe und Statur etwa Günter Hanno glich, bestellte Kollegen noch für diesen Nachmittag zum ›Probestehen‹ und den Sprengmeister für den nächsten Morgen zum vermuteten Fundort der Leichen.

Zu so früher Stunde war es recht frisch, und der Atem der Versammelten kondensierte zu Wölkchen in der Luft. Rechtzeitig fiel ihm noch ein, Cordula, ja, Cordula könnte hilfreich sein. Man würde sie zwar nicht direkt an den Fundort mitnehmen, der psychologischen Belastung wegen, aber Schelter war von dem Gedanken getragen, dass Cordula noch gute Hinweise geben könnte. Die Zeugin würde fachmännisch von Kollegen des psychologischen Dienstes betreut werden.

Cordula Bauer beobachtete aufmerksam den jungen Mann, der zügig über den Acker lief und am Waldrand entlangging, ein paar Schritte aufrecht, dann bückte er sich, als wollte er eine Schaufel Erdreich ausheben, machte erneut zwei Schritte, bückte sich wieder. Er kommunizierte mit Schelter, der neben Cordula stand. Jede Regung wollte er von ihr sehen, deuten, Erfolg haben.

»Da!«, rief sie plötzlich. »Da irgendwo könnte die Stelle gewesen sein! Etwa so habe ich damals auch Günter gesehen. Vielleicht nicht ganz genau dort, aber doch so ziemlich.«

Man begann mit der Grabung.

»Scheiße! Lehm!«, rief einer der Männer, kaum dass er den Spaten in den Boden gestoßen hatte. »Das wird Schwerstarbeit!«

»Stopp. Geh mal zehn Meter weiter. Nach rechts oder nach links, ist mir egal. Na gut – nach rechts.«

Gleiche Situation: Lehm. Schelter ging zu dem jungen Polizeimeister, der Hanno imitierte und zum Schaufeln ausgewählt worden war.

»Stopp«, kam es erneut von Schelter, und er orderte einen weiteren Polizisten, um 200 Meter weiter den Boden anzugraben.

»Ja, hier geht es so einigermaßen! Aber mir fehlt Bewegungsfreiheit. Dieses Unterholz!«, rief der zurück.

»So funktioniert das nicht!«, entschied Schelter. »Die Büsche müssen weg! Sonst ist ein vernünftiges Graben an dieser Stelle völlig unmöglich!« Über den Lagedienst orderte er den zuständigen Förster zur ›Baustelle‹.

Diese Begegnung hatte er sich allerdings komplikationsloser vorgestellt.

»Natürlich weiß ich schon von Ihrer Aktion hier im Wald. So etwas spricht sich herum wie ein Lauffeuer, ist das einzige Gesprächsthema im Moment im Ort! Ist sonst eher eine verschlafene Gegend hier – da bringt das natürlich ordentlich Stoff für gruselige Fantasien! Manche glauben, die Polizei sucht in unserem Wald nach Leichen! Und nun stellt sich heraus, Sie wollen hier die Natur abholzen! Wir sind sehr froh, dass sich der Wald so schön entwickelt hat, obwohl er so nahe an der Oder liegt. Nein, das kommt überhaupt nicht infrage. Vielleicht erzählen Sie mir erst einmal, was Sie hier wirklich suchen. Hätten Sie sich nicht bei mir melden können, bevor Sie den Auftrieb an Polizei machen? Wär doch was, oder?«, legte der los, kaum dass er die besagte Stelle erreicht hatte.

Schelter hatte sich trotzig schon für ›oder‹ entschieden, konnte sich aber rechtzeitig noch bremsen. Schließlich wollte er den Erfolg, auf den er so lange Jahre hingearbeitet hatte und den er nun so dicht vor sich sah, nicht wegen einer albernen Animosität gefährden. Beide lenkten ein. Ein Kräftemessen erschien unangebracht.

Nachdenklich legte Leonhard Schmitz seine Stirn in dicke Falten. »Sie suchen tatsächlich nach einem oder gar zwei Gräbern?« Schmitz war betroffen. »Du liebe Güte! Eine Frau und ein Baby? Wie schrecklich!«, meinte er empathisch. »Haben Sie bei Ihren Planungen mitbedacht, dass zehn Jahre vergangen sind, seit Ihre Zeugin diese Beobachtung gemacht hat?«

»Ja?«, fragte der Kommissar. »Worauf wollen Sie hinaus?«

»Nun, die Gegend mag sich in den Jahren durchaus erheblich verändert haben. Boden ist nicht statisch – er ist lebendige Masse. Vielleicht sollten wir mal überlegen, wie das Bodenprofil vor zehn Jahren tatsächlich ausgesehen hat, ob Eingriffe stattgefunden haben und wenn ja, welche.«

Einen Augenblick lang starrte Schelter den Revierförster entgeistert an. »Sie meinen, wir haben an der völlig falschen Stelle gesucht?«

Leonhard Schmitz nickte.

»Gut«, der Kommissar räusperte sich. »Also, wenn das stimmt …«

Leonhard Schmitz zog eine Karte in großem Maßstab aus seinem Rucksack, auf der man glaubte, jeden Baum erkennen zu können. »Man hatte mir ja schon von Ihrem Treiben in meinem Revier erzählt. Deshalb habe ich mich vorbereitet. Wo genau haben Ihre Leute denn bisher gesucht?«, erkundigte sich der Förster, und der Kommissar deutete das Areal mit dem Finger an.

»Hm. Und Ausgangspunkt war der Hinweis, die Zeugin habe den Täter beobachtet, ja? Und immer nur, wenn der sich aufrichtete, dessen Oberkörper gesehen?«

»Genau.«

Schmitz faltete die Karte zusammen und fuhr einen handlichen Laptop hoch, klickte sich durch Karten und anderes Material, las gelegentlich einen Text, klickte weiter, grunzte unzufrieden, lächelte dann.

Der Kommissar beobachtete schweigend das Mienenspiel des anderen.

»Wenn Ihre Leute dort gegraben haben, konnten Sie die Leichen nicht finden. Dieser Boden unterliegt heftiger Sukzession. Die Horizontlinie von vor zehn Jahren ist definitiv nicht dieselbe wie heute. Der Acker davor wird intensiv bewirtschaftet, Material aufgebracht und eingearbeitet. Dadurch hat sich der Boden in den letzten zehn Jahren um mehrere Meter angehoben! Das bedeutet, Ihr Areal liegt eigentlich ganz woanders.«

Er nahm die Karte wieder zur Hand, strich sie glatt und wies auf ein neues Gebiet. »Eher hier. Wenn Ihre Leute an dieser Stelle graben, könnten sie Erfolg haben.«

Der Revierförster konnte die Bodenverhältnisse nicht nur erklären, sondern auch die zehn Jahre währende Sukzession beschreiben, Schelter war durchaus beeindruckt.

»Können Sie noch weiter eingrenzen? Mein Problem

ist, dass ich meine Leute nicht wochenlang graben lassen kann – und am Ende finden wir nichts!«

»Sehen Sie, wir sind hier, Ihre Höhenkoordinate haben Sie mit dieser Isolinie angegeben. Das ist die eine Grenze. Die zweite und dritte Begrenzung stellen die Waldenden dar. Und jetzt wäre noch die vierte Grenze festzulegen. Wenn Sie, Herr Kommissar, eine Leiche vergraben wollten, wo würden Sie das versuchen?«

Diese dämliche Frage wollte sich Schelter gerade verbitten, als Schmitz weiter ausholte und sich selbst die Antwort gab: »Dort, wo sie nicht entdeckt werden kann!« Damit drehte der Förster sich um und deutete auf einen weitläufigen Bereich. Keine so neue Erkenntnis, knurrte Schelter in Gedanken griesgrämig in sich hinein.

»Aber der ausgesuchte Ort muss auch einer sein, an dem es möglich ist zu graben, verstehen Sie, Herr Kommissar?« Er nahm Schelter am Ärmel und zog ihn etwa 40 Meter tief in den Wald.

»Sie sehen noch Ihr Polizeiauto an der Eiche, ja? Und nun graben Sie mal«, forderte er Schelter auf. Dieser nahm äußerst widerwillig den blanken Spaten in die Hand und wuchtete ihn in den Boden. Ein kräftiger Ruck im Arm und das Blatt war gerade mal drei Zentimeter weit ins Erdreich getrieben.

»Geht nicht! Oder glauben Sie, der Kerl hätte es nicht eilig gehabt und in aller Gemütsruhe einen halben Tag lang ein Loch gebuddelt? Warum so ein hohes Risiko der Entdeckung eingehen? Gehen wir mal 200 Meter weiter!«

Revierförster Schmitz nahm den Spaten höchst persönlich in die Hand, setzte ihn locker auf den Boden und hob glatt mit einem Stich 20 Zentimeter Erde aus. Ein kleines süffisantes Lächeln huschte ihm über sein wettergegerbtes Gesicht.

Schelter verstand – da hatte ihm dieser Grünrock doch eine ziemliche Lektion erteilt.

»Der Boden bleibt von nun an bis zum Ende des Waldes so, wie er hier ist«, erklärte der Förster abschließend.

Schelter überkam das kalte Grausen: 900 minus 200 Meter, das waren 700 Meter in der Länge, bei 40 Metern in der Breite machte das genau 28.000 Quadratmeter. Wie sollte er das nur dem Staatsanwalt erklären?

»Das bedeutet, wir sind – selbst, wenn das grüne Junggemüse zum Graben antritt– für Wochen mit der Suche beschäftigt. Ganz abgesehen von der Munition!«, stöhnte er.

Das schien das Stichwort für den Feuerwerker des KMBD gewesen zu sein. »Herr Kollege Schelter, kommen Sie mal? Ich bin gerade aus dem Flurstück dort hinten zurück und kann Ihnen nun zeigen, wie eine Gewehrgranate und eine Riegelmine aussehen!«

Schelter wollte das im Grunde gar nicht wissen. Das Ding konnte doch jederzeit von selbst hochgehen – hatte man ihm gerade gestern erklärt. In der Nähe war erst vor Kurzem eine ganze Straße urplötzlich weggesackt, genau durch solch eine unerwartete Explosion. Und von der dort vergrabenen Munition hatte niemand auch nur etwas geahnt! Ein mit Riegelminen und anderem aufgefüllter Bombentrichter. Unfassbar!

»Also, Kollegen, bevor ihr anfangen könnt zu graben, suchen wir die Oberfläche ab, dauert nur einen Tag.«

Super!, schoss es Schelter durch den Kopf, noch eine Keule, noch einmal eine Verzögerung.

Im Hintergrund hielt sich auch am nächsten Tag ein Team des Kampfmittelräumdienstes bereit – sogar ein Rettungswagen wartete hinter einem Busch, für den Fall, dass gesprengt werden musste. Verletzungen waren dabei nie auszuschließen, tragischerweise kam es bei solchen Einsätzen gelegentlich zu tödlichen Unfällen. Die Bomben, Minen und anderen Munitionsreste, hatte man Schelter erklärt, rosteten schon seit vielen Jahrzehnten vor sich hin, hatten aber an Gefährlichkeit nichts eingebüßt, sondern das Risiko war sogar eher angewachsen.

»Unberechenbare Dinger!«, hatte der Kollege gewarnt. »Bloß nicht anfassen. Wenn jemand beim Graben auf einen soliden Körper stößt, egal wie groß, oder es ein metallisches Klong gibt, ist es Zeit, von dort zu verschwinden! Das ist kein Scherz, es besteht dann tatsächlich Lebensgefahr.«

Fünf junge Polizisten einer technischen Einheit, die extra aus Potsdam angereist waren, mussten graben, graben und noch einmal graben. Alles passierte stets unter der Aufsicht von zwei Kriminalbeamten, die Erfahrungen im Aufspüren von Leichen hatten. Die Erdarbeiten gingen sehr flott voran. Schelter dachte dabei an sich, wenn er seinen kleinen Vorgarten umgraben musste. Doch selbst nach zwei Stunden Plackerei war letztlich nicht viel zu sehen: 1.000 Quadratmeter, der Boden war schwer, klebte eher am Spaten, als dass die Scholle abglitt. Und man hatte im schlimmsten Fall noch 27.000 Quadratmeter vor sich. Nur gut, dass die Feuerwerker die Arbeiten nicht laufend unterbrechen mussten, weil irgendjemand so ein Klong gehört hatte. Von Zeit zu Zeit gingen sie mit ihrem Messstab vorweg, um die nächste Fläche zum Graben freizugeben. Gelegentlich kam auch die Hand zum Stopp, dann hieß es zurücktreten, und der Feuerwerker nahm Munitionssplitter auf.

»Schrott«, stellte er dann lakonisch fest. »Nichts Gefährliches, ihr könnt weiter machen!«

Innerlich hatte Schelter diesem Treiben auch schon ein Stopp verpasst. So finden wir die beiden nie, ich muss mir was einfallen lassen, dachte er.

»Leichenhunde? Nein, Kollege! Für unsere Tiere ist das ein viel zu großes Areal! Da sind die ja wochenlang beschäftigt!«, beschied ihm der Leiter der Hundestaffel, ließ sich dann aber doch zu einem Versuch auf einem definiertem Teil des Geländes überreden.

Chance vertan, überlegte Schelter deprimiert, und ich entdecke im besten Fall nur noch Knochen. Wenn wir richtig Pech haben, kann die Rechtsmedizin aufgrund der fehlenden verwertbaren Spuren keine Aussage mehr zum Tathergang treffen. Dann können wir am Ende Hanno den Mord gar nicht nachweisen! Was, wenn der plötzlich behauptet, er habe die Leichen nur verschwinden lassen, nachdem Kati den Jungen und sich getötet hatte?

»Na schön. Drei Hunde habe ich vor Ort. Bevor wir kommen, sollten Sie aber noch klären, ob wir überhaupt noch etwas erschnüffeln lassen können. Zehn Jahre Liegezeit! Wer weiß …«

Vielleicht ist nach zehn Jahren jede Chance vertan, überlegte er deprimiert, und ich entdecke im besten Fall nur noch Knochen.

»Wenigstens habe ich das Vergleichsprojektil«, tröstete er sich. »Wenn wir eine Kugel im Boden finden, dort, wo wir das Grab vermuten, kann ich wenigstens nachweisen, dass sie aus Günter Hannos Waffe stammt. Dann muss er uns was erklären.«

In Frankfurt nahm sich ein Rechtsmediziner viel Zeit, seine Frage nach dem zu erwartenden Zustand der Leichen zu beantworten. »Zwei Körper, sagen Sie? Mutter und neun Monate altes Kind?«

»Ja, genau. Wir haben einen Zeugen, der den ungefähren Ablageort benennen kann. Ich möchte nun wissen, ob ich nach zehn Jahren überhaupt noch etwas finden kann.« Schelter hoffte, dass nur ihm selbst seine Stimme hysterisch vorkam.

»Können Sie mir etwas über die Qualität des Bodens sagen? Sand, Erde, Lehm? Regengeschützt, im Grundwassereinzugsgebiet, nahe einem Flusslauf? Wie tief im Erdreich vermuten Sie die Leichen?«

»Ähm«, räusperte sich der Kommissar. »Lehm. In einem Waldstück, das an einen Acker grenzt. Und ich gehe davon aus, dass er tiefe Gruben gegraben hat. Risikominimierung. Sonst hätten Tiere die Körper freigelegt. Dort gibt es Wildschweine …« Den Rest des Satzes ließ er in der Schwebe.

»Aha. Lehmboden also. Wald. Das bedeutet, dort ist es feucht – der Lehmboden hält die eindringende Feuchtigkeit, Wasser sickert nicht rasch hindurch, wie zum Beispiel bei Sand. Legen Sie in solch einem Boden eine Vertiefung an, wird sich darin Wasser ansammeln. Was in Ihrem Fall konkret bedeutet, dass die beiden Körper im Wasser gelegen haben werden. Wenn es dazu auch noch kühl ist, dann entstehen in der Regel Fettwachsleichen.«

»Aha. Wie auf unseren Friedhöfen?«

»So in der Art. Das Fett setzt sich als feste, wachsartige Schicht auf dem Körper ab. Er wird dadurch, wenn man das so nennen will, konserviert. Es gibt Fettwachsleichen, bei denen können Sie sogar noch nach Jahren die Gesichtszüge erkennen!«

Schelter schluckte, bedankte sich und schauderte bei dem Gedanken, in die Gesichter der beiden Menschen zu sehen, nach denen er so intensiv gesucht hatte. Kati und Dirk würde man vielleicht sofort wiedererkennen können!

Mittags erschienen die Beamten mit den Hunden. Die Tiere verhielten sich seltsam ruhig und diszipliniert. Profis eben, die wussten, was von ihnen erwartet wurde. Die Mienen der Hundeführer allerdings blieben skeptisch.

»Wir machen zwei Durchgänge. Dazwischen Pause für die Hunde. Aber bei der Größe des Suchbereichs und bei einer Liegezeit von zehn Jahren – nee, Kollege, da sollten Sie sich nicht allzu viel erwarten!«

Schelter erwartete auch nichts, er hoffte. Doch leider vergeblich. Achselzuckend rückten die Männer der Hundestaffel am frühen Abend ab. Nichts! Bomben gab es hier nicht, aber auch keine Leichen. So schien es jedenfalls.

Hatte sich Cordula Bauer getäuscht? Oder machte sie bewusst falsche Angaben, damit die Polizei sie endlich in Frieden ließ? Er bestellte sie für den nächsten Tag in sein Büro, befragte sie erneut. Die Zeugin blieb bei ihrer Angabe, der identifizierte Ort sei der Ablageort, sie sei sich fast hundertprozentig sicher.

Als sie gegangen war, überdachte der Kommissar die verbleibenden Möglichkeiten. In einer Fortbildung hatte der Dozent von einer Methode berichtet, die Airborne Laser Scanning genannt wurde. Er konnte sich noch gut daran erinnern, weil die Methode so faszinierend auf ihn wirkte. Bei diesem Verfahren wurden Laserimpulse ausgesendet, der Scanner detektierte mehrere Reflexionen und die Intensität eines einzelnen Laser-Pulses. Damals wurde eine Anwendung über Waldgebiet vorgestellt. Mit der Methode war es möglich, sowohl unter den Baumwipfeln als auch unter der gesamten Vegetation Strukturen der Erdoberfläche zu erkennen, wie zum Beispiel Krater. Eine spezielle Software entfernte störende Bäume und Gestrüpp, übrig blieb das reine Bodenprofil. Auf diese Weise konnte man unter der Vegetation verborgene Eingriffe durch Dritte entdecken – auch Erdanhäufungen, wie man sie von Gräbern kennt. So könnte man die Leichen finden!

Er griff zum Telefon, rief einen der anderen Fortbildungsteilnehmer an, um sich nach weiteren Details zu erkundigen.

»Scheiße!«, fluchte er wenig später. »Das kann ja keiner bezahlen!«

Was also blieb ihm noch? An diesem Punkt seiner Überlegungen kam die BTU Cottbus ins Spiel, erst nur als eine Art Gedankenspiel, dann aber als ernsthafte Möglichkeit.

Die könnten vielleicht wirklich helfen! Anruf in der Zentrale, hier Polizei … und schon landete er bei der Öffentlichkeitsarbeit. Die Dame nahm sich Zeit, ihn anzuhören, und vermittelte an das Sekretariat des Professors.

»Professor Panzer ist noch bis um 16 Uhr in einer Vorlesung, tut mir leid. Aber ich kann ihm gern ausrichten, dass Sie angerufen haben. Er wird sich sicher sofort bei

Ihnen melden. Wie war Ihr Name?«, wurde noch einmal nachgefragt.

»Schelter, Kommissar Paul Schelter.«

Ungeduldig wartete der Kommissar auf den Rückruf. Womöglich hatte die freundliche Dame seine Bitte doch nicht ausgerichtet. Wie lang musste man warten, bevor man einen zweiten Versuch starten konnte, ohne unhöflich zu sein?, stolperten die Gedanken hinter seiner Stirn übereinander. 16:30 Uhr. Endlich! Das Telefon klingelte!

Dr. Jörg Panzer hörte sich alles an, stellte die eine oder andere Frage. Verwundert registrierte Schelter, dass keinerlei Befremden zu bemerken war, so, als sei es ganz normal für Panzer, nach Leichen zu suchen. Merkwürdig.

»Ein interessanter Fall, wirklich. Kann durchaus sein, dass ich helfen kann. Erst einmal benötige ich Einsicht in die Akten, dann sehen wir weiter.«

Schelter kannte seine Richtlinien. »Nein. Akteneinsicht kann ich Ihnen nicht gewähren. Vorschriften!«

»Gut, dann danke ich für das Gespräch und dafür, dass Sie an mich bei der Lösung Ihrer Probleme gedacht haben.«

Was für ein arroganter Hund!, dachte Schelter wütend, versuchte dennoch die Kurve zu kriegen und unternahm einen erneuten Anlauf das Gespräch erfolgreich fortzuführen. »Welche Informationen benötigen Sie denn aus den Akten? Vielleicht kann ich ja für Sie nachsehen und Ihnen alles durchgeben.«

»Alle Sachinformationen. Namen sind für mich uninteressant, die können Sie von mir aus alle schwärzen.«

Schelter machte wieder den gleichen Fehler. »Ich kann Ihnen doch alles, was Sie wissen wollen, kurz zusammenfassen.«

»Woher wollen Sie denn wissen, was ich alles wissen will?«, fragte der andere unfreundlich.

Der Kommissar seufzte genervt, ließ eine Kopie mit Schwärzung der persönlichen Daten anfertigen, damit er sie morgen früh der BTU Cottbus übergeben konnte. Natürlich nur zur Einsichtnahme und unter Aufsicht der Polizei.

Am nächsten Morgen waren alle vor Ort. Lagebesprechung, Vorstellung des Professors der BTU Cottbus. Überraschtes Raunen in frischer Luft war zu hören.

»Das einzig Verwertbare an Informationen war der fehlende Schlüsselbund und der nicht aufgefundene Kindersitz, stabiler Körper aus Styropor mit textilem Überzug, Baumwolle oder Kunstfaser. Gibt es wirklich sonst nichts, was vermisst wird? Bleiben die Feuerwerker vor Ort?«, erkundigte sich Dr. Panzer und machte einen etwas nervösen Eindruck.

»Nein, mehr fehlte nicht aus dem Haus der Familie und ja, natürlich bleibt der Kampfmittelbeseitigungsdienst hier.«

»Schade, dass wir keine aktuellen und ältere Vergleichsaufnahmen haben. Luftbildanalyse wäre vielversprechend gewesen«, nörgelte Dr. Panzer.

»Nun, hätten wir vor 20 Jahren gewusst, dass uns das heute weiterhelfen würde, wir hätten sicher daran gedacht!«, versicherte der Kommissar sarkastisch.

»Hier haben Sie schon gegraben? Ja?« Panzer kreiste auf der Karte einen Bereich mit dem Stift ein.

»Ja, kommt hin. Aber das ist nur ein kleiner Teil des gesamten Gebiets, in dem wir suchen müssten.«

»Gut, wenn es nicht mehr gibt, muss uns das Vorhandene reichen. Der Schlüsselbund ist aus Metall. Entweder Eisen oder Messing demnach. Theoretisch könnte man Eisen mittels Geomagnetik und Messing mit der Elektromagnetik aufspüren«, erklärte Dr. Panzer, umkreiste mit dem Bleistift vollständig das abzusuchende Areal und runzelte die Stirn. »Aber Eisen geht hier bedauerlicherweise gar nicht. Wenn in diesem Gelände wirklich auch so viel Munition liegt wie dort, wo Sie zu Beginn gegraben haben, dann haben wir keine, aber wirklich überhaupt keine Chance. Wenn Munition im Boden liegt, meldet uns das Gerät laufend Funde. Wir können ja nicht das ganze Areal umgraben.«

»Und Elektromagnetik?«

»Das hängt davon ab, wie viel Eisen am Bund hängt«, erklärte Panzer ungeduldig.

Schelter telefonierte kurz und schickte einen jungen Kriminalkommissar zu der Großmutter, um den zweiten Schlüsselbund zu holen. »Wir dürfen keine Chance auslassen.«

Komm, Schelter, lass das, du verzettelst dich, Panik, mein Lieber? Ist nicht gut, wirklich nicht, versuchte er sich zur Ruhe zu zwingen. »Es ist zudem noch Lehmboden. Die Männer haben schon beim ersten Versuch gestöhnt.«

»Georadar wäre auch eine Variante. Immerhin ist dieser Kindersitz ein großer, kompakter Körper. Den könnten wir schon aufspüren. Und weit von den Leichen entfernt wird er den ja nicht vergraben haben. Aber versprechen Sie sich nicht einen sofortigen Erfolg davon. Etwas mehr als ein paar Minuten wird die Suche schon dauern.«

»Wir haben bisher keinen anderen Anhaltspunkt. Auch die Leichenspürhunde konnten uns nicht helfen.«

»Gut, ich bin mit meinen Leuten gegen 12 Uhr wieder hier. Bis dahin bitte ich Sie, das Buschwerk auf den nächsten 10.000 Quadratmeter zu entfernen. Dann sehen wir weiter.«

In Schelter kam das Förstersyndrom wieder hoch. »Der Schmitz wird nicht gerade vor Begeisterung im Karree springen«, murmelte er, während er die Telefonnummer wählte. Es war noch einiges zu erledigen bis zum Mittag. Zu seiner Überraschung zeigte sich Leonhard Schmitz ohne jede Diskussion hilfsbereit.

»Ja, ist in Ordnung. Sie dürfen roden, aber keine Bäume, nur das Buschwerk. Vorsichtshalber schicke ich Ihnen zwei Waldarbeiter, die können nämlich Buschwerk von Bäumen gut unterscheiden.« Ein gut platzierter Seitenhieb.

Schelter akzeptierte und bedankte sich. Optimismus kam in ihm auf. Er hatte den Vorgang wieder im Griff!

Gegen Mittag versammelte sich erneut ein Großaufgebot vor dem Acker.

Diesmal hatten sich auch Schaulustige aus der Umgebung eingefunden, die sich dieses Spektakel nicht entgehen lassen wollten. Schelters Laune sank unter null. »Sensationslüsterne Gaffer, nekrophile, von Neugier zerfressene Typen!«, schnarrte er leise vor sich hin.

Dr. Panzer machte sich unbeeindruckt mit seinen Geomagnetik- und Geoelektrik-Teams an die Arbeit.

Schelter hatte mit dem Kollegen das Areal in zwei Gebiete eingeteilt, die nacheinander abgesucht werden sollten. Schon nach wenigen Metern reagierte das Geomagnetik-Gerät. Fehlalarm. Wenige Meter weiter wieder ein Signal. Beim Nachgraben fand sich eine Granate, der

Kampfmittelräumdienst hatte seinen Einsatz. Auch das Elektromagnetismus-Team hatte keinen Treffer.

So zog sich der Tag dahin, ohne Erfolg. Wenn man von den geborgenen Kriegsresten absah, die eingesammelt werden konnten. Bis zum Abend war das Gebiet bis auf ein Areal von 5000 Quadratmeter abgesucht.

Der Kommissar konnte seine Enttäuschung nur schwer verbergen.

Professor Panzer zuckte mit den Schultern. »Wie gesagt, hier liegt jede Menge Metall im Boden. Da ist es schwer, einen ganz bestimmten metallischen Gegenstand zu finden. Morgen bringen wir zusätzlich das Georadar mit und suchen nach dem Kindersitz. Das wird schon …«

Schelter tat in jener Nacht kein Auge zu. So nah am Erfolg schien ihm nun doch noch alles zu entgleiten. Kurz nach Tagesanbruch fand er sich schon am Waldrand ein, wartete unruhig auf die Kollegen.

»So! Von hier bis hier!« Der Einsatzleiter zeigte seinen Leuten auf der Karte, wie er sich die Suche vorstellte. »Ihr bewegt euch mit 30 Zentimeter Abstand voneinander über das Gelände und durch den Wald. Langsam. Wer etwas spürt, ruft. Die anderen stoppen dann sofort.«

Gemurmel der Beamten – Schelter deutete es als Zustimmung zu den Anweisungen.

Wenig später folgte er den Männern mit seinem Blick. Trübsinnig goss er sich einen Kaffee ein, nippte vorsichtig daran. Zu wenig Milch, dachte er mürrisch, trank dennoch weiter.

»Hier!«, schallte eine tiefe Stimme durch den Wald. »Hier!« Hektische Betriebsamkeit entfaltete sich um sie herum.

Schelter beschloss, sich ebenfalls anzusehen, was der Kollege entdeckt hatte. Mit Spaten wurden große Mengen Erde bewegt. Und plötzlich lag sie vor ihm.

Kati.

In dem vom Rechtsmediziner angedeuteten Zustand. Nicht weit von ihr entfernt wurde auch Dirks winziger Leichnam gefunden, selbst den Kindersitz gruben die Beamten aus. Nur der Schlüsselbund blieb verschwunden.

Nach zehn Jahren konnte Schelter seine Ermittlungen in diesem Fall abschließen, den Eltern Katis einen Ort für ihre Trauer geben. Der Mörder wurde rechtskräftig verurteilt.

SONDE (HIER STICHSONDE): Beim gezielten Absuchen von größeren Flurstücken gehen die Beamten in der Regel in einem definierten seitlichen Abstand voneinander auf einer Linie über die Fläche. Dabei rammen sie lange Stäbe oder Stöcke in den Boden. Stößt man auf einen verdächtigen Widerstand, wird an dieser Stelle nach weiteren Hinweisen gesucht, die darauf schließen lassen, dass dort etwas vergraben wurde.

METALLSUCHGERÄTE: sind meist in Elektronik und Sonde unterteilt und dienen dem Auffinden von Metall im Boden. Es gibt Geräte, die man einhändig bedienen kann. Metallsuchgeräte dienen dem Auffinden von Metallen im Boden. Sie sind unterteilt in die Elektronik und den Sondenteil, dessen bekannteste Form ein tellerartiges Gebilde ist. An einer Stange befindet sich eine Art Teller, der über den Boden geschwenkt wird und dabei ein Signal sendet. Wird er fündig, meldet er das akustisch. Private Schatz- und Munitionssucher nutzen diese Geräte gern, weil sie relativ handlich sind.

ADIPOCIRE / FETTWACHSLEICHEN: Der menschliche Körper besteht zu großen Teilen aus Wasser, aber auch aus Fett. Beim normalen Verwesungsprozess werden die Gewebeanteile von Bakterien, Pilzen und anderen Mikroorganismen zersetzt, je nach Liegeort der Leiche kommen auch Tiere bei der Verwertung in Betracht. Bestimmte Parameter können den ungestörten Ablauf der Zersetzung behindern oder unmöglich machen. Dazu gehören zum Beispiel Temperatur, Feuchtigkeit und Sauerstoff. Ist die Umgebung sauerstoffarm oder liegt der Körper im Wasser, findet Verwesung kaum oder gar nicht statt. Das Unterhautfettgewebe sowie alle anderen Körperfette verändern sich, es kommt zur Verseifung (Saponisation). Diese pastöse Masse härtet langsam aus, es bildet sich eine ›Fettwachsschicht‹. Beim Bergen kann es vorkommen, dass der Körper fast unversehrt wirkt. An der sauerstoffreichen Luft setzt der Verwesungsprozess dann mitunter schlagartig ein und verläuft rapide.

SCHMAUCHSPUREN: Beim Abfeuern einer Waffe wird die Ladung durch eine Zündkapsel und einen Treibsatz durch den Lauf getrieben. Der Zünder ist der Bereich der Patronenhülse, in der die Explosion stattfindet. Bei der Explosion und der Zündung des Treibsatzes werden die chemischen Bestandteile stark beschleunigt und hoch erhitzt. Sie verlassen als eine Art Staub den Lauf der Waffe, verteilen sich einem Nebel ähnlich um die Waffe und den Schützen herum. Ein Teil der Partikel fliegt in Richtung des Schützen. Sie landen auf der Schusshand, der Bekleidung oder den Haaren. Diese Rückstände bezeichnet man als Schmauchspuren. Um sie zu sichern, werden sogenannte Stubs mit Leittabs beklebt, danach tupft der Untersucher alle relevanten Stellen mit der Klebeseite ab. Die Schmauchrückstände bleiben haften. Um sie im Rasterelektronenmikroskop untersuchen zu können, werden sie mit einer dünnen Goldschicht überzogen, wodurch sie leitfähig werden. Das Rasterelektronenmikroskop sendet einen Elektronenstrahl auf die Probe, unterschiedliche Detektoren fangen Bestandteile der Signale auf. Es entstehen Strukturbilder der Topografie der Probe, man erhält Informationen über die Dichte und chemische Zusammensetzung. Schmauchspuren enthalten charakteristischerweise Barium, Blei und Antimon, die sich so nachweisen lassen.

Vier Schmauchspurproben zur Analyse vorbereitet. Im Vordergrund eingebettet in Harz, im Hintergrund direkt auf dem Stempel, in der Mitte die Kobaltprobe zur Kalibrierung

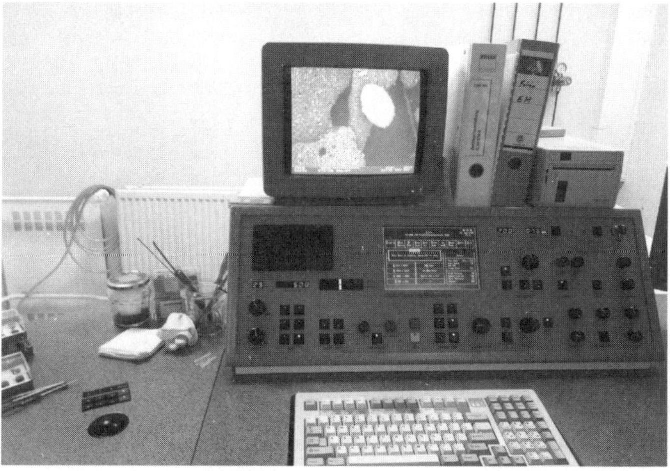

Blick auf den Monitor des Rasterelektronenmikroskops. Hier werden Bildausschnitte festgelegt, die näher untersucht werden sollen. Unter dem Monitor befindet sich das Bedienungspanel, z. B. zur Auswahl des jeweiligen Detektors

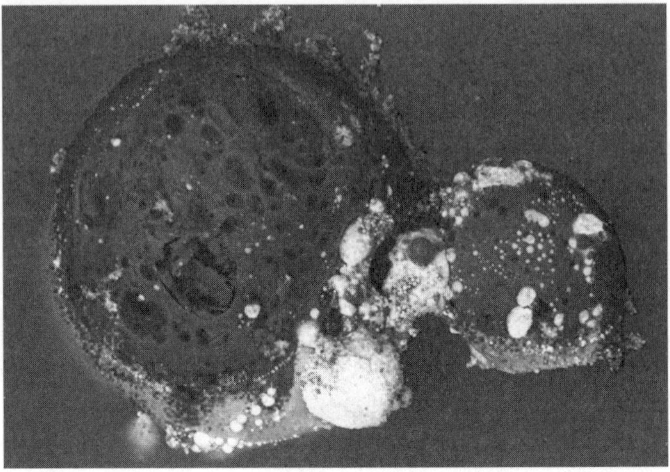

Barium, typischer Vertreter der Schmauchspuren, und Schwefel (Foto: Wolfgang Wiehe, ZAL, BTU Cottbus)

ZUR STRECKE GEBRACHT

»Bist du fertig?«

»Aber Liebling, Frauen sind immer fertig!«, antwortete sie glucksend.

Dr. Rolf Klabundes Blick glitt wohlgefällig über sein Konterfei im Flurspiegel.

Lucie, seine Frau, trat von hinten an ihn heran, schmunzelte und meinte: »Was für ein schöner Mann!«

»Was für eine tolle Frau! Übrigens, dein Vater kann mich nach wie vor nicht ausstehen. Der Doktor ist ihm schon recht, so als schmückendes Beiwerk für den Stammbaum – aber er ist felsenfest davon überzeugt, seine Tochter einem Nichtskönner an den Arm gehängt zu haben.«

»Ach ja.« Sie seufzte. »Er kann es halt nicht lassen. Bei jeder Gelegenheit stichelt er. Kannst du das nicht einfach überhören? Du hast doch mich geheiratet und nicht ihn!«

»Es ist nur so, dass er mich immer spüren lässt, was er von mir denkt. Und dass er dieser Ehe kaum zwei Jahre gibt. Er hofft nämlich, dass du bis dahin deinen Fehler erkannt hast.«

»Ja, ich weiß. Und natürlich ist jeder Besuch bei ihm so etwas wie Maßnehmen – ich sehe es ja auch. Leg doch im Hirn einen Ordner ›Sonderling‹ an und pack all das Unangenehme einfach rein, schieb ihn ganz hinten in die Ablage und schau nie wieder nach!« Sie lachte und drückte ihm mit spitzen Lippen einen Kuss auf die Wange. »Komm, das Konzert fängt sicher pünktlich an und Parkplätze sind Mangelware!«

Lucie lenkte den schweren Wagen sicher durch den Feierabendverkehr. Klabundes Augen tasteten über ihre schlanke Gestalt. Er dachte daran, dass ihn zunächst nur ihr Name fasziniert hatte – von Liebe auf den ersten Blick konnte keine Rede sein. Aber das würde er ihr natürlich nie beichten, so etwas war schädlich für eine Beziehung und die eigene Frau musste ja nun wirklich nicht alles wissen. Dr. Klabunde war ein großer Verehrer des Fürsten Pückler, hatte alle seine Bücher verschlungen, sich an der philosophischen und politischen Weitsicht des Mannes erfreut. Und dessen Gattin trug ebenfalls den Namen Lucie. Pückler hatte seine Frau liebevoll Schnucke genannt, doch so weit wollte Klabunde es dann doch nicht treiben. Schnucke erinnerte an eine Schafrasse, und dafür hätte seine Lucie nun wirklich kein Verständnis aufgebracht. Er schmunzelte, als er ihre Stimme in seinem Kopf empört ausrufen hörte: ›Was soll das? Bin ich in deinen Augen so naiv und ahnungslos wie ein Schaf? Wenn du mich noch einmal so nennst, wähle ich für dich den Kosenamen »Ochse«!‹ Nein, auf diese Diskussion wollte er es lieber nicht ankommen lassen.

»Wir stellen den Wagen dort drüben ab. Dann sind es nur ein paar Minuten zu Fuß!«, entschied Lucie und steuerte die Parklücke an.

Pfarrer Joshua Blank freute sich über den Erfolg seiner neuen Geschäftsidee. Er hatte so viele Kontakte zu Jugendlichen, da lag es doch nahe, sie mit allem zu versorgen, was der Mensch in dieser Phase der Entwicklung für ein stabiles Selbst benötigte, fand er. Theologische Stärkung für die Seele war dabei allerdings nur ein Aspekt seines Tuns. Der Seelsorger hatte entdeckt, dass seine Schäfchen noch ganz andere Bedürfnisse hatten, die sie auf kriminellem Weg zu befriedigen versuchten – in der Öffentlichkeit. Und ohne Garantie für die Qualität des erworbenen Produkts. Das hatte sich nun zum Glück geändert. Dank seiner Initiative.

Er setzte den Blinker und bog ab. Beschwingt summte er das Lied aus dem Radio mit, dachte daran, dass seine Mutter noch immer den besten aller Mohnkuchen backen konnte. Der Nachmittag war entspannt verlaufen, Besuche auf dem Land hatten immer eine befreiende Wirkung auf den Geist, die Seele atmete auf und der Körper durfte loslassen, musste nicht den üblichen Muskeltonus halten, der dafür sorgte, dass der Pfarrer stets aufrecht ging. Blank war davon überzeugt, das vermittle den Eindruck auch charakterlich aufrecht zu sein – und diese Wirkung zu erzielen war ihm wichtig. Eine Gemeinde, die an der Charakterfestigkeit und Sicherheit im Glauben ihres Hirten zweifelte, war wie ein Haufen nervöser Hühner.

Nach einigen Kilometern fiel ihm auf, dass der nachfolgende Wagen immer den gleichen Abstand hielt.

»Wäre das ein Film, würde ich annehmen, ich werde verfolgt«, amüsierte sich der Pfarrer und verlangsamte das Tempo, beschleunigte plötzlich, verlangsamte wieder. Der Verfolgerwagen passte sich tatsächlich an. Der Pfarrer zuckte mit den Schultern, beschloss, das Auto zu ignorieren, und hatte das Manöver tatsächlich schon nach wenigen Augenblicken vergessen.

Umso größer war seine Überraschung, als der Wagen hinter ihm plötzlich überholte und ›Bitte folgen!‹ auf dem Dach aufleuchtete.

»Scheiße, Polizei!«, erkannte er verärgert. Ob ein Stoßgebet helfen würde? Ein Versuch konnte jedenfalls nicht schaden!

Die Beamten lotsten ihn auf einen Parkplatz. Blank spielte für einen Moment mit dem Gedanken, durchzustarten und in der Nacht zu verschwinden – doch gerade noch rechtzeitig wurde ihm klar, dass die Beamten Zeit genug gehabt hatten, um sein Kennzeichen zu notieren. Schließlich fuhren sie ja schon eine ganze Weile hinter ihm her. Einer der Beamten kam mit wiegendem Schritt auf Blanks Auto zu, klopfte lässig an die Scheibe auf der Fahrerseite. Blank versenkte sie in der Tür, sah den Mann – wie er hoffte freundlich – an und wartete.

»Hauptmeister Müller. Ihre Fahrzeugpapiere bitte! Sie können sich bestimmt denken, warum wir Sie angehalten haben?«

»Nein«, antwortete Blank ehrlich und reichte Führerschein und Fahrzeugschein durchs Fenster. »Habe ich irgendwas falsch gemacht? Oder geht vielleicht mein Rücklicht nicht? Das merkt man selbst ja oft erst, wenn es einem jemand sagt.«

»Nein, das ist nicht der Grund. Sie sind uns durch Ihre Fahrweise aufgefallen.«

»Ach!«

»Ja. Rechts blinken und links abbiegen, Schlangenlinien, Tempo steigern und dann in den Kriechgang schalten – insgesamt machte das einen auffälligen Eindruck auf uns. Haben Sie Alkohol getrunken?«

»Aber, aber! Ich trinke nie, wenn ich fahren will.«

»Na, dann können Sie ja auch ohne Sorge ins Gerät pusten, oder?«

»Sicher.« Blank spürte Ärger in sich aufsteigen. »Aber

wären Sie mir nicht so auffällig unauffällig gefolgt, hätte ich all diese Manöver gar nicht durchgeführt. Ich wollte rauskriegen, ob Sie mich verfolgen!«

»Ha!« Der Beamte lachte. »Das notier ich mir für mein Verzeichnis der originellsten Ausreden! Wie wollen Sie mir dann Ihre seltsame Sprechweise erklären? Alles Tarnung, oder was? Sie sind Agent aus Berlin auf Landtour?«

Inzwischen war der Kollege mit dem Dräger-Gerät hinzugekommen. »Pusten Sie einfach mal, anschließend sehen wir weiter. Dreimal tief ein- und ausatmen, dann kräftig ins das Röhrchen hier blasen.«

Blank stöhnte genervt auf. Stieß seinen Atem kraftvoll ins Gerät.

Mit arrogantem Blick nahm Müller das Messinstrument an sich. »Na, dann schau'n wir doch mal.« Er stutzte, drehte das kleine Gerät hin und her, um besser sehen zu können. »Hm, 0,0 Promille. Das wundert mich aber schon.«

»Ich habe doch gesagt, dass ich nie trinke, wenn ich mit dem Wagen unterwegs bin!«, triumphierte Blank. »Können Sie mir jetzt meine Papiere wiedergeben, ich möchte nach Hause, ich habe noch eine Predigt auszuarbeiten.«

»Pfarrer, was? Nach Hause können wir Sie dennoch nicht fahren lassen; es bleibt noch die auffällige Fahrweise! Diese Geräte haben eine gewisse Messfehlertoleranz, das heißt, dass sie nicht immer exakt sind. Steigen Sie bitte mal aus.«

»Nein!«

»Sie sollen nur auf der Linie hier ein paar Schritte geradeaus gehen! Das ist doch sicher kein Problem. Auch nicht für einen Mann der Kirche!«

»Nein, bestimmt nicht. Aber ich will nicht. Sie haben

keinen Alkohol nachgewiesen, also kann ich nach Hause fahren!«, beharrte Joshua Blank eigensinnig.

»Wenn Sie sich weigern, nehmen wir Sie mit zur Blutabnahme. Das dauert am Ende länger, als mal eben auszusteigen und ein paar Schritte zu gehen.«

»Ich steige nicht aus und ich gehe nicht. Ich mache keine albernen Kniebeugen und zähle nicht rückwärts von hundert bis eins. Ich werde auch sonst nichts tun! Wir sind hier in Deutschland. In den USA müssen die Verdächtigen ›one mississippi, two mississippi‹ und so weiter sagen. Bei uns nicht!«

Die Miene von Hauptmeister Müller verdüsterte sich. »Gut. Sie wollen es ja nicht anders. Dann begleiten Sie uns jetzt zur Blutprobe.«

»Dazu können Sie mich nicht zwingen! Ich kenne meine Rechte!«, schoss der Seelsorger wütend zurück.

Müller grinste. »So einer sind Sie also! Einer von den Besserwissern!« Er zog sein Handy aus der Jacke. »Falls Sie gedacht haben, ich muss nun bis morgen warten – Irrtum. Wir sind modern, wir kriegen den Beschluss auch mündlich, ganz einfach per Telefon.«

So fand sich Joshua Blank eine halbe Stunde später in einem sterilen Raum wieder. Ein Arzt traf Vorbereitungen zur Blutabnahme.

»Machen Sie bitte mal Ihren Arm frei.«

»Und wenn nicht?«

»Dann unter Zwang. Sie können es sich aussuchen«, erklärte der Mediziner müde. »Mir ist es ziemlich gleichgültig, aber für Sie ist es unter Zwang wesentlich unangenehmer, das kann ich versprechen.«

Ergeben krempelte Blank den Ärmel hoch.

»Geht doch. So, jetzt muss ich noch stauen und alles ist nullkommanix vorbei.«

Blank wandte sich ab. Er hatte noch nie Blut sehen können, schon gar nicht sein eigenes.

»Danke.«

Ein Etikett wurde aufgeklebt, dann war die Prozedur beendet.

»Einen Moment dauert es noch. Bitte setzten Sie sich dort drüben hin.«

Der ›Moment‹ sollte sich als dehnbar erweisen. Blanks Stimmung sank unter den Nullpunkt. Er konnte sich schon vorstellen, warum sich alles so in die Länge zog. Verdammte Scheiße!, fluchte er in Gedanken, verdammt noch mal!

»Was ich jetzt brauche, ist eine Eingebung!«, knurrte er vor sich hin.

Dr. Klabunde spürte die Vibration seines Handys in der Sakkotasche. Vorsichtig zog er es hervor, kontrollierte die Nummer im Display, zeigte seiner Lucie die Anzeige und küsste sie sanft, bevor er sich auf den Weg zur Tür machte. Dieses Konzert würde er nun auch wieder verpassen!

»Was gibt es denn?«

»Wir haben hier einen mit null Alkohol. Der Schnelltest zeigt THC an. Auch an den Händen. Können Sie nicht mal eben herkommen? Sie wissen schon, wir brauchen Klarheit darüber, ob er nur ein bisschen gekifft hat oder vielleicht mit dem Zeug dealt.« Der Beamte machte eine theatralische Pause und setzte hinzu: »Ist ein Pfarrer!«

Klabunde atmete tief durch. »Blut wurde gezapft?«

»Ja. Sicher.«

»Gut. Schick mir die Ausbeute und deinen Bericht

rüber auf meinen Schreibtisch. Antrag nicht vergessen! Ich versuche gleich morgen mein Glück.«

Beschwingt kehrte er ins Foyer zurück, bestellte an der Bar zwei Gläser Champagner und wartete auf Lucie und die Pause. Nun könnte es ja doch noch ein unvergesslicher Abend werden!

»Herr Blank, zuerst die erfreuliche Nachricht: Wir bringen Sie jetzt nach Hause, aber …«

Aber du hast einen Hirntumor, ergänzte Blank den Satz für sich selbst.

»Für mich stellt sich die Frage, ob Sie mir erklären können, weshalb wir bei Ihnen einen Nachweis für THC bekommen haben?«

»THC?«

»Cannabis!«

»Das positive Testergebnis ist falsch!« Blanks Gedanken kamen gefährlich ins Stolpern. Er versuchte wenigstens äußerlich cool zu bleiben. Machte eine wegwischende Handbewegung, die ihn um ein Haar vom Stuhl gerissen hätte. »Ich bin Gemeindepfarrer! Ich predige gegen den Drogenkonsum, gegen Internet ohne Grenzen, gegen Gewalt im Fernsehen und vieles andere!«

»Tja, was soll man da sagen.«

Ein Beamter ging hinter ihnen durch, hatte es offenbar eilig. Dennoch kommentierte er noch: »Pfarrer reden auch über Familien und Liebe – und doch gibt's welche, die dann kleine Jungs ficken!«, und war gleich darauf um die Ecke verschwunden.

Blanks Blutdruck stieg unkontrolliert. »Nun reicht es aber! Ich muss mir von Ihnen nichts unterstellen lassen. Verfehlungen einzelner Kollegen können Sie nicht mir anlasten!« Sein Kopf fühlte sich an, als könne er jeden Moment platzen.

»Wir werden weitere Untersuchungen veranlassen. Pfarrer hin oder her – Sie sind auffällig gefahren und wir kriegen raus, warum das so war. Ihr Auto bleibt in Gewahrsam. Morgen können Sie es abholen. Ein Kollege bringt Sie nach Hause.«

Dr. Klabunde kam bester Stimmung ins Labor. Lucie war wirklich eine umwerfende Frau. Alles könnte wunderbar sein, wenn da nicht ihre Eltern wären. Sicher, andere Ehemänner hatten auch Schwiegereltern, aber, da war er sich sicher, nicht solche. Als er den Kittel überzog, schalteten sich die privaten Gedanken ab. »Blutalkoholuntersuchung und Untersuchung auf Stoffe, die dem BtMG unterliegen. Na bitte.«

Er begann mit der Arbeit. Schon bald lag ihm die Auswertung vor. Der Pfarrer hatte nicht gelogen, gepichelt hatte er nicht. Doch er hatte einen anderen überraschenden Cocktail anzubieten. Klabunde zog erstaunt die Augenbrauen hoch. »Na, da wird er wohl so einiges erklären müssen.«

Staatsanwalt Jochen Frisch sah den Pfarrer forschend an. Der starrte bockig zurück.

»Und Sie behaupten, noch nie in Ihrem Leben mit Drogen in Kontakt gekommen zu sein?«

»Ich nehme so etwas nicht. Ist mir schon immer zu gefährlich gewesen.«

»Das ist eigenartig. Uns liegt nun das Ergebnis aus dem Labor vor. In Ihrem Blut war kein Alkohol, das stimmt, aber wir haben Opiate und THC in nicht unerheblicher Konzentration nachgewiesen.«

»Falsche Methode? Falsche Probe? Vielleicht haben Sie ja am selben Abend noch ein paar Konsumenten zur ›freiwilligen‹ Blutspende mitgenommen.«

»Das haben wir überprüft. An jenem Abend war es außergewöhnlich ruhig. Könnte es sein, dass Sie auf dem Weg irgendwo eingekehrt sind?«

»Nein!«

»Nur zu Besuch bei Ihrer Mutter? Dabei bleiben Sie?«

»Ja!«

»Sie werden sich vielleicht vor Gericht verantworten müssen«, gab Frisch zu bedenken.

»Und? Ein bekiffter, zugedröhnter Pfarrer. Ist sicher toll für die Presse. Am Ende gibt es nur Ärger für die Staatsanwaltschaft, denn ich bin das beklagenswerte Opfer eines Irrtums!«

»Sie hatten das Zeug sogar an den Händen!«

»Und? Ich war bei meiner Mutter zum Kaffeetrinken. Es gab ihren wunderbaren Mohnkuchen. Den esse ich immer mit den Fingern – traditionell. Schon wegen des Zuckergusses, den man ablecken kann. Danach habe ich nur noch mein Lenkrad angefasst. Nix mit Drogen!«

Mohnkuchen, überlegte Frisch, ob das wohl die Ursache war? Er würde Dr. Klabunde danach fragen.

Joshua Blank ging nach Hause. Nichts konnte man ihm nachweisen, gar nichts!

Dr. Klabunde stieß am Abend auf seinen Schwiegervater, der im Esszimmer Platz genommen hatte.

»Ach, der Herr Schwiegersohn!«, lautete die frostige Begrüßung. »Auch mal wieder zu Hause.«

Lucie verdrehte hinter dem Rücken des Vaters die

Augen, gab ihrem Mann einen liebevollen Begrüßungskuss.

Schweigend trank der Vater sein Glas aus. »Ich halte nichts von Männern, die ihre Frauen zu lang sich selbst überlassen. Meine Lucie hat es nicht verdient, den ganzen Tag im Haus sitzen zu müssen. Sie braucht einen Partner, der sie ausführt, zu Partys begleitet und gesellschaftliche Kontakte pflegt.«

Lucie brachte ihren Vater zur Tür. »Entschuldige. Er benimmt sich dir gegenüber einfach ekelhaft!«

»Er hat sich für dich einen anderen gewünscht«, tröstete sie ihr Mann.

»Ja, aber als er von Dr. Klabunde hörte, fand er es im Grunde schick. Ein Doktor in der Familie. Dann muss er den Mann hinter dem Titel akzeptieren. Er wird es lernen.«

»Er fand es gut, bis er gemerkt hat, dass ich Chemiker bin und kein Mediziner. Ist doch egal. Warum war er eigentlich hier?«

»Nur um seinem Ärger Luft zu machen. Wegen des Pfarrers. Er meint, die Typen reden sich ohnehin immer raus. Ich glaube, er kennt ihn und hatte mal Streit mit ihm. Komm, ich habe was Schönes gekocht.«

Damit war der Besuch des Schwiegervaters ausradiert.

»Dr. Klabunde. Dieser Pfarrer erzählt von Mohnkuchen, den er gegessen haben will. Halten Sie es für möglich, dass er genug Opium aufgenommen haben könnte, um davon berauscht zu sein?«, erkundigte sich Jochen Frisch am nächsten Morgen.

»Das ist von der Menge abhängig. Ich weiß, es geistern

immer wieder Berichte durchs Internet, dass schon ein Mohnbrötchen zum Frühstück für den ganzen Tag ›beflügelt‹, aber das stimmt natürlich nicht. Ein Stück Mohnkuchen? Ziemlich unwahrscheinlich. Und das THC erklärt es gar nicht. Ich mache mich kundig«, versprach der Chemiker, während Frisch Joshua Blank erneut in sein Büro bestellte.

»Nun ist aber gut! So sympathisch finde ich Sie auch wieder nicht, dass ich Sie jeden Tag sehen muss!«, schimpfte der Pfarrer grantig. »Ich habe eine Menge zu erledigen und kann meine Zeit nicht sinnlos vertändeln!«

»Der Mohnkuchen. Wie viel davon haben Sie gegessen? Ein Stück, zwei?«

Blank sah schuldbewusst an sich hinunter. Er hatte seine Füße im Stehen schon lange nicht mehr zu Gesicht bekommen. »Nun, der Kuchen meiner Mutter ist etwas Besonderes. Während normale Kuchen eine Mohnschicht haben, die etwa so«, er deutete es mit seinen Fingern an, »dick ist, womöglich gar aus einer Mischung von Mohn und Grieß besteht, ist die Schicht bei meiner Mutter etwa doppelt so mächtig. Sie bindet sie mit ein bisschen Sahne, gerade ausreichend, damit der Mohn nicht herausbröselt. Und obendrauf kommt eine fingerdicke Zuckergusslage. Wunderbar.«

Jochen Frisch bekam eine Gänsehaut. Allein die Vorstellung von diesem Kuchen verursachte ihm Völlegefühl und Übelkeit.

»Wie viel?«

»Zunächst hat meine Mutter eines für jeden von uns abgeschnitten. Mit Kaffee dazu, köstlich. Danach schlug sie vor, ich könne das Blech mitnehmen, für meine Gemeinde. Sie deckte den Kuchen ab und half mir, das Blech im Kofferraum rutschfest zu verstauen.« Er schwieg plötzlich.

»Und?«, half Frisch dem Redefluss wieder auf die Sprünge.

»Nun, es ist eine Sünde. Ich habe schon gebeichtet.«

»Herr Blank!«

»Der Kuchen hat die Mitglieder meiner Gemeinde nicht erreicht.«

»Ach? Was ist passiert? Haben Sie ihn weggeworfen?« Frisch beobachte mit gewisser Faszination, wie der rote Farbton vom Hals über das Kinn bis zum Scheitel kroch. Überlegte, was der Hausarzt Blanks wohl dazu sagen würde. Lebenserwartung deutlich reduziert, wahrscheinlich.

»Natürlich nicht. Was denken Sie! Ich hielt an einem Parkplatz. Setzte mich dort auf eine Bank in die Sonne, aß ein weiteres Stück. Und danach hatte ich Appetit auf noch eines. Irgendwann war alles aufgegessen – ich habe mich direkt ein wenig geschämt. Aber der Herr wird verstehen, dass ich dem Kuchen meiner Mutter keinen Widerstand entgegensetzen konnte.«

»Völlerei«, stellte Frisch trocken fest.

»Dr. Klabunde, ich habe neue Informationen zu diesem Mohnkuchenfall«, meldete er sich wenig später beim LKA. »Angenommen, die Schicht auf dem Kuchen wäre fünf Zentimeter dick gewesen, und angenommen, der Mann hätte das ganze Blech allein vertilgt …«

»Dann kommt es noch immer auf die Zusammensetzung des Mohns an. Es gibt Sorten mit mehr und mit weniger Gehalt an Opiaten.«

Ein bisschen irritiert fragte der Staatsanwalt nach: »Sagen Sie, kann denn einer allein überhaupt so viel … Also, wenn ich auch nur ein Stück davon hätte essen müssen, ich glaube, das wäre mir gar nicht gelungen! Mit Sahne und Zuckerguss.« Klabunde hörte, wie es Frisch schüttelte. »Das geht doch gar nicht!«

»Ich glaube, das ist wie beim Alkohol. Geübte Trinker laufen erst ab 2,4 Promille richtig geradeaus, andere sind da schon in einem lebensbedrohlichen Zustand.«

»Ach, und Sie meinen, geübte Esser schaffen auch ein ganzes Blech.«

»Wer weiß. Ich brauche die Adresse der Mutter. Dann fahre ich mal hin, lasse mir das Rezept geben; vielleicht findet sich ja noch ein Rest der Mohnmischung. Ich melde mich wieder.«

»Nehmen Sie einen Beamten mit«, riet Frisch. »Wenn die Mutter auch nur ein Viertel so kratzbürstig ist wie der Sohn, werden Sie einen Mann in Uniform brauchen, um über die Schwelle zu dürfen.«

Dr. Klabunde beherzigte den Rat. Frau Blank war schwierig, doch Rolf Klabunde, durch den Umgang mit seinen Schwiegereltern geübt, ließ sich von ihrer abweisenden Haltung nicht beeindrucken.

»Sie wollen also mein Rezept, ja?«, zischte sie giftig und sah aus, als wollte sie den ungebetenen Besucher mit einem Kopfstoß zu Boden bringen. Sie war von beeindruckender Masse und mindestens anderthalb Köpfe größer als der Beamte des LKA.

»Genau. Sehen Sie, Ihr Sohn ist da in eine schwierige Lage geraten …«

»Mein Sohn«, korrigierte sie den Fremden rüde, »wird von der Polizei fälschlich verdächtigt und ist durch behördliche Willkür in Bedrängnis geraten.

»Um ihn vor den Folgen zu bewahren, sollten Sie mit

mir zusammenarbeiten. Ich kann nämlich durch meine Untersuchungen eventuell seine Unschuld beweisen«, schaffte Klabunde elegant die Kehrtwende. Der junge Beamte der Schutzpolizei hinter ihm staunte nicht schlecht.

»Ich glaube, Sie wollen mein Rezept nur stehlen!«

»Aber nein. Ich muss nur wissen, wie viel Mohn Sie verarbeitet haben und welche Sorte. Das ist das Wichtigste.«

Misstrauisch musterte sie den dünnen Mann. »Sie mögen wohl keinen Kuchen, was?«

»Doch. Gelegentlich.«

»Ich habe noch Kekse da. Kommen Sie rein, ich mache Kaffee.«

Eine halbe Stunde später saßen sie zu dritt am Küchentisch und diskutierten über die Qualität von Mohn, ob es nicht eigentlich ein Verbrechen sei, den guten Mohn mit Grieß zu mischen, darüber, dass die Hausfrauen heutzutage keine Ahnung mehr vom Kochen und Backen hätten, ja, die Kenntnisse der Haushaltsführung allgemein verloren gegangen wären.

»Man muss doch nur mal gucken, was die jungen Leute so essen! Dieses ganze matschige Zeug, das zwischen zwei Schwabbelbrötchenteile passt. Nein. Das ist doch kein Essen!«, empörte sich Mutter Blank. »Bei mir gibt es überwiegend Gemüse und Kräuter aus dem eigenen Garten. Meine Eier kaufe ich beim Nachbarn, dessen Hühner sogar bei mir rumlaufen und deshalb lauter gesundes Futter picken. Den Mohn«, sie schmunzelte, »den muss ich natürlich kaufen. Und diesmal war der Kuchen besonders gut. Ich habe von Joshuas Kräutern was reingemischt. Die zieht er hinten im Gewächshaus. Ich gieße die nur. Aber sie sorgen für eine leicht bittere Note. Ich fand das interessant.«

Dr. Rolf Klabunde wurde hellhörig. Bittere Note, aha! »Ach, darf ich die mal sehen?«

Sofort wucherte wieder der skeptische Ausdruck in ihren Augen. »Das wäre Joshua nicht recht. Er macht ein ziemliches Theater um die Dinger. Für mich sehen die eigentlich aus wie Unkraut, und wenn man ein bisschen nett zu ihnen ist, wachsen die auch so – uferlos.«

»Aber Frau Blank. Es geht doch nur um die Zutaten für den Kuchen«, beruhigte Klabunde. Und als Mutter Blank ihnen die Tür zum Gewächshaus öffnete, waren alle Fragen beantwortet. Allerdings nicht im Sinne der Blanks.

Lucies Vater kam aus dem Staunen gar nicht mehr raus. »Du warst das? Ein Chemiker überführt diesen dealenden Seelsorger? Ich glaub's nicht!«, murmelte er immer wieder und schüttelte den Kopf. »Der hat tatsächlich bei Mutti seine Cannabis-Plantage untergebracht? Und die wusste gar nicht, was das für Kraut war? Mann. Nur weil sie es in den Kuchen gemischt hat, ist der Schlangenlinien gefahren – bekifft vom eigenen Zeug.« Er schüttelte entrüstet den Kopf. »Vertickt den Schund an die Jugendlichen in seiner Gemeinde. Unfassbar!«

»Wir wissen noch nicht, ob er wirklich gedealt hat oder es nur vorhatte. Das muss noch geklärt werden.«

»Und mein Schwiegersohn hat all das aufgedeckt?«

»Ja. Ohne ihn wäre keiner drauf gekommen!«, behauptete Lucie stolz und warf ihrem Rolf einen viel versprechenden Blick zu.

SCHNELLTESTS: Es gibt eine Reihe von Schnelltests, die einen ersten Hinweis auf den Konsum einer Droge liefern. Nach positivem Schnelltest muss ein gerichtsverwertbarer Nachweis durch eine Blutuntersuchung erfolgen. Zum Nachweis von THC eignet sich zum Beispiel der Durquenos-Levine-Test (2 g Vanillin ($C_8H_8O_3$), 2,5 ml Acetaldehyd, 100 ml Ethanol), der zu einer Rotverfärbung führt.

MOHN: Wirkstoff Opium. Der Saft der Mohnpflanze wird durch Anritzen der Samenkapsel der noch unreifen Frucht gewonnen. Nach entsprechender Aufbereitung kann das Opium geraucht, getrunken oder gegessen werden. Hauptwirkstoff des Opiums ist Morphin, das in der Medizin als Schmerzmittel Verwendung findet. Der Gehalt von Morphin variiert von Sorte zu Sorte. In manchen sind 2.200 ng/ml enthalten. Der Nachweis von Morphin im Körper erfolgt durch eine Blutanalyse. Dazu muss die entnommene Probe aufgearbeitet werden. Zunächst werden aus der vorbehandelten Probe die Blutzellen abzentrifugiert, der sich bildende Überstand muss gereinigt und danach derivatisiert werden. Anschließend kann die Analyse im Gaschromatographen-Massenspektrometer (GC-MS) erfolgen.

CANNABIS/HANF: Hanf wird als Kulturpflanze angebaut. Die Pflanzenfasern werden zur Herstellung von Textilien verwendet. Hanf enthält allerdings auch ein Harz, das als Droge Verwendung findet – in der medizinischen Forschung wird über den Einsatz des Wirkstoffs als Schmerzmittel diskutiert. THC (Tetrahydrocannabinol) hat eine berauschende Wirkung, die etwa zwei bis vier Stunden anhält. Bekannt sind vor allem Haschisch und Marihuana (szenetypische Begriffe: Shit, Chocolate, Gras, Heu). Haschisch wird als zu Platten gepresstes Harz oder Öl verkauft und geraucht. Marihuana bezeichnet die getrockneten Blüten sowie Pflanzenteile und wird ebenfalls geraucht. In geringen Dosen überwiegt die sedierende Wirkung, in höheren Dosen kann es zu psychotischen Zuständen kommen (›bad trips‹). Seit einigen Jahren wird die Langzeitwirkung auf den seelischen Zustand der Konsumenten diskutiert. Angenommen werden Auswirkungen auf die Psyche und die Persönlichkeit des Users; Stimmungsschwankungen, Aggressionsschübe und Konzentrationsschwierigkeiten scheinen vermehrt aufzutreten. Manche Psychiater und Psychotherapeuten sehen auch eine verstärkte Disposition zur Schizophrenie.

ALKOHOLNACHWEIS IM BLUT: Der qualitative und quantitative Nachweis von Alkohol im Blut erfolgt über eine Headspace-Gaschromatographie (HS-GS). Da die üblichen Geräte zur Bestimmung des Atemalkohols eine gewisse Fehlertoleranz aufweisen können, wird im Verdachtsfall eine Blutentnahme richterlich angeordnet und von einem Arzt durchgeführt, um einen gesicherten Wert zu erhalten. Eine Probe des Bluts, 0,5 ml, wird mit dem internen Standard (n-Propanol) vermischt und 30 Minuten lang bei 60°C erwärmt. Dabei verteilen sich alle Inhaltsstoffe des Bluts zu gleichen Anteilen im Dampfraum über der Flüssigkeit. Danach kann die Probe in das Analysegerät gestellt werden. Die Injektion erfolgt mit der entnommenen Probe aus dem Dampfraum und liefert über den EDX und den FID-Detektor ein eindeutiges Ergebnis über den Alkoholanteil im untersuchten Blut. Die rechtliche Strafbarkeit beginnt bei 0,5 Promille (bei auffälliger Fahrweise in Einzelfällen auch früher), die absolute Fahruntüchtigkeit bei 1,1 Promille.

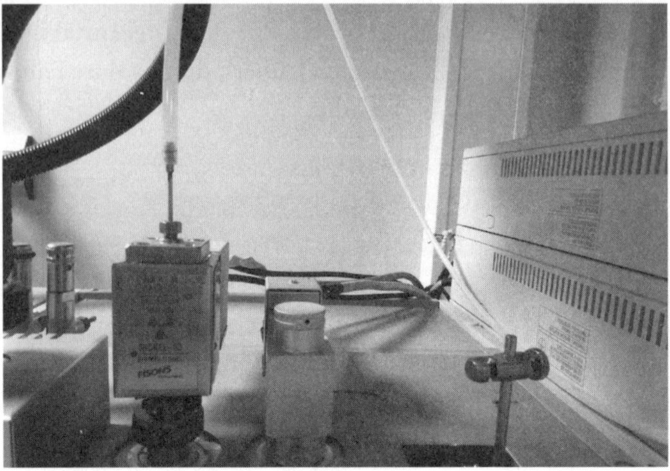

Identifiziert Bestandteile der Probe

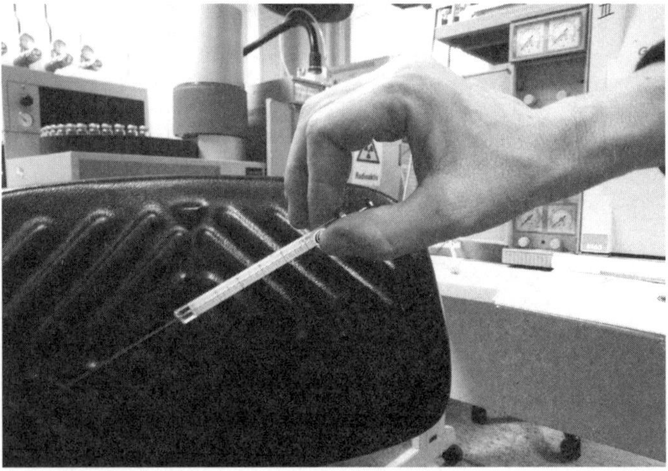

Feine Nadel zur Injektion von Analyt in den Injektor des Gaschromatographen

Gaschromatograph zur qualitativen und quantitativen Bestimmung aus dem Headspace

LEBENDNACHWEIS

Als Kai Baumwerk am Morgen dieses 8. Juni 2004 in sein Büro trat, war nicht zu übersehen, dass er ausgesprochen schlechte Laune hatte. Da konnte ihn auch der Blick über die Dächer von Cottbus nicht besänftigen. Ein Tag nach einer durchwachten Nacht. Wieder einmal. Seit er mit Bärbel verheiratet war, gehörten Ringe unter den Augen zu seinem Gesicht wie die stressgerupften Brauen. Heute konnte jedenfalls nicht sein Tag werden. Nicht nach der Offenbarung des letzten Abends.

»Liebling, ich bin schwanger!«, hatte sie ihm entgegengeflötet. Typisch für Bärbel, sich über die Konsequenzen gar keine Gedanken gemacht zu haben. Volles Risiko!

Er seufzte, strich sich den schon wieder zu langen Pony aus der Stirn und betrachtete angewidert den Stapel Akten auf seinem Schreibtisch. Bei der Hitze arbeiten zu müssen war ohnehin eine Zumutung, dachte Baumwerk grantig. Andere lagen jetzt im Sand am Badesee und genossen das Leben! Lustlos schob er sich hinter den Arbeitstisch, schaltete Computer und Ventilator ein.

»Martha Gräbert, geboren 1897, Breslau«, las er laut. Grinste. Da hatte sich wohl jemand gründlich vertan! »Haha! 1897! Dann wäre die gute Martha ja jetzt schon …« Bei den hochsommerlichen Temperaturen fiel selbst das Lösen banaler Subtraktionsaufgaben schwer. »107!« Er schlug die Akte auf, griff schon nach einem gelben Klebezettel, um eine zynische Notiz für den Kollegen über dessen eingeschränktes Denkvermögen an dem

Vorgang zu befestigen, da fiel sein Blick auf das vorgeheftete Deckblatt.

›Martha Gräbert, geb. 1897, Breslau‹, stand auch dort zu lesen.

»Einmal kann man sich ja vertun, aber zweimal«, murmelte Baumwerk vor sich hin und blätterte weiter. Wenige Seiten später hatte er von vier Schwangerschaften und Entbindungen erfahren, von einem Bandscheibenvorfall, einer Kur im Jahre 1970. Seit der Rückkehr aus der Rehaklinik musste es Martha Gräbert richtig gut gegangen sein, weitere Maßnahmen zur Wiederherstellung waren seither wohl nicht mehr vonnöten gewesen.

»Hm«, grunzte der Sachbearbeiter der Versicherung. »Das ist zumindest ungewöhnlich.« Ein Verdacht keimte in ihm auf. Das übliche eben, ganz bestimmt. Sozialbetrug. Da kassierte jemand Rente für eine Verstorbene!

»Wäre ja nicht das erste Mal, haben schon Tausende vor dir probiert. Und wir haben sie doch gekriegt!«, murmelte er im zornigen Jagdfieber vor sich hin. Mit seiner Entrüstung stieg auch sein Blutdruck. Er begann, wieder stärker zu schwitzen. Der letzte Nachweis, der als glaubhafter und unwiderlegbarer Beleg dafür gelten konnte, dass Frau Gräbert lebte, stammte aus dem Jahr 1982. Der ab dem 80. Geburtstag regelmäßig von der Rentenversicherung verschickte Gratulationsbrief schien anstandslos seinen Adressaten erreicht zu haben, zurückgeschickt worden war er jedenfalls nicht.

»Tja, das ist die Krux dabei«, grantelte der junge Mann vor sich hin. »Das sagt im Grunde nämlich gar nichts aus. Der Brief könnte ja auch von der Nachbarin oder einem Verwandten entgegengenommen worden sein. Eine so umwerfend gute Idee ist das gar nicht, sage ich schon seit

Jahren. Will nur keiner wahrhaben, dass ›zugestellt‹ nicht automatisch bedeuten muss, der Jubilar lebt auch tatsächlich noch, mit freundlichen Grüßen an die Geschäftsleitung, herzlichst Kai B.«

Da war der Besuch zum Geburtstag schon eine sicherere Methode. Ab dem 95. Geburtstag ging der jeweils älteste Mitarbeiter der Rentenkasse persönlich zur Gratulation vorbei. Baumwerk blätterte sich gründlich durch die Schriftstücke. Zweimal. Grunzte wütend. Die obligatorischen Gratulationsbesuche waren nicht erfolgt!

»Schlamperei! Wieso hat das denn niemand bemerkt?«, schimpfte Baumwerk und notierte sich die Anschrift, unter der Martha Gräbert gemeldet war. Er würde der Sache eben selbst auf den Grund gehen!

Das überschaubare Dorf lag idyllisch, fast schon verwunschen hinter einem Waldstück, umgeben von Feldern und ein paar Weideflächen, auf denen Kühe gemütlich mit dem Wiederkäuen ihres zweiten Frühstücks beschäftigt waren. Fast ein wenig neidisch beobachtete er die großen Tiere. »Den ganzen Tag lang Picknick machen«, zischte er vor sich hin. »Das könnte mir auch gefallen!«

Eine Stunde später klingelte er an einem kleinen Eigenheim. Niemand öffnete. Vom Garten war auf den ersten Blick so gut wie nichts zu erkennen. Die Hecke, die das Grundstück umgab, hätte auf jeden Fall ein bisschen Zuwendung vertragen können. Wie hoch durfte so eine grüne Mauer eigentlich sein? Das Wachstum dieser hier war auf jeden Fall außer Kontrolle geraten. Baumwerk hüpfte wild, um wenigstens einen flüchtigen Blick in den Garten werfen zu können. Sein Blick fiel auf ungepflegte Gehölze, einige ungeputzte Fenster, eine Sammlung von

Müllsäcken am Rand der Terrasse. Als ihm bewusst wurde, wie albern und befremdlich sein Benehmen auf die Nachbarn oder Passanten wirken musste, stellte er das Springen wieder ein. Möglicherweise würden aufmerksame Anwohner noch die Polizei verständigen, weil sie glaubten, er wolle etwas ausbaldowern. Immerhin, die Straße hatte man vor Kurzem gefegt. Ganz offensichtlich wohnte hier jemand.

»So eine dichte Hecke ist ganz schön praktisch, wenn man nicht möchte, dass andere einem in den Kochtopf gucken, nicht wahr?«, murmelte er böse vor sich hin. »So kann man auch im Garten schalten und walten, wie man möchte, und niemand sieht, wie man die Leiche einfach verschwinden lässt. Na, wir werden ja sehen!«

Kai Baumwerk seufzte, wandte sich um und entschied sich für das grün verputzte Nachbarhaus auf der linken Seite. Die Dame, die ihm misstrauisch durch den Türspalt entgegenblinzelte, war etwa Mitte 60. Der Sperrriegel wurde erst geöffnet, nachdem er seinen Ausweis vorgezeigt hatte. In dieser Gegend war man vorsichtig.

»Sehen Sie, man weiß ja nie, wer da klingelt! Und ständig hört man in den Nachrichten, dass ältere Frauen in ihren Wohnungen überfallen werden. Da ist es allemal besser, sich zu vergewissern«, lachte die Frau, die, nach dem Schild an der Klingel zu urteilen, Markgraf hieß und den Fremden mit unverhohlener Neugier ansah. »Um was geht es denn?«

»Ich wollte gern zu Frau Gräbert, aber es scheint niemand zu Hause zu sein.«

»Um diese Zeit ist sie auf dem Friedhof. Wenn Sie in etwa einer Stunde wiederkommen, treffen Sie sie wahrscheinlich an.«

»Ist ja erstaunlich, dass sie sich in diesem Alter noch selbst versorgen kann. Gibt es nicht oft.«

»Ja, mag sein. Aber mit ihren knapp 80 ist sie noch gut zu Fuß. Und der Friedhof ist nicht weit – nur über die Straße.«

»Nach unseren Unterlagen ist Frau Gräbert aber schon über 100 Jahre alt. 107, um genau zu sein. Ein Fall fürs Guinness-Buch der Rekorde.« Sofort spürte er, wie eine belastende Hitze über seine Wangen zog. Die letzte Äußerung hätte er gern zurückgenommen. Dazu war es nun zu spät.

Ein schlauer Zug kroch über Frau Markgrafs Gesicht. »Oh, Sie reden gar nicht von Marianne! Sie meinen ihre Mutter! Die habe ich schon lange nicht mehr gesehen! Ich nehme an, sie verlässt das Haus schon gar nicht mehr. Nach dem Tod ihres Mannes vor etwa 20 Jahren hat sie sich völlig zurückgezogen. Schon tragisch, wissen Sie. Die beiden waren ein Jahrgang, haben zwei Weltkriege miteinander überstanden, drei ihrer Kinder beerdigt und nun war die arme Frau plötzlich allein – wenn man mal von Marianne absieht. Ehrlich gesagt, Martha hatte ich schon fast vergessen.«

»Das bedeutet dann aber auch, dass die 80-jährige Tochter ihre Mutter versorgt. Ist Ihnen denn schon mal ein Auto von einem Pflegedienst aufgefallen?«

Das runde Gesicht wurde nachdenklich. »Nein«, antwortete die Nachbarin dann gedehnt. »Aber das ist auch nicht wirklich überraschend. Martha ist eine resolute, etwas schwierige Persönlichkeit. Sicher duldet sie nicht, dass ein Fremder sie anfasst. Ach, wir können alle nur hoffen, dass uns so ein Schicksal später mal erspart bleibt«, seufzte sie dann. »Auf die eigenen Kinder ist jedenfalls überhaupt kein Verlass mehr! In alle Winde verstreut, niemand hat Zeit oder Lust, sich um die alten Eltern zu kümmern. Eine Schande!«

Ja, dachte Kai, das sollte sich Bärbel mal überlegen! Erst zog man die Brut groß und dann, wenn man selbst Hilfe brauchte, starb man einsam oder in der Obhut Fremder, wurde im schlimmsten Fall von der Polizei gefunden, die die Tür wegen des Gestanks aus der Wohnung aufbrach. Schuldbewusst dachte er an seine eigene Mutter, versuchte zu überschlagen, wann er sie das letzte Mal besucht hatte. Na ja, mit dem Enkelkind würden auch die Fahrten zur Großmutter an Häufigkeit zunehmen, und telefoniert hatte er ja erst letzte – nein, korrigierte er sich ein wenig erschrocken – vorvorletzte Woche mit ihr.

Kai Baumwerk bedankte sich freundlich. Im Geiste hörte er die Stimme seines Chefs, der in solchen Fällen besonders gereizt reagierte. Sozialbetrug! So etwas nahm Dr. Hubert Ring den Tätern persönlich übel – und seinen Mitarbeitern ebenfalls. Er sprach dann gern von Köpfen, die in Kürze rollen würden. Nun, Kai Baumwerk schluckte hart und lockerte den Kragen ein wenig, seiner Karriere konnte es nur förderlich sein, wenn er diese gottverdammte Schlamperei hier aufklärte und das Geld wiederbeschaffte. Er spürte fast schon die schwere, warme Hand des Vorgesetzten wohlwollend auf seiner Schulter ruhen. ›Baumwerk, das haben Sie fantastisch gelöst. Für fähige Mitarbeiter Ihres Kalibers finden wir zeitnah eine angemessene Stelle im »Konzern«. Hätten Sie irgendwelche Präferenzen?‹, hörte er ihn sagen und ihm brach schon jetzt vor Stolz der Schweiß aus.

Frau Lehmann, Nachbarin auf der anderen Seite der Gräberts, wusste Ähnliches über die beiden alten Damen zu berichten. »Die Martha muss ja inzwischen über 100 sein. Die habe ich schon seit Ewigkeiten nicht mehr gesehen. Ich sag immer: Von der hören wir erst wieder etwas, wenn sie beerdigt wird!«

»Kommen denn die Frauen gut miteinander aus? Ich meine, manchmal sind Menschen in diesem Alter schwierig. Vielleicht streiten sie gelegentlich?«

Frau Lehmann dachte lange darüber nach, schüttelte dann jedoch entschieden den Kopf. »Von den Mannteufels höre ich oft laute Stimmen. Aber das ist auch klar, der Mann geht dauernd fremd und seine Frau ist darüber natürlich nicht glücklich. Da gibt's permanent Streit. Die Meyers zanken ständig. Da geht's ums Geld. Er ist so unglaublich geizig und sie würde gern das Leben genießen. Tja! Bei den Strunzes gibt's viel Ärger wegen der Tochter. Die ist in der Pubertät und sorgt für anhaltende Schwierigkeiten. Neulich hat eine Polizeistreife das Gör nach Hause gebracht – Ladendiebstahl! Dabei hat die mehr Taschengeld als manch einer Rente!«

»Können Sie sich an den letzten lauten Wortwechsel zwischen den Gräberts erinnern?«, erkundigte sich Baumwerk gespannt.

»Hm, das ist eine Ewigkeit her. Die beiden scheinen sich die meiste Zeit über völlig einig zu sein. Warten Sie mal … Das muss kurz nach dem Tod des alten Gräbert gewesen sein. Ich weiß noch, dass mir das unglaublich pietätlos vorkam, in der Trauerzeit derart heftig rumzukeifen. Ja! Da ging es um die Frage, wo Martha später einmal beigesetzt werden sollte«, sie lächelte entschuldigend. »Die Tür zum Garten stand offen, da lässt sich nicht immer vermeiden, dass man die Gespräche der Nachbarn hört, und wenn man sich noch so bemüht, nichts mitzubekommen.«

Baumwerk signalisierte Verständnis für dieses Problem. »Wie unangenehm, wenn man immer unfreiwillig in die privatesten Angelegenheiten reingezogen wird.«

»Nun, jedenfalls wollte Martha auf keinen Fall auf dem Friedhof gegenüber beerdigt werden. Schien ihr wichtig zu sein. Dabei liegen ihr Gustav und die drei anderen Kinder ja auch dort. Eigentlich schrecklich, wenn eine Mutter die meisten ihrer Kinder zu Grabe tragen muss. Schlag auf Schlag sind die gestorben. Der Sohn an der Grippe, der muss damals gerade dreißig gewesen sein, und zwei der Töchter an Typhus, alle drei in einem Zeitraum von fünf Jahren, die Schwestern innerhalb derselben Woche. Wer isst auch Kartoffelsalat im Sommer?« Die Nachbarin bemerkte den ratlosen Blick des Besuchers und erklärte: »Salmonellen! Die vermehren sich in allen Nahrungsmitteln rasant, in denen rohes Ei enthalten ist. Besonders, wenn es warm ist – also im Sommer!« Dann holte sie tief Luft und wandte sich nach diesem Exkurs wieder dem Ausgangsthema zu: »Vielleicht möchte sie deshalb später nicht auch dort beigesetzt werden, hatte genug von der ganzen Familie, habe ich damals noch überlegt. Die alte Mutter dachte sicher nicht eine Sekunde daran, dass es für die bedauernswerte Tochter sehr umständlich würde, wenn sie irgendwann Gräber auf unterschiedlichen Friedhöfen pflegen müsste. Wenn sie alt werden, kommt bei manchen ein widerwärtiger Egoismus auf. Sehe ich auch bei meiner eigenen Schwiegermutter. Es muss sich alles nur um sie drehen, sonst wird erbarmungslos gezickt!«

Der Vertreter der Rentenkasse verabschiedete sich eilig, um weiteren Einzelheiten der Lehmann'schen Familienchronik zu entgehen, und setzte sich mit einer Zeitung in ein nahegelegenes Café. Eine Stunde könnte er so bequem rumbringen, dachte er zufrieden, danach würde er einen zweiten Versuch an der Tür der Gräberts starten.

Und tatsächlich, anderthalb Stunden später öffnete ihm eine grobknochige, derbe Frau. Baumwerk registrierte die seltsam verwischten Gesichtszüge, die tief in den Höhlen liegenden Augen, deren Lider sich nicht mehr ganz anheben wollten. Die weißen Haare, fettig, schütter und strähnig, waren streng aus dem Gesicht gekämmt, fielen hinter den Ohren bis auf die Schultern, die Kleidung wirkte nachlässig zusammengestellt. Dem Haus entströmte ein muffiger Geruch. Essensdünste vermischten sich in den ungelüfteten Räumen mit dem Geruch nach allgemeiner Vernachlässigung und Verfall.

»Mein Name ist Kai Baumwerk, ich komme von der Rentenversicherung Ihrer Mutter.« Huschte da ein hektisches Entsetzen durch den Blick der Tochter oder sah er schon Gespenster?

»Und?«, fragte Marianne Gräbert unfreundlich zurück und musterte den Ausweis kritisch, ohne die Hand danach auszustrecken.

»Ich möchte gern mit Martha Gräbert sprechen. Es gibt ein paar Dinge zu klären«, formulierte der Sachbearbeiter vorsichtig.

»Kommen Sie rein. Ich hab Mittag auf dem Herd stehen, das brennt sonst an!«, forderte Marianne und drehte sich um, verschwand im Flur, ohne sich zu vergewissern, dass der ungebetene Besucher auch folgte.

Baumwerk bemerkte einen deutlichen Gehfehler. Hüfte, schoss ihm durch den Kopf, bestimmt braucht sie einen Rollator. Wie soll sie da ihre alte Mutter heben oder stützen können. Er sah sein Misstrauen schon beinahe bestätigt.

»Meine Mutter ist aber nicht da«, informierte sie ihn wenig später und rührte in einem Suppentopf. Auf der Spüle stand eine geöffnete Dose Linsensuppe.

»Sie ist nicht zu Hause?«, staunte der junge Mann.

»Gibt doch keine Pflicht für alte Leute ständig in ihren vier Wänden zu hocken, oder?«

»N-nein«, stotterte der ratlose Sachbearbeiter. »Wann kommt sie wieder?«

»Wenn sie dazu Lust hat.«

»Und wohin ist sie gegangen?«

»Gegangen?« Nun war es an Marianne, verunsichert zu sein. »Zu Fuß doch nicht!«

Baumwerk warf der alten Frau einen forschenden Blick zu. War sie geistig doch nicht so fit, wie er nach den Berichten der Nachbarn vermutet hatte? Eventuell gar ein wenig dement? Dazu passte auch das winterliche Linseneintopfgericht bei fast 30 Grad Celsius im Sommer, die der Jahreszeit nicht angemessene Kleidung und der ungepflegte Gesamteindruck. Neben allem anderen noch ein Grund mehr anzunehmen, dass sie kaum in der Lage war, ihre noch viel ältere Mutter zu pflegen. Unmöglich!

»Wo ist Ihre Mutter denn?«, hakte er deshalb schnell nach.

»Na, sie ist in Kanada!«, erklärte Marianne Gräbert und lachte breit.

»In ihrem Alter!«, entfuhr es dem Sachbearbeiter unbedacht. »Und wo dort? Vielleicht kann ich sie ja anrufen.«

»Es gibt da irgendwo einen Zettel«, begann Marianne unsicher. Ihre Augen irrten haltlos durch die Küche. »Hier nicht. Vielleicht drüben.« Sie rührte hastig noch einmal durch die Suppe und lief ins angrenzende Wohnzimmer.

An der Wand stand ein Sekretär aus dunklem Holz, dessen Schreibfläche heruntergeklappt war. Papiere, ungeöffnete Briefe und viele lieblos herausgerissene Zeitungsartikel lagen wild durcheinander. Während Marianne nervös und unsystematisch begann, in dem Haufen zu wühlen, sah Baumwerk sich in dem kargen Raum um. Außer dem Sekretär gab es noch einen kleinen, dunklen Holztisch, an dem zwei Stühle mit verschossenem, abgewetztem Bezug standen, vor der Tür zum Garten wartete ein Schaukelstuhl auf einen Gast, dessen Bespannung an mehreren Stellen gerissen war, der Teppich davor schien fleckig und abgetreten, vom ursprünglichen Muster konnte man nicht mehr viel entdecken. Vor dem Fenster hingen Stores, die offensichtlich seit vielen Jahren nicht mehr gewaschen worden waren. Mehr Mobiliar war nicht vorhanden. Baumwerk fühlte sich unbehaglich.

Marianne wimmerte unglücklich. »Ich muss ihn verloren haben«, ließ sie ihn wissen und eilte an den Herd zurück, um den Eintopf vor dem Ansetzen zu bewahren. Danach schwieg sie, antwortete auf keine weitere Frage mehr, blieb nur eisern bei ihrer Aussage, ihre Mutter sei in Kanada.

Nach einer Weile gab Baumwerk auf und fuhr in sein Büro zurück. Seiner Meinung nach gab es keinen Interpretationsspielraum das Schicksal der alten Frau Gräbert betreffend. Sie war tot, die Tochter hatte sie verschwinden lassen und erfreute sich an den Rentenzahlungen, die sie nun ganz für sich allein verbrauchen konnte. So recht wollte zu dieser Theorie allerdings der Eindruck nicht passen, den er von den Lebensumständen der Marianne Gräbert gewonnen hatte. Ärmlich erschien ihm die Einrichtung, die Tochter verwirrt, vielleicht auf dem Weg in die Demenz, sicher nicht damit beschäftigt, sich einen unbeschwerten und luxuriösen Lebensabend zu gönnen. Dennoch: Martha Gräbert war tot, daran konnte es keinen vernünftigen Zweifel geben. Die Geschichte mit dem Aufenthalt in Kanada? Ein Märchen, das ihn ablenken sollte. Eine 107-Jährige flog doch nicht ohne Begleitung eine solche Strecke! Niemals.

Was tun?

Der Verdacht auf Betrug der Sozialsysteme war keinesfalls ausgeräumt – jetzt kam noch das ungeklärte Verschwinden der Mutter hinzu. Hatte Marianne Gräbert ihre Mutter irgendwo auf diesem unübersichtlichen Grundstück einfach verscharrt? Möglicherweise gar getötet, ehe sie die Leiche verschwinden ließ? Auszuschließen war in diesem Fall gar nichts! An dieser Stelle schaltete Kai Baumwerk die Polizei ein.

So kam es, dass schon am nächsten Tag ein Beamter der Kriminalpolizei bei Marianne Gräbert schellte. Der große, bullige Mann machte der alten Dame offenkundig Angst, sie wirkte gehetzt und unsicher.

»Schäfer mein Name!«, stellte sich der Riese vor. »Roger Schäfer, Kriminalpolizei.« Er lächelte vertrauensbildend.

»Ja?«

»Wir hätten gern mit Ihrer Mutter gesprochen.«

Marianne Gräbert antwortete in fragendem Ton, als wisse sie es selbst plötzlich nicht mehr so recht: »Sie ist in Kanada?«

»Das haben Sie dem Herrn von der Versicherung gestern auch erzählt. Wir möchten nun wissen, wo genau sich Ihre Mutter aufhält.« Schäfer bemühte sich um einen neutralen Ton. Noch gab es nicht den geringsten Beweis für das Vorliegen einer Straftat.

»Der Zettel ist weg. Mein Gedächtnis lässt mich manchmal im Stich, ich weiß nicht mehr, wie der Ort heißt.«

»Meldet sie sich ab und zu bei Ihnen, damit Sie wissen, dass es ihr gut geht?«

»Sie wollte schreiben. Aber die Post von dort hierher ist lang unterwegs«, lächelte die Tochter nachsichtig.

»Machen Sie sich keine Sorgen?«, erkundigte sich Schäfer freundlich.

»Aber nein. Um meine Mutter braucht sich niemand Gedanken zu machen.«

Marianne Gräbert bat den netten Herrn von der Polizei ins Haus, kochte Tee, stellte ein paar Kekse auf den kleinen Tisch im Wohnzimmer, platzierte ihren Gast so, dass er in den Garten hinaus sehen konnte, der hinter den staubigen Stores freilich nur zu erahnen war.

»Ist ziemlich einsam hier.«

»Ich bin daran gewöhnt«, erklärte die alte Frau und reichte dem Kriminaloberkommissar die Zuckerdose.

»Und nun, wo Ihre Mutter verreist ist, sind Sie ganz allein. Sie ist wohl schon länger fort?«

Die alte Dame dachte darüber nach. »Ja, ich glaube das stimmt. Seit einiger Zeit jedenfalls«, antwortete sie schließlich, als sei sie sich dessen nicht ganz sicher.

»Dann kommt sie bestimmt bald wieder zurück, nicht wahr? Es gibt ja sicher einen Termin für den Rückflug«, versuchte Schäfer erneut verlässliche Informationen zu bekommen.

»Nein. Oder vielleicht … Aber ich weiß es nicht!« Fahrig strichen die knotigen Finger über die schmutzige Kittelschürze, fuhren über die Augen, zitterten nervös an der Unterlippe entlang.

»Schlafen Sie hier im Parterre? Oder wohnen Sie oben? Könnte ich verstehen, wenn Sie sich etwas fürchten. Bei dem Gesindel heutzutage«, bot Schäfer zuvorkommend ein neues Thema an. Vielleicht konnte er später mehr über den Kanadaaufenthalt der Mutter in Erfahrung bringen.

»Sie möchten sich vielleicht umsehen?«, freute sich Marianne Gräbert und führte ihn durchs Haus.

Das Zimmer der Mutter war ordentlich aufgeräumt, das Bett abgezogen, Inlette und Kissen hatte Marianne mit einer Wolldecke vor Staub geschützt. Nur am Rand blitzte die blaue Steppdecke ein wenig hervor. Am Schrank hing ein schwarzes Kleid, darunter standen nebeneinander zwei flache, ebenfalls schwarze Pumps.

Einer Eingebung folgend, zog der Beamte eine der Türen auf. Leer. »Ihre Mutter hat all ihre Kleidung mitgenommen?«, wunderte er sich.

»Viel ist es nicht«, beschied ihm die Tochter unbeeindruckt.

In Mariannes Zimmer war es weit weniger aufgeräumt. Die Schranktüren ragten weit geöffnet in den Raum hinein, auf dem ungemachten Bett lagen Kleidungsstücke in wildem Durcheinander. Auf dem Nachttisch entdeckte Schäfer ein Foto in einem angelaufenen, silbernen Rahmen.

»Ihre Mutter?«

»Ja. Aber jetzt ist sie in Kanada.«

»Wer wohnt oben?«

»Niemand. Ich lebe hier mit Mutter allein.«

Als sie ins Wohnzimmer zurückkamen, fiel Schäfer

eine Veränderung in der Struktur des Teppichs vor dem Schaukelstuhl auf. »Schlimmer Fleck. Wie ist das denn passiert?«, erkundigte er sich freundlich.

»Weiß ich nicht mehr. Muss viele Jahre her sein.«

»Hm«, grunzte der Beamte, zog den vergilbten Store zurück, um mehr Licht zu haben, und ging in die Hocke. »Frau Gräbert, sehen Sie mal genauer hin, durch irgendetwas hat sich das Gewebe verändert, man sieht ganz deutlich etwas wie eine Kontur. Mit ein bisschen Fantasie sieht es aus wie der Umriss eines gekrümmt daliegenden Menschen. Hier der Kopf, dort die Beine, die Arme … Können Sie mir das bitte erklären?«

Die 80-Jährige starrte interessiert auf die Stelle und schüttelte schweigend den Kopf.

»Vielleicht möchten Sie mir jetzt zeigen, wo Ihre Mutter ist?«, fragte Roger Schäfer sanft.

»Aber das wissen Sie doch schon: Sie ist in Kanada. Dort trifft sie sich mit ihrem Mann Gustav. Gustav Anton Paul Gräbert. Das ist mein Vater. Der ist schon länger weg. Ist vorausgefahren.«

Roger Schäfers Brauen zogen sich fest zusammen. Eine tiefe Falte entstand senkrecht über der Nasenwurzel. »Aber Frau Gräbert«, tadelte er leise, »Ihr Vater ist doch schon vor Jahrzehnten verstorben. Sie besuchen ihn und ihre Geschwister jeden Tag drüben auf dem Friedhof.«

Marianne Gräberts Gesicht bekam einen schlauen Zug, sie zupfte am Ärmel Schäfers, signalisierte ihm, er möge sich zu ihr hinunterbeugen.

Ihr deutlicher Oberlippenbart kratzte an seiner Ohrmuschel, als sie ihm anvertraute: »Das denken alle. Das sollten die Leute glauben! Aber das ist nicht wahr. Wir haben damals große Steine in den Sarg gelegt!« Sie kicherte verhalten. »Hat keiner gemerkt!«

Während er auf die Ergebnisse der Analyse der vom Teppich entnommenen Proben wartete, die an ein Labor geschickt worden waren, versuchte Roger Schäfer, das Rätsel um das Verschwinden der Martha Gräber auf anderem Weg zu lösen.

Zunächst überprüfte er das Konto der Vermissten. Zu seinem nicht geringen Erstaunen wies es einen Stand von mehr als 200.000 Euro auf. Ein Abgleich mit Kai Baumwerk vom Rententräger ergab, dass diese Summe dem Betrag entsprach, der innerhalb von fast 20 Jahren monatlich dort eingegangen, jedoch niemals angetastet worden waren. Die Krankenkasse der Martha Gräber bestätigte, dass sie ihre Versichertenkarte seit Mai 1990 nicht mehr eingesetzt hatte. All das erhärtete den Anfangsverdacht, die alte Dame sei nicht mehr am Leben.

Roger Schäfer zog weitere Erkundigungen ein, machte den Hausarzt Gustav Gräberts ausfindig, Dr. Jürgen Petzold. Er war überrascht, als er dessen Praxisräume betrat. Ein junges Team arbeitete hier, den Mediziner selbst schätzte Schäfer auf Mitte bis Ende 40.

»Gustav Gräbert? An den kann ich mich gut erinnern, da brauche ich keine Akte.«

Der Kripobeamte zog fragend eine Augenbraue hoch. »So?«

»Ja. Sehen Sie, der war sozusagen meine erste offizielle Leiche.« Der Arzt lehnte sich zurück und verschränkte die Arme vor der Brust. »Da übernehme ich eine gutgehende Praxis von meinem Onkel, beginne gerade mit den meist älteren Leutchen warm zu werden, da ruft man mich zu einem Notfall. Als ich ankomme, finde ich einen hochbetagten Mann, der so unter Sauerstoffmangel leidet, dass er praktisch am ganzen Körper blau geworden ist. Ehefrau und Tochter sind in heller Aufregung. Der alte Herr habe von der Suppe gegessen und plötzlich sei ihm die Luft weggeblieben. Was soll ich sagen? Noch während ich versuche, ihn zu beatmen und abzusaugen, stirbt der Greis. Großes Geschrei, Tränen, Anschuldigungen. Es hat mich Monate harter Arbeit gekostet, den anderen Patienten klarzumachen, dass nicht ich an seinem Tod schuld war. Suppe in der rechten Lunge! Und dass bei vorgeschädigter Lunge und Herzinsuffizienz. Das konnte er in seinem Alter nicht überleben.« Er grinste schief. »Mein Onkel überlegte gar, aus dem Ruhestand zurückzukehren. Toll, sagte er damals, erst übernimmst du meine Praxis und dann rottest du die Patienten aus! Säg mal nicht den Ast ab, auf dem dein Konto geführt wird!«

»Sie stellten den Totenschein aus.«

»Ja. Selbstverständlich. Er wurde nicht obduziert – die Staatsanwaltschaft sah keinen Grund, bei den medizinischen Vorbefunden. Drei Tage später konnte er bestattet werden. Ich bin hingegangen, als Demonstration meines reinen Gewissens, Sie verstehen schon.«

»Wissen Sie noch, wann genau das war?«

»Ja. Am 5. Februar 1981. Es war eisig kalt, stürmisch. Die Grube auf dem Friedhof auszuheben, muss eine echte Herausforderung für die Totengräber gewesen sein.«

Schäfer nickte dem Arzt zum Abschied zu. Wenn der Vater tatsächlich tot und bestattet war – log Marianne Gräbert dann oder wusste sie es nicht besser, konnte sich nicht erinnern, lebte längst nicht mehr in dieser Welt? Sollte er auf eine Exhumierung bestehen, überlegte er, nur um ganz sicherzugehen? Nein, verwarf er diesen Gedanken sofort, das war nicht sinnvoll und teuer würde es auch, ganz abgesehen von der unerwünschten Aufmerksamkeit, die es erregen würde.

Der Arzt hatte den Tod bestätigt, Marianne sich die Geschichte mit den Steinen nur ausgedacht. Aber warum? Weil sie sich wünschte, er wäre noch am Leben? Die Frage nach dem Verbleib von Martha Gräbert war die, die er beantworten musste.

Marianne Gräbert zu befragen, erschien zunehmend sinnlos. Durch ihre rapide fortschreitende Demenz war sie als Gefangene ihrer wirren Gedankenwelt kaum zu einer sinnvollen Antwort in der Lage. Die Pflegekräfte des Heimes, in dem sie nun wohnte, berichteten übereinstimmend, die über 80-Jährige behaupte anderen gegenüber immer wieder, die Mutter sei nach Kanada gereist. Manchmal jedoch jammere sie, sie sei eine gute Tochter, habe alle Wünsche erfüllt. Die Mutter habe keinen Grund, böse auf sie zu sein.

Gelegentlich kam sie in Gesprächen auch auf die Geschichte von den Steinen im Sarg des Vaters zurück. Es sei der ausdrückliche Wunsch der Mutter gewesen, so zu verfahren, sie habe nur getan, worum sie gebeten wurde. Wie eigentlich immer in ihrem Leben.

Die Ermittlung drehte sich im Kreis, drohte, sich festzufahren. Das letzte Gespräch mit seinem Vorgesetzten war für Schäfer eher unerfreulich verlaufen. Man erwarte konkrete Ergebnisse, es könne doch nicht so schwierig sein, den Verbleib der alten Frau zu klären, ob er schon bemerkt habe, dass er jeden Morgen genügend Anregungen dazu in der Boulevardpresse finden könne?

»Na, hat er dich wieder angemeiert?«, fragte ein Kollege mitfühlend, den er auf dem Gang traf. Das ›Gespräch‹ war demnach auf den Fluren gut zu hören gewesen. Peinlich! So eine Zurechtweisung sollte er in Zukunft besser vermeiden, wollte er seiner Karriere nicht ernsthaft schaden.

Als das Telefon auf seinem Schreibtisch klingelte, schrak er zusammen. Konrad Kunze aus dem Labor. Die von Schäfer in Auftrag gegebenen Untersuchungen am Teppich zum Fall Gräbert führten zum Ergebnis, es sei sehr wahrscheinlich, dass an jener Stelle ein toter Körper längere Zeit gelegen habe. Die Freisetzung von Körperflüssigkeiten habe eine Vielzahl von Insekten angelockt. Die ins Gewebe gesickerten Substanzen, die beim Verwesungsprozess entstünden, bildeten über einen langen Zeitraum Ernährungsgrundlage für Maden und Larven der verschiedensten Fliegen- und Käferarten. Im Laufe der Jahre wurden alle Rückstände restlos vertilgt, was zum Verlust der Wollstruktur in Form einer Körperkontur geführt hatte. Ob der Tod natürliche Ursachen oder Folge eines Mordanschlages war, könne man nicht feststellen.

Super, dachte Schäfer sarkastisch, das bringt ja so richtig Schwung in die Nachforschungen. Mit Schaudern dachte er an Marianne Gräbert. Hatte sie wochenlang den Leichnam der Mutter im Wohnzimmer auf dem Teppich liegen lassen, während er verweste, und sich nach und nach immer mehr interessierte Insekten einfanden? Wie konnte sie dieses Bild ertragen – und den Gestank? Berufsbedingt dachte er zunächst an abgrundtiefen Hass und Freude an der langsam voranschreitenden Zersetzung der Mutter, danach kam ihm der Gedanke, Marianne könne schlicht mit der Situation überfordert gewesen sein. Die von der ganzen Familie verlassene und einsame Frau konnte nichts unternehmen, weil sie nicht wusste, wie sie vorgehen musste, da ihr Denken von Trauer blockiert war. Also überließ sie den Körper der Mutter einfach sich selbst und seinem biologischen Schicksal.

Ein illegales Begräbnis mit Unterstützung durch ein Bestattungsunternehmen? Nein, er verwarf die Idee. Bestatter wollten Geld verdienen – mit großen Beisetzungen, die Aufsehen erregten und bei manch einem der Trauergäste Begehrlichkeiten für die eigene Beerdigung weckten. Und wie hätte die Tochter erklären sollen, dass von Martha Gräbert kaum mehr etwas übrig war? Am ehesten hatte sie die Lösung des Problems irgendwann selbst in die Hand genommen.

Kai Baumwerk hörte dem Beamten gut zu, den er in sein Lieblingscafé eingeladen hatte. Dieses Ergebnis war mehr als unbefriedigend. Auch Roger Schäfer fragte sich, ob er annehmen musste, Marianne habe ihre Mutter kaltblütig umgebracht. Sollte die Tochter ihre Mutter etwa zerstückelt haben, um den Abtransport zu bewerkstelligen, als sie sich bereits im fortgeschrittenen Zustand der Verwesung befand? Wenn er den Fall nicht bald zum Abschluss brachte, würde er noch nachhaltig Schaden nehmen, Albträume verfolgten ihn schon jetzt.

»Wissen Sie, Herr Schäfer, mir fällt da was ein. Als ich mit den Nachbarn sprach, behauptete eine der Damen, es habe nur selten Streit zwischen Mutter und Tochter gegeben. Aber einmal ging es bei einem lauten Disput um den Wunsch der Mutter, auf keinen Fall auf dem Friedhof gegenüber beerdigt zu werden. Wäre das ein Ansatz?«

Für Roger Schäfer fügte sich das Puzzle plötzlich zusammen. Es mochte sein, dass die alte Dame eines natürlichen Todes gestorben war – und sich die Tochter eingedenk des Gezeters dazu entschlossen hatte, den letzten Wunsch der Mutter zu erfüllen.

Aber wo war der Beweis? Er hatte natürlich daran gedacht, den Garten umgraben zu lassen. Doch der war riesig. Ohne einen konkreten Hinweis auf die Stelle, die zu untersuchen war, konnte ein Team hier wochenlang beschäftigt sein. Teuer. Und natürlich würde die Presse schnell Wind von der Aktion bekommen, Fernsehsender könnten auf die Idee verfallen, live zu berichten. Nein. Er musste herausfinden, wie er den Bereich eingrenzen konnte, an dem gesucht werden sollte. Ein Screening.

Oder einen Leichenspürhund!

Er rief bei der Staffel an und erfuhr, die meisten der Hunde seien zurzeit abkommandiert. Man versuche in einem Erdbebengebiet, Überlebende zu finden beziehungsweise die Leichen Verschütteter wegen der Seuchengefahr. Lediglich eine Hündin stünde ihm zur Verfügung.

Olga und Horst Michalik, der Hundeführer, gaben sich redlich Mühe. Alle zehn bis fünfzehn Minuten hatte das Tier Pause. Die beiden gingen das Grundstück gründlich und planvoll ab. Das Ergebnis war ernüchternd. Olga setzte sich nicht ein einziges Mal hin, um zu signalisieren, sie sei fündig geworden.

Schäfer überlegte, ob sie wohl einfach keine Lust hatte, schließlich waren all ihre tierischen Kollegen verreist, nur sie musste zum Arbeiten in Cottbus bleiben.

»Keine Sorge, so etwas gibt es bei Tieren nicht«, beruhigte ihn Horst Michalik. »Wenn sie keinen Fund signalisiert, dann liegt es daran, dass keine Leiche zu entdecken ist.« Er zuckte entschuldigend mit den Schultern und tätschelte Olgas mächtigen Kopf.

Weihnachten rückte unaufhaltsam näher. Roger Schäfer stöberte in der lokalen Buchhandlung nach einem Bildband, den er seiner Schwester schenken wollte. Afrika käme infrage, aber auch etwas über Wölfe wäre nicht schlecht, überlegte er, während er die Buchrücken der einzelnen Ausgaben eingehend betrachtete.

»›Deutschland von oben‹ klingt auch spannend. Da bekommt sie mal einen ganz anderen Eindruck von ihrer Heimat«, schmunzelte Schäfer und blätterte das Buch durch.

Klar! So könnte er Martha Gräbert doch noch finden! Vor ein paar Jahren hatte er an einer Fortbildung teilgenommen, die sich mit Möglichkeiten der Bodenuntersuchung befasst hatte. Ohne Eingriff – mit Technik. Georadar? Geomagnetresonanzmethode? Die Unterlagen mussten noch in seinem Büro liegen! Zusammen mit der Liste der Firmen, die diesen Service anboten. Gab es da auch welche in Brandenburg? Und wie teuer konnte solch ein Einsatz spezieller Technik werden?

Auf dem Weg ins Büro fiel ihm immer mehr dazu ein. Der Prof – wie hieß der denn noch? – hatte ein bisschen blumig davon gesprochen, dass man mit elektronischen Augen in Bereiche sehen könne, die dem menschlichen Auge so nicht zugänglich wären. Begriffe purzelten durch seine Erinnerung: Impedanzen, Feldstärken, Magnetfelder, war da nicht auch die Rede von geophysikalischen Kontrasten gewesen, von Nanotesla pro Zentimeter und kooperativen Böden? Schon beim Gedanken an all die fremden Möglichkeiten wurde ihm leicht schwindelig.

»Materie erzeugt Schwingung. Auch Leichen sind Materie, und die hat Eigenschaften wie zum Beispiel Volumen, hat einen elektrischen Widerstand, ist nicht magnetisch«, hatte der Dozent gesagt. Damals war ihm das ziemlich pietätlos vorgekommen, aber im Grunde stimmte es ja. In dem Kurs hatte er doch einen alten Kollegen getroffen, der könnte ihm möglicherweise weiterhelfen. Vielleicht fand er auch Seiten mit vertiefenden Informationen zu diesem Thema im Internet, schöpfte er neue Hoffnung.

Als er später mit einem lauten Seufzen den Hörer auflegte, war er mehr als ernüchtert. Kostspielig sei das Verfahren und er könne nicht mit Sicherheit davon ausgehen, Martha Gräberts sterbliche Reste zu finden, ganz abgesehen davon, dass viel von der alten Dame ohnehin nicht mehr übrig sein könne. »Am ehesten finden Sie eine Gießkanne, einen alten Topf, das abgebrochenes Blatt einer Schaufel und allerhand andere Erinnerungsstücke im Boden. Sie wird Ihnen möglicherweise auch gar nicht den Gefallen getan haben, die Leiche komplett an einer Stelle beizusetzen.«

Schäfer dachte an seinen schon jetzt sehr gereizten Vorgesetzten und verschob den Einsatz der Technik auf einen späteren Zeitpunkt.

Und natürlich die Umgehungsstraße! Eine zweite Idee, die ihm beim Stöbern in den Bildbänden gekommen war. Als damals die Trasse geplant wurde, die den lästigen Durchgangsverkehr von der Innenstadt fernhalten sollte, hatte man einen Hubschrauber mit spezieller Kameratechnik ausgerüstet. Dabei waren Luftaufnahmen angefertigt worden, die den Verlauf der Straße für die Stadtverordneten und die betroffenen Bürger deutlich machten. Zahlreiche Einsprüche von Anwohnern und Umweltschutzgruppen hatten Kontrollaufnahmen über einen längeren Zeitraum notwendig erscheinen lassen. Allemal billiger als der Einsatz von Fremdtechnik, denn die Bilder gab es ja schon. Einen Versuch war es jedenfalls wert.

Im Baudezernat war man allenfalls überrascht. Freundlich suchte ein Praktikant die gewünschten Unterlagen aus diversen Schubladen und Schränken, breitete alle Fundstücke auf einem großen Tisch aus und zog sich diskret zurück.

Roger Schäfer bemühte sich, eine chronologische Reihenfolge herzustellen, ordnete die Bilder den fotografierten Straßen zu. Der Hubschrauber war im relevanten Planungszeitraum an mehreren Jahren hintereinander über das gesamte Gebiet geflogen. Bei jedem dieser Flüge hatte er Haus und Garten der Gräberts aufgenommen. In einem der Nachbargärten waren sogar die zum Trocknen aufgehängten Spitzendessous deutlich zu erkennen.

»Aber, Frau Lehmann! Solche Wäsche?«, lachte Schäfer und beugte sich noch tiefer über die Bilder.

»Na, dann wollen wir doch mal sehen«, murmelte er gespannt. Ein Leichnam, der verwest, gibt einen guten Dünger für seine Umgebung ab, wusste er. Doch ihn in die Erde zu bringen, wäre im Garten der Gräberts ein ziemliches Problem geworden. Wildwuchs überall. Marianne Gräbert hätte zunächst einmal eine Stelle roden müssen, den Boden von Wurzelwerk befreien. Er würde also nach großräumigeren Veränderungen forschen müssen – und nach Pflanzen, die wegen der Extraportion organischen Materials auffällig üppig gedeihen konnten. »Es müsste doch mit dem Teufel zugehen, wenn ich die auf den Bildern nicht finden könnte!«

Und tatsächlich! Es gab eine solche Stelle. Schäfer atmete zufrieden auf. »Ein Rosenbeet! Typisch.« Aus der zeitlichen Reihenfolge war zu ermitteln, in welchem Jahr das Beet angelegt worden war. Mai 1983! Bild neben Bild ließ erkennen, dass diese Rosen weit üppiger gediehen waren als vergleichbare Pflanzen in einem der anderen Gärten.

»Da hast du sie also verscharrt, mein altes Mädchen! Auch wenn du dich schon nicht mehr an deine Mutter erinnern kannst – der Boden hat in diesem Fall ein gutes Gedächtnis.« Voller Tatendrang fuhr er ins Büro zurück.

Die neuen Hausbesitzer, eine Familie Brettschneider, staunten nicht schlecht, als Roger Schäfer ein paar Tage nach seiner Entdeckung bei ihnen klingelte.

»Tut mir leid. Wir vermuten in Ihrem Garten den Leichnam der verschollenen Martha Gräbert. Diese Herren hier«, dabei deutete er hinter sich, wo einige Beamte mit geschulterten Spaten bereitstanden, »müssen das Beet neben der Linde dort umgraben.«

Frau Brettschneider griff wortlos und bleich nach den Jacken der drei Kinder. »Zieht euch an! Wir fahren zum Einkaufen!«, erklärte sie und schob kaum eine Minute später die nörgelnden Geschwister ins Auto, die enttäuscht den Polizisten nachsahen.

Schäfer hoffte, sie würde nicht umgehend die Presse informieren und dafür sorgen, dass sie ungebetene Zuschauer in Scharen bekamen.

Roger Schäfer beaufsichtigte die gesamte Aktion von der Terrasse des Häuschens aus. 25 Jahre waren ein langer Zeitraum. Eine Leiche zersetzte sich unter günstigen Bedingungen schon innerhalb von Monaten. Er hoffte darauf, wenigstens noch Reste von Knochen oder Zähnen zu finden – irgendein analysefähiges DNA-Material. Dann könnte Martha Gräbert doch noch anständig beigesetzt werden, blieb nicht länger anonym verscharrt. Die Beamten entfernten die Rosenstöcke und begannen damit, kraftvoll das Erdreich auszuheben.

»Wie tief?«, rief einer der Polizisten Schäfer zu.

»Spatentief!« Immerhin war die Tochter zum vermuteten Todeszeitpunkt der Mutter auch nicht mehr die Jüngste gewesen. Es erschien unwahrscheinlich, dass sie ein metertiefes Loch von entsprechender Größe hätte ausheben können.

Nichts.

»Dann versucht es mit einem Meter!«, wies er sie an, als sie auch bei zweimal spatentief nichts gefunden hatten. Womöglich war Marianne Gräbert mit 50 bis 60 eine kräftige, sportliche Frau gewesen. Doch auch in diesem Bereich fanden sich keine Hinweise darauf, dass hier jemand verscharrt worden war. Die Beamten würden am nächsten Tag erneut kommen und weitergraben, informierten sie den Familienvater und zogen ab.

Martha Gräbert ist bis heute verschwunden. Marianne Gräbert starb ein halbes Jahr nach ihrem Umzug in das Pflegeheim an den Folgen ihrer Demenz, ohne das Geheimnis um das Verschwinden oder den Tod ihrer Mutter aufgeklärt zu haben.

Geophysikalische Methoden nutzen aktiv oder passiv die Veränderung eines Signals aus dem Boden. Die entstehenden grafischen Darstellungen können von Fachleuten ausgewertet und interpretiert werden – je nach Fragestellung kommen unterschiedliche Verfahren zum Einsatz.

GEORADAR: Siehe ›Leichenwasser‹, S. 120

LUFTBILDAUSWERTUNG: Luftaufnahmen können von einem entsprechend präparierten Flugzeug, Hubschrauber, Zeppelin oder Heißluftballon gemacht werden. Dabei kommen, je nach Auftrag und Fragestellung, unterschiedliche Kameras und Computerprogramme bei der Auswertung zum Einsatz.

Generell werden Luftbildaufnahmen genutzt, um große Räume in ihrer Entwicklung zu beobachten, zum Beispiel um Veränderungen der Vegetation bei Eingriffen ins Ökosystem feststellen zu können, aber auch, um Subventionsschwindel auf die Spur zu kommen (von Bauern gemeldete Brachflächen, Kornfolge etc.) oder um die günstigste Variante für eine neue Trasse im Straßenbau festzulegen und neue Wohn- und Gewerbegebiete zu konzipieren.

Bei einer langfristig geplanten Überwachung von Veränderungen eines Lebensraumes greift man auf RotGrünBlau-Aufnahmen zurück. Besonders aussagekräftige Bilder erzielt man mit CIR-aufnahmen (ColoredInfraRed) zur Kontrolle der Vegetation. Gestresste Pflanzen liefern dunklere Farbtöne im Vergleich zu gesunder, kraftstrotzender Bepflanzung.

Aber selbstverständlich sind auch auf Echtfotos Eingriffe in Bebauung oder Struktur deutlich zu sehen. Zum

Beispiel Änderungen der Vegetation durch menschliche Eingriffe in einem definierten Areal.

LEICHENSPÜRHUNDE: Siehe ›Leichenwasser‹, S. 121

TÄTERFALLEN

»Paul? Pauhaul! Wo steckt du denn?«

Der Mann, den die Kollegen bei der KT (Kriminaltechnik) respektvoll Paule und die von der Schutzpolizei Trapper nannten, hob misslaunig den Kopf. Er schob den speckigen Lederhut hin und her, bevor er grantig fragte: »Hier! Wer will was von mir?«

»Ach, da steckst du! Dein Westernhut ist gerade noch zu sehen!«

»Und?« Paul Sommer reagierte empfindlich. Wie immer, wenn jemand auf seinen Hang zum Western anspielte. Filme gucken war für die meisten ja noch in Ordnung gewesen, der original amerikanische Hut, den er nur zum Schlafen absetzte, auch. Doch als neulich rauskam, dass er am Wochenende Line Dance … Da war das Getuschel in Gang gekommen. Jeder fühlte sich bemüßigt einen blöden Kommentar abzugeben, Paul hatte sich gewaltig darüber geärgert und war nun in Alarmbereitschaft.

»Was machst du denn da?«

Paul lugte über die Kante der Arbeitsfläche. »Aufräumen!« Er kam aus der Hocke hoch und runzelte die Stirn. »Hubertus Hauk. Du kommst doch nicht ohne Grund zu mir.«

»Messerscharf kombiniert«, lobte der Polizist, »ich bin stolz darauf, mit dir befreundet zu sein!« Hauk lehnte sich an eines der Regale und verschränkte die Hände über dem eindrucksvollen Bauch.

»Pass bloß auf, dass du mit nichts in Berührung kommst.

Du weißt schon, dass du sonst leuchtest wie ein Christbaum.«

»Ja, ja – schon klar. Deine Fallen sind mir schließlich nicht neu. Woran arbeitest du gerade?«

»An diesem Speditionsdiebstahl. Bei Kramer. Habt ihr doch aufgenommen, nicht? Zum dritten Mal in zwei Monaten sind Lastwagen voll mit ›Weißwaren‹ entwendet worden. Wenn ständig Trockner und Waschmaschinen gleich wagenladungsladungsweise verschwinden, hat die Versicherung irgendwann keine Lust mehr, den Schaden zu regulieren. Ist ja logisch. Die wittern dann Eigenverschulden oder – im schlimmsten Fall – Mitbeteiligung.«

»Was wohl bedeutet, dass die Spedition gern kooperiert hat«, grinste Hauk, der wusste, dass das nicht unbedingt immer der Fall sein musste.

»Yupp.«

»Na, eröffnet ja ganz andere Möglichkeiten, wenn die mit auf dem Klavier spielen. Hast du die Diebe geschnappt?«

»Was glaubst du?«

»Du hast! Sehe ich schon am Leuchten in deinen Augen. Fahrtenschreiber?«

»Genau. Haben wir unsere Modelle eingebaut. Den zweiten Fahrtenschreiber hat keiner der Fahrer bemerkt. Tja – und nach der Auswertung der Scheiben war alles klar.«

Über die Kleinarbeit verlor er kein Wort. Der Fahrer des einen LKW hatte seine Fracht 4,5 Stunden lang durch die Landschaft gekurvt, bevor er dann fast eine Stunde vor den Messehallen ›geparkt‹ hatte.

»Abladeort identifiziert?«

»Logisch. Und wir wissen auch, dass mindestens drei

Leute abgeladen haben müssen. Der Rest ist nicht mehr unser Bier.«

»Saubere Arbeit«, lobte Hauk.

»Hm. Du bist ja sicher nicht hier, um mich nach dem Anti-Knitter-Spülprogramm der Waschmaschinen zu fragen?«

Hauke wand sich. »Ich weiß ja, dass du viel auf deinem Schreibtisch liegen hast …«

»Was dich aber nicht davon abhalten wird, noch mehr draufzupacken!«, grummelte Paul.

»Na ja – wir haben schon wieder eine Anzeige gegen unbekannt aus dem Klinikum. Da gibt es mal wieder eine diebische Elster. Ist schlecht für das Arbeitsklima auf der Station, klar, aber auch fürs Image des Hauses, wenn die Patienten immerzu rumlaufen und allen erzählen, dass sie beklaut wurden, während sie gerade wehrlos auf dem OP-Tisch lagen oder mal eben zur Toilette waren!«

»Diebereien in überschaubarer Klientel sind immer ein Problem.«

»Eben. Tatsache ist auch, dass das schon länger so geht. Ich war gerade beim Chef der Verwaltung.«

»Wie lang?« Paul hatte schon einen Block und einen Stift in der Hand. Hauk registrierte zufrieden, dass der Freund eifrig mitschrieb.

»Seit Monaten. Mit schöner Regelmäßigkeit.«

»Warum haben die denn nicht gleich reagiert?«

»Gute Frage. Die habe ich auch gestellt. ›Ach ja, Polizei im Haus, das haben wir nicht so gern, ist ja für unsere Patienten nicht unbedingt beruhigend, wenn Beamte in Uniform auf der Station unterwegs sind‹ – du weißt schon, das Übliche. Dabei sind wir sowieso ständig dort, weil wir ja die Patienten nach Überfällen und so befragen müssen.

Also, um es kurz zu machen: Sie hatten einen konkreten Verdacht gegen einen jungen Arzt, der mittlerweile weg ist. Nach kurzer Pause haben die Diebstähle wieder angefangen.«

»Hm. Da scheint sich derjenige aber sehr sicher zu fühlen.«

»Nun, es ist eine geriatrische Station. Demenzkranke liegen dort natürlich auch. Vergesslichkeit ist allgemeines Problem unter den Patienten. Wenn man die befragt, wissen sie nicht, wann sie ihre Börse zum letzten Mal in der Hand hatten, ob und wie viel Geld drin war, oder die EC-Karte im Seitenfach steckte … Ist eben schwierig. Meist sind es die Angehörigen, die merken, dass was fehlt.«

»Ganze Börse weg? Nur ausgeräumt? Alles Geld – oder nur bestimmte Scheine? EC-Karte ebenfalls geklaut?«, fragte Paul im Stakkato.

»Geldbeutel sind in wenigen Fällen verschwunden, meist wurden nur Scheine entnommen, kleine, wenn große drin waren, hat der Täter sie stecken lassen. EC-Karten wurden nicht entwendet oder in den Fällen, in denen sie mit dem Portemonnaie verschwanden, nicht benutzt.«

»Gut.«

»Insgesamt handelt es sich um 17 Diebstähle! In sechs Monaten!« Hubertus Hauk spürte, wie ihm die Zornesröte bis unter den Scheitel stieg. »Polizei im Haus ist nicht gut fürs Image – aber einen Dieb kann man offensichtlich doch eine ganze Weile ertragen! Mann!«

»Ach, Hubertus. Ihr seid eben leicht zu erkennen. Grün wie Fröschlein zwischen den weißen Kitteln. Und bewaffnet! Schau, wenn die Bösen verpflichtet wären Schwarz zu tragen, würden sie auch viel mehr auffallen! Vielleicht kann man da mal ein Gesetz …« Paul Sommer grinste.

»Bald ist Ostern. Du weißt selbst, dass vor den Feiertagen die Quote immer ansteigt. Kannst du nicht gleich mitkommen? Du hättest was gut bei mir!«

»Hubertus! Bei dir habe ich schon so viel gut, das kannst du bis an unser beider Ende nicht mehr abgelten!«

»Paule – ich sehe doch, dass du längst Feuer gefangen hast. Gib deinem Jagdtrieb lange Zügel und komm!«

»Muss ja klappen, wenn ich mit einem auf die Jagd gehen soll, der Hubertus heißt!« Paul rotierte einmal um die eigene Achse. Seine grauen Augen huschten wieselflink über Regale und Schränke. Hinter seiner Stirn fasste er zusammen, was er benötigen würde. »Na gut. Weil du so lieb bittest. Ich brauche Geld!«

»Ich auch!« Hauk schmunzelte triumphierend. Er hatte es doch gewusst, Paul würde schon anbeißen!

»Die übliche Stückelung. Je zweimal Fünf-, Zehn-, Fünfzehn und Zwanzigeuroscheine. Bring die vorbei und wir legen los.«

Hubertus nickte dem Freund zu und stürmte die Treppe im LKA hinunter. »Fünf, zehn, fünfzehn und zwanzig Euro. Das dürfte ja nun kein Problem sein!« Er stutzte. »Mann! Dieser Scherzkeks! Hat er mich doch schon wieder geleimt. Fünfzehneuroscheine. Ha! Ha!« Typisch Paul, wenn der gute Laune hatte, musste man mit allem rechnen. Bloß gut, dass er die Bestellung nicht schon telefonisch durchgegeben hatte. Glück gehabt!

Als Hubertus nach zwei Stunden wieder bei Paul antrabte, hatte dieser bereits seine Zauberflüssigkeiten vorbereitet.

»Hier. Ich hab schon mal die Anreibung hergestellt.«

U-Acetat, las Hubertus auf der Pulverflasche. Aha,

dachte er, nun bin ich der Einzige, der wenigstens einen der Fangstoffe mit Namen kennt.

Für die Schutzpolizei gab es keine chemischen Bezeichnungen. Sie erfuhren nur, dass Fangstoff 1, Fangstoff 2 oder Fangstoff 3 zum Einsatz kommen sollten. Sommer hatte jede Menge dieser Fallenmaterialien und machte ein großes Geheimnis um deren Zusammensetzung.

»Ich habe diese Zusammensetzung gewählt, weil das mit der Falle ja nur funktioniert, wenn mein Stoff normalerweise an jenem Ort nicht vorkommt. In einem Krankenhaus mit jeder Menge Chemie überall muss man das gut planen, sonst haben wir am Ende gar nichts erreicht, aber alles verraten!«

»Klar«, stimmte Hauk zu, das war einzusehen.

Früher hatte Paul Sommer gern Ninhydrin oder Pyrogallo verwendet. Doch seit klar war, dass Ninhydrin krebserregend und Pyrogallo zu unspezifisch war, weil es sich bei Kontakt mit Sauerstoff viel zu bereitwillig braun verfärbte, konnte er die beiden natürlich nicht mehr einsetzen. Aber glücklicherweise stand ihm ja ein ganzes Arsenal anderer Substanzen zur Verfügung: Auramin, Fuchsin … Paul nahm einen kleinen Karton mit Geldbörsen aus dem Schrank, verkündete: »Ich hab da schon mal was vorbereitet!«, und lachte breit über diesen Hobbythek-Spruch von Jean Pütz. Zum Schluss drückte er Hubertus Hauk noch ein Knäuel Einweghandschuhe in die Tasche. »Du weißt schon: Sonst wirst du am Ende noch als unser Täter abgeführt!«, gab er ihm freundschaftlich mit auf den Weg.

Schon am nächsten Vormittag kam der Anruf. »Eine der Börsen ist echt weg. Liegt nicht mehr auf dem Nachttisch.«

»Ha! Bin schon auf dem Weg. Du bist doch vor Ort, oder? Ich kann ja schließlich niemanden festnehmen, da braucht es schon einen von der Exekutive!«

»Logisch. Ich warte beim Verwaltungsdirektor auf dich. Herrn Franz Jülich.«

Rasch griff Paul Sommer nach seinem ›Hebammenköfferchen‹. Durchaus passend für einen Einsatz im Klinikum, fand er, und fuhr dorthin.

Kaum eine halbe Stunde später saß er in einem lichtdurchfluteten Raum. Alles war unnatürlich aufgeräumt, jedes Ding schien einen festen Platz zu haben, selbst auf dem Schreibtisch herrschte penible Ordnung. Sommer waren Leute mit so ordentlichen Schreibtischen von jeher verdächtig. Wer arbeitet, lebt immer eine wenig im Chaos, war sein Leitspruch. Der Verwaltungschef zögerte. Paul Sommer kannte diese Phase. Und sie nervte ihn gewaltig. Ungeduldig wippte er mit dem rechten Fuß, während der Mann ihm auseinanderzusetzen versuchte, warum man nun doch besser nicht gegen den Dieb vorgehen sollte.

»Ich glaube, wir können das hier abkürzen!«, fiel er ihm ins Wort. »Es ist im Grunde sehr einfach. Sie müssen sich entscheiden, ob Sie weiterhin einen Dieb dulden wollen, der langfristig dem Image des Klinikums mehr schaden wird, oder ob ich nun den Kerl identifizieren soll, samt einem eventuellen Artikel in der lokalen Presse über die Ergreifung des Täters.«

»Wollen Sie wirklich einen Straftäter dulden?«, setzte Hauk erstaunt nach. »17 Mal hatte er schon Erfolg!«

»Na gut – aber verhalten Sie sich so unauffällig wie nur möglich! Es muss ja nicht gleich jeder mitkriegen, dass jemand festgenommen wird!«, stimmte Herr Jülich unglücklich zu.

Noch haben wir ihn gar nicht, dachte Paul und setzte siegessicher hinzu: Aber gleich.

Die Modalitäten der Befragung waren fix geklärt.

Paul Sommer würde als Mitarbeiter der Abteilung Arbeitsschutz vorgestellt, der im Auftrag des Klinikums nach Verletzungen an den Händen der Mitarbeiter suchte, um gegebenenfalls andere Handschuhe zu bestellen. Der Trapper mit Lederhut, Weste und Cowboystiefeln entsprach dabei vielleicht nicht unbedingt den Vorstellungen der Mitarbeiter, da aber niemand so genau wusste, was man in dieser Abteilung tatsächlich erforschte oder entschied, war das wohl zweitrangig.

Ihm wurde ein kleiner Besprechungsraum zugewiesen – Paul Sommer brachte seine Schwarzlichtlampe in Startposition. Die Tür zum Nebenraum blieb angelehnt, so konnte Jülich Ohrenzeuge der Gespräche werden. Die Klinikverwaltung wies die Stationsschwester an, nach und nach jeden Kollegen in diesem Raum vorbeizuschicken.

Susanne, der Sonnenschein der Station, war die erste.

»Haben Sie sich in letzter Zeit Verletzungen während der Arbeit zugezogen?«

Susanne betrachtete prüfend ihre schmalen Hände. »Nein?«, antwortete sie unsicher.

»Sehen Sie, es ist wichtig, dass die Handschuhe, die wir einsetzen, unser Personal auch effektiv schützen. Sollten sie bei der geringsten Belastung reißen oder keinerlei Widerstand bieten, wechseln wir den Anbieter. Wir wollen ja nicht, dass sich jemand infiziert.«

Susanne nickte. Drehte ihre Hände im Licht des Fensters hin und her, zog die Augenbrauen hoch, überlegte angestrengt. Schließlich wollte sie keine falsche Antwort geben. Doch dann rang sie sich endlich durch. »Nein. Ganz sicher nicht!«

»Gut!«, ließ Paul sie wissen. »Danke.«

So erging es ihm auch bei den nächsten Mitarbeitern. Keiner konnte sich an eine Verletzung oder gar größere Wunde erinnern.

»Nee! Ick hab mir nich verletzt. Schon ewig nich mehr. Ick pass da jut auf, man weiß ja nie, wat man sich da wechholt.«

»Sind Sie sicher?«

»Aber logisch. Det müsst ick ja wohl am besten wissen.«

»Darf ich mal sehen?«

Lächelnd überließ die Schwester dem fremden Mann ihre Hände.

»Da, da ist ein winziger Ritz.«

»Wo?« Klara guckte genau hin. »Tatsache. Da is wat. Aber det is ja so winzig, dat is kein Problem.«.

»Behalten Sie das aber sicherheitshalber im Auge«, warnte der Trapper ganz rollenkonform. »Wenn sich die Wunde in den nächsten zwei Stunden entzünden sollte, kommen sie, ohne zu zögern, wieder zu mir.«

Klara nickte verunsichert und huschte eilig durch die Tür.

»Die nächste, bitte!«, rief sie der Kollegin schnell zu und war schon über den Gang verschwunden.

Viola Bruch sah aus, als wünsche sie sich weit weg von Sommer und diesem Raum. Die junge Frau wirkte seltsam. Sommer hätte nicht sagen können, woran er das festmachte – sie war einfach nicht wie die anderen. Bauchgefühl.

Beiläufig begann der Trapper ein Gespräch mit ihr.

»In den letzten Monaten soll ja ziemlich viel Geld verschwunden sein. Ist ja sicher nicht angenehm, auf einer solchen Station zu arbeiten. Da verdächtigt jeder jeden, oder?«

Viola antwortete empört: »Na, stellen Sie sich mal vor, die bezeichnen uns schon als Klaustation! Toller Titel! Da muss man vorsichtig sein, wenn man mal einem Patienten das Geld für dic Telefonkarte aus dem Geldbeutel klaubt.«

Der Trapper zog die Schwester ins Vertrauen. »Ich bin gar nicht vom Arbeitsschutz. Ich komme von der Polizei. Vielleicht können Sie mir bei meinen Ermittlungen ein bisschen weiterhelfen?«

Ihr Augenaufschlag: unschuldig und harmlos. »Würde ich ja gern. Schon weil Sie so ein schmucker Mann sind. Aber leider habe ich gar nichts davon bemerkt – nur immer das Gezischel hinterher.«

»Haben Sie selbst auch schon mal Geld von Patienten aufgehoben und auf den Nachttisch zurückgelegt? Fällt ja gelegentlich was runter, ohne dass der Patient etwas davon bemerkt.«

»Ist mir nicht erinnerlich.«

Aha, jetzt mauert sie mit Worten. »Sie haben mir beim Reinkommen Ihre Hand gegeben.«

»Und Sie haben keine Wunde entdeckt!«

»Hätte ich denn eine finden sollen?« Mann, dachte Sommer, wenn uns einer hört, glaubt der sofort, das ist ein heißer Flirt. Viola schien es nicht zu stören und den Direktor im Hintergrund hatte er fast vergessen.

»Keine Verletzung – nicht mal ein Kratzer.« Sie wedelte fröhlich mit ihren Händen durch den Raum.

Paul Sommer griff zu. Sah ganz genau hin – und meinte

dann: »Dies Verfärbungen hier, wo kommen die denn her?«

Viola zog ihre Finger zurück und guckte interessiert auf die kleinen Flecken. »Was weiß ich denn, was das ist«, pampte sie und formte einen Schmollmund.

»Braunschwarz?«

»Hier kommt man mit allem Möglichen in Kontakt. Vielleicht ist es ja auch von den Walnüssen, die ich geknackt habe. Kann doch sein!«

Aha, Erklärungsdruck, dachte Sommer, ich bin auf der richtigen Fährte! Er wusste natürlich genau, dass dieser schwarzbraune Farbton nicht von Nüssen kam – der stammte von seinem Fangstoff! Ziemlich lang anhaftend, das wusste er aus eigener Erfahrung. Er musste seine Hände mit Bimsstein bearbeiten, um das Zeug wieder abzubekommen, wenn er aus Versehen mal in Kontakt damit gekommen war. Da ging die Haut immer gleich mit ab.

»Sie haben einen Garten?«

»Nein. Wir haben für einige der Patienten Nüsse geknackt. War ein Geschenk von Frau Wagner, die hat Walnussbäume.«

»Hat außer Ihnen noch jemand mitgeholfen?«

»Ja, Anne, unsere Stationsschwester.«

Doch als Sommer die Hände von Anne überprüfte, fanden sich daran keine Verfärbungen.

»Sehen Sie, Frau Bruch, das ist ja sonderbar«, sagte er zu Viola, nachdem er sie wieder hereingebeten hatte. »Nur an Ihren Fingern finden sich die Flecken. Und schauen Sie mal, die sehen aus wie die an meinen Händen.«

»Ach, Sie haben auch Nüsse geknackt?«, erkundigte sie sich mit übertrieben überraschtem Augenaufschlag.

»Nein. Ich habe die Geldbörse präpariert, aus der heute Geld entwendet wurde. Diese Flecken hinterlässt mein Silbernitrat.«

Viola Bruch schlug sich mit der flachen Hand vor die Stirn und lachte. »Aus Zimmer 16? Die habe ich heute früh aufgehoben, als die Patientin sie beim Aufstehen vom Nachttisch geschubst hatte! War mir ganz entfallen! Ich habe sie in die Schublade gelegt und der Patientin in den Rollstuhl geholfen, damit der Transportdienst sie zum Röntgen und EKG fahren kann.«

Das hilft dir jetzt auch nicht mehr, überlegte Sommer, ich habe dich. »Ziemlich leichtsinnig, auf einer Station, wo so viel abhandenkommt, denken Sie nicht? Da gerät man ja sofort unter Verdacht, wenn man dabei beobachtet wird.«

»Mag sein!«, reagierte die Schwester schnippisch. »Aber damit ist ja wohl geklärt, wie Ihr Silberdings«, sie warf ihm einen bösen Blick zu, »an meine Hände kommen konnte!«

»Bleibt nur noch eine offene Frage. Und die Antwort darauf findet Herr Hauk jetzt für uns. Das ist der Polizeibeamte, der draußen wartet.«

Paul Sommer öffnete die Tür und flüsterte dem Beamten etwas zu. Dann kehrte er an den Tisch zurück und schwieg. Viola begann, nervös an Ihren Fingern zu reiben.

»So kriegen Sie das nicht ab.« Paul grinste.

Wenig später trat Hauk kurzatmig ein. In der Hand einen Zwanzigeuroschein. »Du hattest mal wieder den richtigen Riecher. Hier ist der Fünfzehneuroschein«, feixte Hauk. »In der Mensa. Ich habe mit der Dame an der Kasse getauscht.«

Mit einer ruhigen Bewegung hielt Sommer die Schwarzlichtlampe über den Schein. Der leuchtete! Strahlend blau!

»Und was soll das nun wieder beweisen? Sie mit Ihren albernen Zaubertricks! Den Schein kann doch jeder zum Bezahlen benutzt haben!«

»Ja. Jeder, dessen Finger im Licht der Lampe hier blau leuchten, denn das Geld aus dem Portemonnaie war ebenfalls präpariert. Darf ich mal?«

Viola betrachtete nun zum x-ten Mal ihre Finger. Nichts zu sehen.

Selbstbewusst streckte sie die Hände über den Tisch, Sommer hielt mit der Lampe darauf, die ein fahles UV-Licht ausstrahlte.

»Drehen Sie bitte die Handflächen nach oben.«

Alles blau! Der Verwaltungschef zischte wütend hinter der Tür und rauschte mit wehendem Sakko herein. Als Paul Sommer ihm einen prüfenden Blick zuwarf, befand er, dass der Mann verflixt krank aussah.

»Wie konnten Sie nur?«, fragte er mit bebender Stimme. »Wie konnten Sie nur?«

Hubertus Hauk zwinkerte seinem Freund zu – ein starkes Team, wir beide, sollte das wohl heißen, erschloss sich Paul und zwinkerte zurück. Die weitere Arbeit überließ der Kriminaltechniker der Polizei. Am Nachmittag brachte Hauk den Rest der präparierten Scheine zurück.

»Na, haben wir doch gut hingekriegt, du Ferkel!«, begrüßte ihn der Freund.

»Ferkel? Ich? Ey, wir haben gerade einen Fall super geklärt – und du meinst, nun…«

»Pump dich nicht so auf«, lachte Paul. »Zeig mal deine Hände.«

»Überführt!«, staunte Hauk, als er alle Finger blau leuchten sah.

TÄTERFALLEN/FANGSTOFFE: Fangmittel dienen dazu, einen Zusammenhang zwischen Täter, Tatort und Tat herzustellen – auch dann, wenn es keinen Zeugen gibt. Manche Stoffe reagieren sofort, andere mit Zeitverzögerung. Es kommen selbstverständlich nur Substanzen zum Einsatz, die nicht gesundheitsschädigend wirken. Es gibt mechanische, chemische, optische und elektronische ›Fangtechniken‹.

Chemische Fangstoffe werden in der Kriminaltechnik verwendet, um nachzuweisen, dass der präparierte Gegenstand von einer oder mehreren Personen angefasst oder gestohlen wurde. Für einen Täter ist der Fangstoff in der Regel nicht zu erkennen: Er ist weder zu sehen, zu riechen noch zu ertasten. Die chemischen Fangstoffe leuchten unter einer UV-Lampe. Diese Eigenschaft der Chemikalien wird als Fluoreszenz bezeichnet. Es gibt diese Fangstoffe in unterschiedlichen Farben, um auch den Weg von Diebesgut verfolgen zu können. In sehr vielen Fällen werden Gelddiebstähle auf diese Weise aufgeklärt, weil sich ein zuvor präparierter und dann entwendeter Geldschein mittels UV-Licht sehr leicht identifizieren lässt. Auch an Händen und Kleidung des Täters kann der Fangstoff sichtbar gemacht werden.

In der Regel werden keine reinen Chemikalien verwendet. Zur besseren wie sichereren Übertragung stellt man sogenannte Anreibungen, eine Mischung aus Streckungsmittel und Fangstoff, her.

Die meisten der Fangmethoden sind in Kombination anwendbar.

SILBERNITRAT: wurde früher in der Medizin zum Verätzen von Wunden oder Entfernen von Warzen verwendet. Silbernitrat (aus dem Salz der Salpetersäure) färbt Proteine bräunlich bis braun-schwarz ein. Es ätzt dabei nicht nur die Haut, sondern kann ebenfalls auf Papier zum Nachweis von Fingerabdrücken verwendet werden, da Schweiß Eiweißbestandteile enthält.

»Du, Paul, vorhin hat einer ’ne Akte für dich vorbeigebracht. Liegt auf deinem Schreibtisch!«

Sommers Adrenalinpegel stieg. »Ist vielleicht zu diesen Diebstählen. Computer und Bürotechnik!« Mit langen Schritten durchquerte er das Büro und schlug den Pappordner auf. Enttäuscht las er, dass die Täter entkommen waren. »Scheiße!«, fluchte er herzhaft. »Die haben’s versemmelt!«

»Wer hat was versemmelt?«, fragte Hubertus Hauk und streckte neugierig seinen Kopf vor.

»Deine Kollegen. Dann nützen auch meine Fallen nichts. Ein bisschen müsst ihr schon auch erledigen!«

Hubertus zog rasch den Kopf wieder ein.

»Dabei hatte ich das System der Gruppe schnell durchschaut – die waren zwar der Meinung, sie seien unglaublich klug, aber das denken Verbrecher ja gern von sich!«

Hauk drehte sich zur Seite, damit der Freund sein Grinsen nicht sehen konnte.

Paul Sommer war so richtig in Fahrt gekommen. »Ziemlich geschickt. Drei Gruppen. Die ersten schaffen den Zugang, beginnen direkt mit dem Ausräumen, Trupp B übernimmt und ›erschließt‹ sich alle anderen Räume des Lagers, gibt die notwendigen Informationen an Gruppe C weiter, die dann wissen, welche Räume sie leeren sollen. Generalstabsmäßige Planung! Die Bürotechnik einzusacken war ein Teil des Konzepts, weißt du? In Wahrheit waren die auch an ganz bestimmten Dingen aus dem Lager interessiert: Sportbekleidung. Und natürlich haben sie nicht jede genommen, nein, die wussten genau, was sie wollen! Nike, Adidas, Puma. Tja, der Spezialisierungseifer geht bis in die kriminellen Kreise!«

»Und, was ist passiert?«

»Es gibt gar nicht so viele Speditionen in unserer Gegend, die diesen Ansprüchen ›unserer Klientel‹ genügen. Ich habe eine ausgewählt, meine elektronische Falle installiert.«

Hubertus zog eine Augenbraue hoch.

»Du willst wissen, welche? Na ja«, Paul tat bescheiden, »es war ganz einfach. Ich habe dafür gesorgt, dass die Telefonanlage das Präsidium im Falle eines Einbruchs verständigte. Hat auch reibungslos geklappt, wir kriegten alle Informationen auf den Schirm – sogar in welcher Lagerhalle die Kerle sich gerade aufhielten.«

»Toll, gratuliere! Dann verstehe ich aber nicht, wieso du meinst, die Sache sei versemmelt worden. Hat doch alles funktioniert.« Hauk sah den Freund verständnislos an.

»Hätte! Es hätte alles funktioniert!« Pauls Hände griffen in die Luft, als wolle er einem unsichtbaren Gegner an die Gurgel gehen. »Doch ihr schickt mir einen Streifenwagen mit Frischlingen! Und was machen die? Fahren mit Sondersignal und Blaulicht bis direkt vor die Tür! Mit quietschenden Reifen – wie im Kino! Die Bande hat nicht lang genug gewartet, um sich dieses Schauspiel zu gönnen!«

»Komm, wir gehen einen Kaffee trinken. Ich lad dich ein, du hast ja bei mir so viel gut, wie du selbst festgestellt hast«, feixte Hauk. »Dann legt sich dein Ärger wieder. Ich verstehe ja, dass du sauer bist. Solche Idioten! Mit Sonderrechten! Signal und Blaulicht! Das hat für die ganz bestimmt noch ein Nachspiel, Paul, das passiert denen in ihrem ganzen Polizistenleben kein zweites Mal!«

Paul Sommer warf einen kurzen Blick auf die Uhr. »Gebongt! Ich habe noch eine halbe Stunde, dann muss ich los.«

»Ein neuer Einsatz für Trapper Paule?«

»Ja. Kabelklau. Bei der Lausitzer Spreewaldbahngesellschaft. Die wollen eine Privatstrecke betreiben und sind gerade mitten in den Arbeiten. Bin mal neugierig, was die mir erzählen werden.«

»Sehen Sie, Herr Sommer, wir betreiben eine Industriebahnstrecke. Auf 7,3 Kilometern. Unsere Lokführer lieben die Trasse, die neuen Loks sind leise, leicht zu bedienen – und dazu noch kostensparend. Eigentlich alles bestens.« Herr Neumann seufzte tief. Gramfalten zogen sich von den Nasenflügeln zu den Mundwinkeln, dunkle Schatten lagen unter seinen Augen.

Paul Sommer wartete.

»Und nun wollten wir eine ganz neue Trasse bauen. Diesmal über 17,3 Kilometer.« Neumann stockte. »Und dann das! Kabelklau!«, brach es unvermittelt aus ihm hervor. »Dabei haben wir so viel unternommen, um diese miesen Gauner fernzuhalten. Jeder weiß ja, wie wertvoll Kupferkabel sind. Die Beratungsstelle der Kriminalpolizei hat empfohlen, und wir haben reagiert: neue, schwere Türen eingebaut, alles mit speziellen Schlössern gesichert, eine Alarmanlage einbauen lassen – und doch hat all das nichts genützt!«

»Die Diebe kamen trotzdem rein?«

»Das muss von langer Hand vorbereitet gewesen sein! Die waren so geschickt, dass wir den Diebstahl zunächst gar nicht bemerkt haben! Dieses Lager in Blaubach ist so gut gesichert, dass wir nicht im Traum daran dachten, es sei zu knacken. Sie kommen ja nicht einmal unbemerkt an das Objekt ran. Bewegungsmelder reagieren sofort, alles wird taghell. Allein die Videoanlage hat fast 30.000 Euro gekostet. Sensoren im Eingangsbereich, eine Infrarotschranke – wir haben wirklich weder Kosten noch Mühen gescheut.«

»Wie sind die Diebe dann reingekommen?«, fragte Sommer interessiert, obwohl er schon eine ziemlich genaue Vorstellung davon hatte, wie die Bande das bewerkstelligt haben könnte.

»Die Kerle sind von hinten ran. Leichtbauhalle. Die müssen sich mit dem Bausystem ausgekannt haben. Haben einfach einzelne Wandelemente rausgenommen, war so einfach zu öffnen wie eine Fischbüchse!«

»Von der Seite waren Sie nicht so gut auf potenzielle Einbrüche vorbereitet.«

»Nein! Und das müssen diese Gangster gewusst haben! Die Wandelemente haben sie nach jeder Tour ordentlich wieder eingesetzt, deshalb haben wir zunächst nichts bemerkt!« Das zuvor blasse Gesicht des Geschäftsführers hatte sich ungesund rot verfärbt.

»Wie viel wurde denn insgesamt erbeutet?«

»Die haben etwa 50 Prozent unseres Lagers geplündert! Signalkabel, insgesamt drei Tonnen! Das bringt richtig Geld!«

»Ist irgendetwas davon im Schrotthandel aufgetaucht? Das hat die Polizei doch sicher schon überprüft?«

»Nichts! Wahrscheinlich wurde alles über die Grenze in Nachbarländer geschafft. Haben Sie gewusst, dass man Maschinen zum Abisolieren sogar bei Ebay kaufen kann?

Sie investieren bis maximal 800 Euro. Das rechnet sich natürlich, bei den Preisen, die im Moment für Blankmaterial gezahlt werden!«

»Ja – sieht nach einem hübschen Reingewinn aus. Sie sagen, es wurde mehrfach eingebrochen?«

»Wir schätzen, so drei- bis viermal. Geklaut haben die immer so um die 700 bis 1.000 Kilogramm Kupferkabel. Es ist unglaublich!«

Paul Sommer überlegte. Diese Mengen waren alles andere als belanglos. »Und nun haben die Diebe auch hier in Ihrem Lager in Brandenburg zugeschlagen?«

»Ja. Beute etwa eine dreiviertel Tonne.«

»Ich melde mich in den nächsten Tagen wieder bei Ihnen. Ich würde mir den Tatort gern selbst ansehen, um mir ein Bild machen zu können. Ich rufe sie an.«

Während Paul zu seinem Wagen zurückging, überlegte er schon, welche nächsten Schritte einzuleiten waren. Woher wussten die Diebe überhaupt, dass es in der Halle etwas zu klauen gab?, war stets eine der ersten Fragen, die sich in einem solchen Fall aufdrängten. Insiderwissen? Gab es einen Tippgeber direkt aus der Firma oder unter den Lieferanten? Wenn die Halle ausbaldowert werden musste, ließen sich womöglich Spuren des heimlichen Beobachters finden? Er konnte das Stöhnen der Kollegen jetzt schon hören, wenn er ihnen vorschlagen würde, mehrere hundert Quadratmeter nach weggeschnippten Zigarettenkippen oder Papiertaschentüchern abzusuchen, wobei allen klar war, dass Fundstücke gar nicht unbedingt mit dem Fall zu tun haben mussten.

Ein anderes Problem war natürlich der Abtransport dieser eher unhandlichen Beute. Eine Rolle Kupferkabel konnte man schließlich nicht in der Hosentasche vom Platz tragen! Ein Transportmittel war notwendig. Auto, LKW, was kam noch infrage? Und überhaupt: Kein Schrotthändler würde eine Tonne von dem Zeug aufkaufen, ohne einen Zuschlag für die Hehlerei zu verlangen – Kosten, die mit eingeplant werden mussten. Ein regelmäßiges Geräusch störte seine Gedanken, ein penetrantes Dudeln. Es dauerte eine Weile, bis Paul Sommer bemerkte, dass es sich um den Klingelton seines eigenen Handys handelte. Er runzelte missbilligend die Stirn. Seine Nummer war geheim, wer also …?

Einbruchsdezernat.

»Wir wurden heute Morgen über den Diebstahl von Kupferkabel am Bahnhof Kaltheim informiert. Paul, wir bräuchten dich hier vor Ort. Wo bist du denn gerade?«

Paul orderte sein Tatortfahrzeug und schmunzelte in Vorfreude auf das gute Essen, das er diesmal bei dem Vietnamesen genießen würde, dessen kleines Lokal beim Bahnhof Kaltheim um die Ecke lag – die beste vietnamesische Küche außerhalb des Landes!

»KOK Liebscher«, stellte sich der Einsatzleiter vor, der seine Überraschung über den Aufzug Sommers kaum verbergen konnte. Irgendwie hatte er sich den Fachmann der KT 5.1 für Täterfallen völlig anders vorgestellt.

»Heute früh um 7 Uhr, direkt bei Dienstbeginn, hat die Bahn den Diebstahl gemeldet. Dort drüben«, Liebscher wies vage in die gegenüberliegende Richtung, »auf Gleis 41 stand der Rungenwagen mit dem Kabelmaterial über Nacht, denn es sollte gleich am Morgen zur Strecke nach Lehnitz. Der ganze Waggon – leergemacht. Dabei ist sogar eine Kontrollstreife gefahren geworden, alle zwei Stunden ist ein Funkwagen hier vorbeigekommen. Letztes Abfahren um 4 Uhr.«

»Moment!«, unterbrach ihn Sommer. »Wenn alle zwei Stunden eine Funkstreife hier kontrollieren sollte, war das doch um 6 Uhr zum letzten Mal!«

»Ja, stimmt schon. Aber der Wagen wurde unterwegs von einem Bürger angehalten, der von einer üblen Schlägerei berichtete. Natürlich haben die beiden Beamten übernommen. Zwei Streithähne, ausländischer Herkunft, die zunächst ihre Ausweispapiere nicht vorweisen konnten. Glücklicherweise fanden sie letztlich doch, als die Kollegen ihnen drohten, sie auf die Wache mitzunehmen, um dort die Identität feststellen zu lassen. So erschienen die Kollegen deutlich verspätet an der Ladestraße. Da waren die Laderinge schon verschwunden. Natürlich ist hier eigentlich die Bundespolizei zuständig. Ah – da kommt er ja auch schon. Guten Morgen, Herr Blohm.«

KHK Blohm brachte neue Informationen ein. Der Bahnvertreter hatte inzwischen erklärt, dass dies nicht der erste ›Vorfall‹ dieser Art in Kaltheim war.

»Ist wohl ungefähr drei Wochen her. Da hatte die Bahn am Ende der Ladestraße eine Trommel Kabel mit Abrollvorrichtung stehen. Zum größten Teil schon verarbeitet, war nur noch ein Rest übrig. Die Diebe hatten sich einen uneinsehbaren Platz hinter dem alten Stellwerk ausgesucht, das Ende dahinter gezogen, langsam abgerollt und zerschnitten. Abschnitte von etwa zwei Metern, nimmt man an. Keiner hat was bemerkt. Schaden 200 bis 300 Euro.«

»Tricky!«, kommentierte Sommer knapp.

»Auch die Strecke Magdeburg–Berlin ist offensichtlich beliebtes Ziel der Bande. In taktarmen Zeiten, also nach 22 Uhr. Kabelbrücke eingebaut, Oberleitung durchtrennt, zweite Brücke und ab durch die Mitte mit 100 Meter

Oberleitung. Alle bisher bekanntgemachten Diebstähle fanden in der Nähe von Bahn-Baustellen statt. Das ist der momentane Stand.«

Paul Sommer zuckte mit den Schultern. »Für mich ist hier nichts mehr zu tun. Nach einem Raub ist es für die Täterfalle zu spät. Die bringen wir ja prophylaktisch an. Schicken Sie mir die Akten, ich überlege dann, wo wir einen Einsatz planen können.« Verabschiedete sich freundlich und machte sich dann auf den Weg zu ›seinem‹ vietnamesischen Restaurant.

Am Nachmittag stand plötzlich Hubertus Hauk in der Tür. »Ich bin der Bote. Du wolltest Akten zum Kupferkabelklau!«, verkündete er und schwenkte keuchend einen dicken Stapel durch die Luft. »Kaffee?«

»Du glaubst, du kannst deine Schuld bei mir durch Kaffee abarbeiten?«, lachte Paul, stellte aber fest, dass er solch einen kleinen Anschub nach dem guten Essen brauchen könnte, und ließ sich überreden.

Der weitere Nachmittag gehörte ganz dem Studium der Unterlagen. Während er las, notierte er sich einige zentrale Fragen. Warum fanden die Diebstähle immer in Baustellennähe statt? Welches Fahrzeug wurde verwendet? ›Baustellenfahrzeug‹ schrieb er dahinter, mit Ausrufezeichen. Schließlich sollte der illegale Transport ja nicht auffallen. Wie hatten die Diebe das Verladen und Wegschaffen bewerkstelligt? Nicht in Handarbeit, überlegte Paul, das war bei den Mengen nicht möglich. Offensichtlich gab es keinerlei Hinweise darauf, dass der lokale Schrotthandel involviert war.

Hatte man die Kabel über die Autobahn zu irgendeiner nahegelegenen Grenze geschafft? Durch Sachsen? Oder direkter? Er kratzte sich mit dem Bleistift am Haaransatz. Vielleicht konnten die Kollegen beim Zoll nachfragen.

Das Telefon klingelte. »Mensch, Hubertus, solche Sehnsucht?«

»Nee, aber Neuigkeiten!«, erklärte der Freund und nuschelte vor Aufregung. »Stell dir mal vor, wir wissen jetzt, wie der Inhalt des Güterwagens abtransportiert wurde. Mit einer Draisine!«

»Was? Mit einer echten Draisine? Und wie haben die die Beute vom Waggon auf das Ding verladen?«

»Da steht so ein Schienenkran, der wird zum Verladen benutzt, und den haben die Kerle einfach auch verwendet. Ist so ein komisches Zwitterding. Mit dem kann man sowohl auf der Straße als auch auf der Schiene fahren. Ich komm mal eben rüber!«

Paul Sommer fuhr den PC hoch. Er musste sich jetzt erst einmal ein Bild von der Lage der Ladestraße, den Zufahrtswegen, dem Fundort der Draisine verschaffen, sonst waren alle Überlegungen am Ende nichts wert. Es bedurfte einer soliden Grundlage. Er zoomte sich näher ran. Alles war gut zu sehen. Die Ladestraße, die Gleise 35–41, die Ruine des Stellwerks, hinter der die Kabelstücke abgeschnitten wurden, Lagerhallen, Geräte der Vertragsfirma zur Verladung. »Und wo wurde nun diese Draisine gefunden?«

Hauk zeigte es dem Freund auf dem Monitorbild.

»Wie lang braucht man, um solch eine Ladung vom Waggon auf die Draisine zu verlagern? Und wo genau stand der Schienenkran am Abend vor dem Raub?«

Hubertus Hauk beantwortete geduldig alle Fragen.

»Die Draisine haben die nicht zum Abtransport

genutzt«, behauptete Paul plötzlich. »Sieh mal, wo die steht. Da gibt es gar keine Möglichkeit, die Beute weiterzuverladen. Nee, das soll uns nur irritieren. Ich wette, die hatten Insiderwissen. Bahn oder Auftragsfirma oder beides.«

»Klaus, wie schön, dass du noch in der Sicherheitsabteilung arbeitest! Ach, in leitender Position. Du, ich hab doch noch was gut bei dir, nicht? Also …«

Und Paul Sommer mutierte zu einem Undercover-Ermittler. Beauftragter zur Durchführung des Qualitätsmanagements mit Schwerpunkt Signalanlagen war seine den neuen Kollegen mitgeteilte Bezeichnung für sein Arbeitsgebiet. Paul Sommer fühlte sich nicht wohl bei der Sache, schließlich lauerten hier viele Fettnäpfchen – nicht auszudenken was passieren würde, wenn er sich verriet. Außerdem gab es noch ein weiteres Problem: Er hatte sich seit Langem mit seinem Selbst arrangiert, wollte kein anderes und befürchtete, dass ihm auch keine andere Identität ›passen‹ würde. Was, wenn er nach kurzer Zeit aufflog?

»Wir haben eine Überprüfungssoftware entwickelt. Um die in den nächsten vier Wochen testen zu können, brauche ich noch ein paar Angaben. Wo genau sind denn die Baustellen, welche Signale sind davon betroffen, wo muss wann und für wie lange um-, neu- oder abgeschaltet werden?«, erkundigte er sich und gab sich einen hoffentlich professionellen Touch.

»Klar, die gebe ich dir, Kollege. Alle Daten, Zahlen usw. Brauche ich nur eine Unterschrift und deine Telefonnummer, wenn wir Rückfragen haben sollten. Dann brenn ich dir schnell eine DVD.«

Sommer geriet ins Schwitzen. Telefonnummer? Doch

dann kam ihm der rettende Gedanke. »Meine Unterschrift gebe ich dir, doch die Telefonnummer nützt dir nichts. Von diesem Projekt hängt für die Bahn viel ab. Image und so. Es geht ja um Zuverlässigkeit. Da habe ich nichts zu entscheiden. Wenn es was gibt, wendet ihr euch am besten direkt an die Sicherheitsabteilung. Wenn die glauben, ich müsste es auch wissen, melden die sich dann bei mir.« Kühn gab er die Durchwahl von Klaus an. Dem würde schon was einfallen.

Mit den Dateien und ein paar Akten und Plänen unter dem Arm machte Paul sich auf den Weg ins LKA.

Dort fühlte er sich wohl. Umgeben von all seinen Täterfallen. Der spezielle Duft seiner Chemikalien sorgte bei ihm für Wohlbehagen. Seit einiger Zeit schon arbeitete er an einem DNA-Fangstoff mit Fluoreszenz. Natürlich musste es eine DNA werden – die nicht natürlich vorkam, sonst funktionierte die Falle ja nicht, damit man sie gut und mobil nachweisen konnte.

Sommer hatte sich von den Biologen eine synthetisieren lassen. Jetzt stellte sich das Problem, wie er sie dauerhaft an die Kabel bringen konnte. Wenn es regnete und sein Fangstoff einfach abgewaschen wurde, stellten sich ganz neue, ausgesprochen unbequeme Fragen.

Kontaminationspfade, wer konnte mit dem Stoff in Berührung gekommen sein, war er etwa mit dem Oberflächenwasser ins Trinkwasser geraten? Nein, das wollte er sich sparen. Einige Versuchsreihen waren noch nötig – dann war die Falle wohl einsetzbar.

Hubertus Hauk sah wieder vorbei. »Na, wie sieht's aus. Hast du schon einen Plan?«, fragte er.

»Wenn ich wüsste, wo der nächste Raubzug stattfinden soll, wäre mir schon geholfen. Aber noch gibt es drei potenzielle Orte. Ich kann ja nicht überall gleichzeitig sein«, maulte Paul und verschwieg sein Problem mit der Haftung der DNA auf dem Untergrund.

»Wir haben neue Infos. Restkupfer, Kupferabfälle und andere Buntmetalle werden in Bergkirchen gesammelt. Und …«

»Wenn da was zu holen wäre, hätten die Kerle doch längst zugeschlagen!«, unterbrach ihn Paul grantig.

»Lass mich doch mal ausreden! Für die übernächste Woche ist ein großer Transport dorthin geplant – Kabelreste aus Nauen und Potsdam. So lagert dort plötzlich eine richtig große Menge ein. Das könnte unsere Gang schon reizen, den nächsten Coup dort zu planen!«

»Na ja, wenn das so ist. Ich sehe mir morgen mal alles an.«

»Am Sachstand hat sich nichts geändert. Unter den Augen der Sicherheitsleute, immer in der Nähe von Baustellen, immer Kupferkabel in größerer Menge. Neu ist nur, dass es diesmal auch die privaten Bahnen trifft.«

»Sag mal …«, begann Paul nachdenklich und blätterte die Akte mit den Tatortbildern durch. »Eigentlich haben die doch immer ungefähr die gleiche Menge Kupferkabel geklaut.«

»Bis auf den letzten Raubzug. Da war's 'ne ganze Waggonladung!«, korrigierte Hauk.

»Sieh mal hier.« Sommer deutete auf eines der Fotos. »Guck mal ganz genau hin. Diese Spuren da – die haben den Waggon nicht mit einem Mal geleert. Die mussten ihn mehrfach ansteuern. Weißt du, ich bin mir sicher, dass diese Jungs ein Transportmittel verwenden, mit dem sie ziemlich genau eine Tonne Diebesgut wegbringen können.«

»Mann! Dann sind die mehrfach wiedergekommen in jener Nacht. Und vom Sicherheitsdienst will keiner etwas bemerkt haben? Ist ja nicht zu fassen!«

»Ich fahre noch mal raus nach Kaltheim und sehe mich um. Mit unserem aktuellen Wissen kann ich mir die Abläufe besser vorstellen und darüber nachdenken, wo sich am besten eine Falle hätte einrichten lassen – morgen sehe ich mir dann den Platz von Bergkirchen an und beginne mit der strategischen Planung.«

Doch dazu sollte es nicht mehr kommen. Als Paul Sommer am nächsten Morgen in sein Labor trat, klingelte bereits das Telefon. Missmutig meldete er sich. Ein so früher Anruf konnte nichts Gutes bedeuten.

»Wir haben einen Tippgeber in Sachen Kabelklau!«, erfuhr er aus dem Einbruchsdezernat. »Das Ding soll heute gegen Mitternacht durchgezogen werden. Bei der Baustelle in der Nähe von Frankfurt/Oder, Bahnstrecke etwa 3 Kilometer Richtung Berlin. Ey, Trapper, kannst du deine Falle auslegen?«

Paul überlegte. Das Problem mit der Haftung hatte er noch immer nicht gelöst – er würde auf klassische Strategien zurückgreifen müssen.

»Wie lang wird denn da gearbeitet?«

»Bis 16 Uhr. Danach hast du freie Bahn bei der Bahn!«, kicherte der andere albern. »Der Polier bleibt manchmal bis 19 Uhr.«

»Heute nicht. Sorgt dafür, dass er einen Anruf bekommt, der ihn zu einer Besprechung anderswohin beordert. Ich will nicht, dass jemand vor Ort etwas von meinem Treiben mitkriegt. Was für eine Falle darf es denn sein?«

»Wir dachten an Fangolin!«

»Aha! Ihr habt mal wieder keine Ahnung – und Paul Sommer soll es richten, stimmt doch? Na ja. Ich komme und lege Schlingen aus. Gegen 19:15 Uhr bin ich weg und ihr übernehmt.«

»In Ordnung. Und wenn wir einen Tatverdächtigen stellen, also ich meine, was machen wir dann mit ihm?«

Paul schmunzelte. Der Typ war wirklich einer von den Ahnungslosen. »Nehmt KK Voss mit. Der kennt sich aus und weiß, wie das geht.«

»Wir brauchen noch einen Codenamen für die Aktion.«

»Ja, da fällt mir auch schon einer ein: Eierkopp!«

»Ha, ha – ist ja saukomisch«, nörgelte der andere und legte beleidigt auf.

Paul begann sofort mit der Zubereitung seiner Mixturen, schüttete Farben zusammen, nahm etwas Balsam hier und eine wenig Emulgator dort. Rührte, machte Anreibungen, grunzte unzufrieden, verwarf und mischte neu.

Als Hauk ihn am späten Nachmittag abholte, hatte er sein Arsenal in einer Tasche wohl verpackt, trug Karohemd, blaue verwaschene Jacke und entsprechende Hose, derbes Schuhwerk. Nur auf den Hut hatte er nicht verzichten können.

»Na, wie ich sehe, bist du ja bestens vorbereitet!«, lobte der Freund, der ähnliche Klamotten trug.

»Warte mal ab, wie deine Kollegen aussehen, die die Observation übernommen haben!«, unkte der Trapper. »Schließlich wollen wir ja nicht auffallen. Wenn jemand auf den ersten Blick erkennen kann, dass wir nicht auf die Baustelle gehören, ist die Sache gelaufen!«, knurrte Paul. Wehmütig seufzend legte er selbst sein Markenzeichen, den Cowboyhut auf dem Schreibtisch ab. Der würde bei der Aktion nur stören.

Kaum näherten sich Trapper und Polizist der Baustelle, wurden sie von zwei gut gebauten Kerlen angesprochen, die aussahen, als seien sie auf dem Weg zum Fitnessstudio vom Pfad abgekommen.

»Siehst du«, zischelte Paul, »das habe ich mir gedacht. Die fallen doch sofort als Fremdkörper auf.«

»Wird ja bald dunkel«, tröstete Hubertus und nahm sich vor, das Thema ermittlungsangepasste Kleidung bei Gelegenheit anzusprechen.

»Haben Sie sich verlaufen?«, erkundigte sich einer der Möchtegernbodybuilder beinahe fürsorglich.

»Nein, du Eierkopp!«, blaffte Paul zurück.

Sie durften passieren, die beiden in Freizeitsportkleidung zogen weiter.

»Mensch! So was gefährdet den ganzen Einsatz!« Sommer konnte sich nicht so schnell beruhigen.

»Es ist normal, dass diese Rollen was Schmieriges an sich haben – aber wenn es klebrig ist, merken die Diebe sofort, dass hier was nicht stimmt. Deshalb war es gar nicht so einfach mit dem Fangstoff. Also: zwei Farben, wegen der Chronologie. Erst hier angefasst, dann da.« Während Paul ein wenig kurzatmig erklärte, präparierte er die untere Seite der riesigen Trommel. Dann löste er den Riegel und drehte die Holztrommel mit Hubertus Hilfe. Beide ächzten dabei und gerieten gewaltig ins Schwitzen. Nun nahm er sich die Bereiche vor, die er bisher nicht erreichen konnte.

»Das Prinzip ist ziemlich simpel. Wo wird ein Arbeiter beim Abrollen anfassen? Am Kabel. Geht nicht, das schafft keiner. Er wird die Rolle drehen. Halt!«, rief er laut und Hubertus zog wie geprügelt die Hand zurück. »Mann! Wenn du da anfasst, bis du ›raus‹. Ich habe keine Lust, schon wieder dich als Dieb zu überführen!«, neckte Paul den Freund. »So, die Trommel ist fertig, jetzt kümmere ich mich ums Kabel. Hier benutze ich den zweiten Stoff. So kann man feststellen, ob die Kontamination von der Rolle oder vom Kabel kommt.« Er bedeckte die Rolle sorgfältig mit einer Plane, dann besprühte er das Kabel mit dem von ihm entwickelten Spray. Ein feiner Auftrag, den niemand bemerken würde. Nach etwa zwei Stunden war alles aufs Beste vorbereitet.

»Cäsar 652 für Kupfer 3, bitte kommen!«

»Kupfer 3 hört«, knatterte es ihnen im Wagen entgegen.

»Cäsar 652 hat die Aufgabe erledigt, bitte übernehmen, Kupfer 3.«

»Aha, prima! Und wo genau seid ihr ger…«

»Kupfer 3«, donnerte die Betriebsfunkzentrale dazwischen. »Funkdisziplin halten!«

»Kupfer 3 Ende«, meldete der andere kleinlaut.

»Ja, da sind die streng. Wenn gequatscht wird und ein Kollege einen Notruf absetzen will … nee, nee. Die Leitung muss frei sein.« Hauk startete und fuhr zurück nach Berlin.

»Na, hoffen wir, dass alles klappt. Ich lege mir das Handy jedenfalls auf den Nachttisch!«, meinte Paul zum Abschied und trabte zu seiner Wohnung. Es wurde eine ruhige Nacht. Als der Wecker klingelte, wusste Sommer, dass irgendetwas gründlich schiefgegangen war. Dem Kommissariatsleiter sah man seine Säuernis an. Die Kripo hatte vergeblich die ganze Nacht auf die Diebe gewartet. Es schien, als hätten die Kerle Wind von der Maßnahme bekommen.

»Scheiße!«, maulte Paul, dem klar war, dass man nun seine Fangstoffe schnell und gründlich wieder entfernen musste. Das übernahmen die Kollegen von der chemischen Truppe – zum Glück musste er da nicht selbst Hand anlegen. »Wahrscheinlich sind doch jemandem die beiden Sportler aufgefallen! Zu blöd!«, schimpfte er vor sich hin.

Die Bahnsicherheit übernahm den Abtransport der präparierten Kabeltrommel durch Spezialkräfte, eine Aktion, die vom ahnungslosen Bauleiter mit Unverständnis und Kopfschütteln begleitet wurde. Ein totaler Fehlschlag!

Ein Gutes hat es ja, beruhigte sich Paul, so bleibt mir der ganze Tag, um an der DNA-Falle zu arbeiten.

Es musste doch möglich sein ... Und schon hantierte er wieder eifrig mit allerlei Substanzen, die das dauerhafte Verbleiben am Ausgangsmaterial sicherstellen sollten.

Zunächst probierte er Waffenöl aus. Er trug es als feinen Nebel auf. Funktionierte nicht, weil es an den Händen haften blieb und der Täter sofort bemerkt hätte, dass mit dem Kabel etwas nicht stimmte. Danach testete er Haarspray. »Mist, das Zeug stinkt ja unerträglich! Bis das verduftet ist, dauert es selbst unter freiem Himmel Stunden! Und es klebt.«

Also auch nicht die Lösung.

Hubertus hörte dem Freund eine Weile beim Fluchen zu. »Ist doch nicht deine Schuld gewesen.«

»Morgen. Was denn?«

»Na, der Fehlschlag. Oder bist du wegen was anderem sauer?«

»Ich brauche eine Substanz, die einen wasserdichten Film bildet und nicht klebt, wenn man darüber streicht. Einiges habe ich schon ausprobiert, nichts klappt so wirklich.«

»Wundpflaster«, murmelte Hauk und zog weiter. »Ich rufe dich nachher mal an!«, rief er über die Schulter zurück.

Paul stand regungslos in seinem Labor. »Wundpflaster! Mann! Genial! Bin gleich zurück!«, rief er in den Flur und sauste in die nächste Apotheke.

Jetzt galt es, die Beipackzettel zu studieren und das ›richtige‹ Pflaster zu finden. Wieder zurück im Labor versuchte er seinen rasenden Puls unter Kontrolle zu bringen. »Benimm dich nicht wie ein Kind vor dem Weihnachtsbaum!«, ermahnte er sich. »Du willst nur einen kleinen Versuch machen!«

Fangstoff-Anreibung dünn aufgetragen, Spray darüber – fünf Minuten Wartezeit, damit das Pflaster trocknen konnte. Dann ließ Paul die Rollos runter, schaltete die UV-Lampe ein, trat ans Waschbecken. Munter perlte das Wasser über sein Präparat. Aber das Beste: Die Lampe bewies, dass nichts von seinem Fangstoff fortgespült wurde. Es funktionierte!

»Hubertus – du, ich habe da eine Idee …«, erläuterte er seinem Freund wenig später am Telefon den neuen Plan.

»Wieso ist es denn auf einmal so eilig!«, erkundigte sich Hubertus neugierig, als Paul mit seiner Ausrüstung in den Wagen stieg.

»Geheim ist wohl nicht lange geheim. Deshalb dachte

ich mir, wir beide ziehen das durch, und informieren die anderen erst danach. Wir fahren jetzt nach Bergkirchen und sehen uns den Platz gut an. Noch so ein Schuss in den Ofen muss ja nicht sein.«

Gerade als sie in Auffahrt zur Ladestraße einbiegen wollten, kam ihnen der Bauleiter aus Kaltheim in seinem Wagen entgegen, bog nach links ab, ohne sie zu bemerken.

»Schade. Der hätte uns ein bisschen einweisen können!«, meckerte Hauk. »Apropos – weiß eigentlich außer uns irgendjemand von diesem Besuch?«

»Keep cool. Die Sicherheitsleute wissen Bescheid«, lachte Paul und boxte den Freund in die Seite. »Sonst werden wir am Ende noch festgenommen, was?«

Das Schrottlager: Kupfer, Kupfer und noch mehr Kupfer! Eine unglaubliche Menge! Hauk fotografierte unauffällig.

»Mann – und die Leute von der Sicherheit haben mir erzählt, dass in den nächsten Tagen noch jede Menge Reste von Signalkabeln dazukommen sollen! Für unsere Gang ist das doch sicher ein Eldorado!«

Auf dem Rückweg überlegte sich Paul schon die neue Strategie.

»Ich werde die Bahnleute bitten, den Riesenhaufen sortieren zu lassen. Signalkabel, Oberleitungen, Kupferblech, Blitzableiter, alte Wasserkessel und so weiter. Die sollen sich eine einleuchtende Begründung dafür ausdenken. Am liebsten wäre mir, wenn am Schluss Häufchen entstünden, etwa 800 bis 1.000 Kilogramm. Wir wissen ja, dass das dem entspricht, was unsere ›Freunde‹ gern abräumen.«

»Weißt du schon, wie du vorgehen willst?«

»Noch nicht genau. Aber die Planung läuft.« Sommer tippte vielsagend gegen seine Stirn. »Wir könnten eine Fangstoffpfütze auslegen. Dann wissen wir wenigstens, wer beim Aufladen geholfen hat. Wer durch meine Suppe läuft, leuchtet.«

»Ja, das ist gut. Mit so einer Information gestaltet sich die Vernehmung ganz anders!«

»Wir können dann auch sagen, wo genau das Auto gestanden hat. Wenn wir die Haufen einzeln präparieren, ist es sogar möglich, festzustellen, wer an welchem Schrott ›gearbeitet‹ hat.«

»Und woher wissen wir, dass sie hier sind? Zugriff funktioniert doch nur, wenn wir den Raubzug mitkriegen.«

»Ja«, murmelte Sommer. »Das ist ein Problem.« Danach hüllte er sich in Schweigen.

Es war so lange still im Wagen, dass Hauk erschrocken zusammenfuhr, als Paul plötzlich »So geht's!« rief.

»Wie?«

»Mit einem Photoionenkathodenelektronenvervielfacher.«

»Hä?«

»Na, einer Fotozelle. Der Platz ist ja beleuchtet. Ein Auto ohne eingeschaltete Scheinwerfer würde mehr auffallen als eines mit – alle fahren da mit Licht. Um an den Haufen zu kommen, muss man links am Lagergebäude abbiegen. Dabei fällt das Scheinwerferlicht auf die Wand. Dort bringen wir die Fotozelle an, die dann ein Signal an die Kripo weitergibt.«

»Alles schön und gut. Wir wissen aber nicht, wie lang es dauert, bis die Typen zuschlagen. Wenn wir Pech haben, ist der ganze Platz bis dahin mit deinen Fangstoffen kontaminiert und nichts wird geklaut.«

»Darüber habe ich auch schon nachgedacht. Wir werden den Druck erhöhen.«

»Aha!«

»Unsere Diebe kommen nur an den Tagen Dienstag, Mittwoch und Donnerstag. Kein einziger Raub am Wochenende, am Montag oder Freitag. Also werden wir ihnen einen Termin schmackhaft machen. Wir lassen kolportieren, dass der Schrott aus Bergkirchen am Freitag abtransportiert wird. Das können die sich einfach nicht entgehen lassen!«

Am nächsten Abend trafen sich Paul und Hubertus in der kleinen Kneipe um die Ecke auf ein schönes Steak und ein Bier.

»Bloß gut, dass wir beide nicht verheiratet sind. Unsere Frauen würden sonst was denken, wenn wir abends dauernd irgendwo zusammenglucken.«

»Die würden glauben, wir geben uns gegenseitig ein Alibi für Seitensprünge!«, vermutete Paul. »Nee, ist schon besser so.«

Während sie auf ihr Abendessen warteten, breitete Paul eine Skizze auf dem Tisch aus.

»Also – hier sind die Haufen. Jeder wird von mir mit einer speziellen DNA präpariert.«

»Jeder mir 'ner eigenen?«

»Genau. Dein Tipp mit dem Wundpflaster war übrigens genial. Klappt bestens. So können wir jedem Haufen einem Fangstoff zuordnen. Die Fotozelle kommt hier an die Wand«, er deutete auf das eingezeichnete Lagergebäude. »Die verrät uns auch, ob ein Fahrzeug gekommen ist oder mehrere. Das Signal setzt dann die Kripo in Bewegung. Unsere Leute sollen diesmal deutlichen Abstand zur Baustelle halten! Außerdem werde ich die Zufahrt der Ladestraße vorbereiten. Sicher ist sicher. So entgeht uns keines der Fahrzeuge. Und es wäre sicher ein kluger Schachzug einem einen Bonbon ans Hemd zu kleben. So geht er auf keinen Fall verloren und unsere Männer müssen nicht so nah ran.«

»Sicher. Kein Problem. Da tritt einer von unseren Leuten mal kurz vor und erledigt das. Die Diebe sind ja so beschäftigt, die werden das kaum bemerken«, höhnte Hubertus. »Jetzt wirst du gänzlich zum Trapper.«

»Ach was! Sieh mal, hier auf dem Weg zur Ladestraße ist ein Engpass. Gebüsch auf beiden Seiten. Wir müssen an der Stelle hier«, er umkringelte ein Areal, »eine Art Baustelle errichten. Eine Langsamfahrstrecke. Im Gebüsch sitzt einer von unseren Leuten, hat ein GPS an einer Stange und klebt es in einem günstigen Moment unbemerkt an den LKW. Dann finden wir sie, selbst wenn der Zugriff mal wieder in die Hose geht!«

Hauks Miene zeigte Skepsis. Sommer schob die Akte über den Tisch.

»Wir werden uns als Arbeiter verkleidet auf die Sammelstelle begeben. Unser Auftrag: Sortieren des Schrotts. Legende ist da drin. Lies es sorgfältig. Wenn wir fertig sind, wird präpariert.«

»Sag mal, spinnst du? Ich sehe doch nicht aus wie einer, der viel mit den Händen arbeitet!« Er streckte seine gepflegten Hände vor. Keine Schwielen, keine Arthrose, keine Hornhaut.

»Das ist kein Problem«, widersprach Paul seinem Freund und schob seine Akte zur Seite, um Platz für den Teller zu machen. »Du wirst einfach Handschuhe tragen!«

Den Widerstand und das Misstrauen von Hans Scholz, dem Bauleiter, galt es noch zu überwinden, dann konnten sie mit der Arbeit beginnen. Die regulären Kräfte – drei Mann – gingen ihren eigenen Aufgaben nach, ohne die beiden Neuen auch nur eines Blickes zu würdigen.

Gegen Mittag sah Scholz bei ihnen vorbei, erkundigte sich nach dem Fortschritt der Arbeiten.

»Ihr kommt ja recht gut voran!«, lobte er. »Ist auch besser, wenn ihr euch ordentlich ins Zeug legt. Ihr wisst schon, gespart wird überall und zuerst immer am unteren Ende der Nahrungskette!« Sein Lachen war rau und ungeübt. »Mir ist allerdings nicht so ganz klar, wozu diese Aktion stattfindet.«

»Sortiert lässt sich das Zeug besser weiterverkaufen. Der Kunde kann bestimmen, welche Art Schrott er erwerben will und muss sich nicht selbst ans Sortieren machen. Gibt mehr Geld!«

»Na, wenn das so ist, dann will ich euch nicht von eurem Tun abhalten. Ich muss noch zu einer anderen Baustelle. Tschüss!«

Die beiden konnten in aller Ruhe weiterarbeiten.

Für 17 Uhr war die Übergabe verabredet, alle Exekutivkräfte sollten eingewiesen werden. Die Zusammenarbeit von Bundespolizei und Kripo war nicht Paul Sommers Angelegenheit, das mussten andere regeln.

Er war nur der Trapper. Schon bald waren sie allein auf dem Schrottplatz. Die Engstelle hatten sie mit ein paar Handgriffen eingerichtet, das Gebüsch war uninteressant genug, um niemanden zu einem zweiten Blick zu verleiten. Ein guter Platz für den Mann mit dem Bonbon.

»Fertig?«

»Fertig!«, bestätigte Sommer und fixierte ein letztes Mal seine DNA-Falle mit Pflasterspray.

Hubertus Hauk meldete »Cäsar 652 an Zentrale, bitte kommen«

»Zentrale hört«

»Krücke 1 kann jetzt übernehmen, wir sind fertig. Cäsar 652 Ende.«

Sie fuhren zurück. Es galt, das Auto nun mit allem auszustatten, was sie zur Überführung der Täter brauchten.

»Mann. Morgen wird mir jeder Knochen wehtun!«, jammerte Hauk und fuhr sich stöhnend mit der Hand an die Lendenwirbelsäule, versuchte sich zu strecken. »Mist!«

»Wenn wir die Kerle heute schnappen, dann wirst du kaum Zeit haben, die Schmerzen zu bemerken«, neckte Sommer, packte Wattestäbchen und sterile Präparategläser ein.

»Komm, wir gehen was essen. Seit dem Frühstück haben wir nur eine Stulle und ein Wasser gehabt.«

»Hast du eigentlich deinen Pieper mit? Und eingeschaltet?«

»Ach, den brauche ich doch nicht. Handy ist immer an«, gab Hauk zurück.

»Die Pieperfrequenz ist sicherer.«

Besserwisser, dachte Hubertus und schaltete demonstrativ den Pieper ein. »So. Zufrieden? Können wir jetzt was essen gehen?«

Nach dem Essen – noch immer keine Meldung. Kein Klingeln des Handys, kein Piepersignal.

»Na komm, ich brauche mal 'ne Mütze Schlaf!« Hauk gähnte und massierte sich den Rücken. »Mann!«

Er brachte Paul nach Hause. Als Sommer am nächsten Morgen erneut vom Wecker aufgeschreckt wurde, war sein erster Gedanke: Es hat wieder nicht funktioniert! Gegen 6 Uhr war er schon bereit, an einen Maulwurf in den eigenen Reihen zu glauben. Alles war doch perfekt vorbereitet gewesen! Das Klingeln des Telefons eine Stunde später war wie eine Erlösung.

»KHK Blohm. Guten Morgen, Herr Sommer. Wir schicken Ihnen einen Wagen. Sonderrecht. Wir erwarten Sie in Kleinfelde. Und es eilt.«

Kaum sechs Minuten später stand der Wagen vor Sommers Haustür. Mit aufgesetztem Blaulicht. Trotz des Sonderrechts brauchten sie eine Stunde bis Kleinfelde. Und die ganze Zeit über dachte Paul darüber nach, was diese Eile, dieser Aufwand zu bedeuten hatten. Wieder ein Tiefschlag und KHK Blohm wollte sich mit ihm darüber unterhalten, woran es diesmal gelegen hatte? Nein, dann hätte er mich einfach irgendwohin bestellt, aber nicht abholen lassen.

Als sie auf den Vierseitenhof rumpelten, standen Blohm und Hauk vor einer Schuppentür und erwarteten ihn.

»Ey, hat alles geklappt!«, rief Hubertus ihm fröhlich zu.

»Haben Sie alles dabei, was Sie zum Nachweis benötigen?«, fragte Blohm und atmete erleichtert auf, als Sommer nickte und auf seine Tasche zeigte.

»Wir haben sieben Verdächtige vorläufig festgenommen. Eine Frau und sechs Männer. Geholfen haben uns die Bonbons, die wir kleben konnten. Prima Idee. Einen LKW und einen PKW haben wir erwischt und konnten so mühelos folgen. Das Kupferparadies ist hier in der Nebenscheune. Bei der Festnahme gab es ein kleines Gerangel – nichts Ernstes.«

»Jetzt bist du dran! Wir nehmen die jetzt alle mit und wenn du die Täterüberführung gleich hier machst, können wir die Bande ganz gezielt vernehmen«, freute sich Hauk.

Die Frau saß mit trotzig vorgerecktem Kinn auf dem Beifahrersitz des LKW. Erste Vernehmungen hatten ergaben, dass sie der Kopf der Bande sein sollte.

»Ihr gehört der Hof hier. Also, korrekterweise muss es heißen: ihren Eltern. Die beiden sitzen völlig verschüchtert in der Küche. Sieht nicht so aus, als hätten die was von dem gewusst, was ihre Tochter hier durchgezogen hat«, informierte Hubertus den Freund.

»Na gut. Dann bitte doch die Dame und die verdächtigen Herren in die dunkle Scheune. Ich mache schon mal meine ›Waffen‹ klar.«

Drei UV-Lampen. Paul nahm eine in jede Hand, Hubertus bekam die dritte.

»Du leuchtest auf den Boden, bevor jemand reinkommt«, wies Paul ihn an.

Hauk tat, wie ihm geheißen worden war. Nichts. Gar nichts. Er wollte schon bestätigen, dass das Umfeld clean sei, da entdeckte er doch noch ein schwaches Leuchten. Er sah nach – und fand ein altes Nylonhemd, aus den 1960ern. Paul grinste. »Furchtbar die Dinger. An die erinnere ich mich noch mit Grausen. Jedes Deo versagte!«

Die Verdächtigen traten ein. Paul richtete die UV-Lampe auf die Personen, die sofort in gelb, rosa, grün und blau leuchteten.

»Wo waren Sie denn letzte Nacht unterwegs?«, witzelte Blohm. »Muss ja ’ne tolle Party gewesen sein!«

Feindselige Stille füllte die Scheune bis unters Dach. Es war, als dünsteten die Sieben giftige Dämpfe aus. Paul imponierte das nicht, er stellte sich hinter die Festgenommenen. »Heben Sie bitte Ihre Füße hoch. Einen nach dem anderen.«

Und hier gab es deutliche Unterschiede. Paul kontrollierte die Hände: Außenfläche, Innenfläche. Nur einer der Tatverdächtigen leuchtete in zartem Blau.

»Hier sind die Handschuhe, die die Leute getragen haben. Wir haben die Namen draufgeschrieben.« Blohm reichte Trapper Paul die Plastiktüten mit den Handschuhen, jedes Paar in einer Tüte.

Vier der Paare leuchteten rosa. »Die gehören zu den ›Handwerkern‹«, stellte Sommer fest. »Die haben den Schrott aufgeladen.«

»Bei einem der Herren leuchten die Schuhsohlen gelb, bei einem ist gar nichts«, staunte Hauk.

»Das könnten die beiden sein, die Schmiere gestanden haben«, meinte Blohm.

»Nein. Der mit den sauberen Sohlen ist überhaupt nicht ausgestiegen. Das ist der Fahrer des LKW. Gut, der andere Herr hat kontaminierte Schuhsolen, aber Hände und Handschuhe sind sauber. Der könnte tatsächlich Schmiere gestanden haben«, korrigierte Paul.

»Ist doch komisch, dass bei der Frau nur die Sohle des einen Schuhs was abbekommen hat, nicht?«, wunderte sich Hubertus.

»Ja. Es gibt noch viele offenen Fragen. Gehen wir's an.« Paul begann damit, Proben von den Sohlen, der Kleidung und den Händen zu nehmen.

»Wie lang wird es denn dauern, bis Sie Ergebnisse haben?«, erkundigte sich Blohm, der sich Mühe gab, es beiläufig klingen zu lassen, doch Paul konnte dennoch hören, wie ungeduldig der KHK war.

»Geben Sie mir vier bis fünf Tage. Wenn es fixer geht, schicke ich den Bericht auch früher. Ihre Täter sind gefasst und überführt sind sie auch schon. Es geht nur noch darum, die Rolle der einzelnen Beteiligten zu klären – und vielleicht plappern die ja im Verhör munter vor sich hin und Sie brauchen meine Ergebnisse nicht mehr als Argumentationshilfe.«

Drei Tage später lieferte Paul Sommer seinen Bericht persönlich bei KHK Blohm ab.

»Wir sind schon gut vorangekommen, wie Sie erwartet hatten, Herr Sommer. Frau Scholz war tatsächlich der Kopf der Bande.«

»Scholz? Aber das ist …«

»Genau. Der Name des Bauleiters! Sie ist seine geschiedene Frau. Seit einiger Zeit erschien sie ständig auf seinen verschiedenen Baustellen. Angeblich, weil wichtige Dinge besprochen werden mussten. Die beiden haben eine gemeinsame Tochter, im besten Problemalter und einen Sohn, der in die Stricherszene abzurutschen droht. Gesprächsbedarf genug. Manchmal behauptete sie auch, dass sie ihn noch immer liebe und nicht wisse, wie sie ohne ihn klarkommen solle – das war ihm gleichermaßen angenehm und lästig. Jetzt glaubt er, dass sie nur vorbeikam, um die Baustellen auszuforschen. Tja. Er hatte sie zu keiner Zeit im Verdacht. Was steht in Ihrem Bericht?«

»Die farbigen Aktivstoffe haben die richtigen Informationen gegeben, die habe ich mit der DNA-Untersuchung bestätigen können. Bei einer Person gab es keinen Nachweis. Bei Person 2 hatten wir einen Nachweis an den Schuhsohlen, nicht an Händen oder Handschuhen. Frau Scholz dito.«

»Wieso war denn nur einer ihrer Schuhe kontaminiert?«

»Ach, manchmal ist die Erklärung einfach. Der LKW war schlicht breiter als die sonst benutzten Leihtransporter. Deshalb war die Spur zu knapp präpariert. Die Reifenspuren belegen das. Sie ist beim Aussteigen nur mit dem einen Fuß in die Spur getreten.«

»Hm.«

»Bei den Personen 4–7 waren die Sohlen positiv. Handschuhe und Hände ebenfalls. Fangstoff 1 und 2 bei allen ›Handwerkern‹. Bei einem war die gesamte Kleidung voller Fangstoff, das muss der gewesen sein, der von oben den Schrott runtergereicht hat.«

»Bis zum nächsten Mal«, verabschiedete sich KHK Blohm freundlich. »Sie haben tolle Arbeit geleistet!«

Frau Scholz und ihre Bande hatten freie Kost und Logis in einer der brandenburgischen Justizvollzugsanstalten. Ob Herr Scholz seinen Kindern ein Abrutschen in die Stricherszene und ein Abgleiten in pubertäre Krisen ersparen konnte, ist nicht bekannt.

Der Weg des Kupfers konnte nicht vollständig aufgeklärt werden – nur ein Teil der Gelder wurde aufgespürt.

DNA-FALLEN: Täterfalle unter Verwendung von DNA. Das genetische Material wird synthetisch hergestellt, damit sichergestellt ist, dass es nicht aus einem natürlichen Vorkommen stammt. Damit sind Verwechslungen ausgeschlossen. Neue Methode und bislang nicht so verbreitet wie die klassischen Fangstoffe. Inzwischen kommt auch ›digitale DNA‹ zum Einsatz. Aufgetragen werden die winzigen Datenplättchen mit einer Flüssigkeit, die aushärtet. Selbst Feuer oder heftige mechanische Einwirkungen können den Plättchen nichts anhaben.

Auch eine speziell hergestellte Mischung wird manchmal als DNA-Falle bezeichnet, was aber in diesem Zusammenhang nur bedeutet, dass die Mischung einmalig und daher eindeutig identifizierbar und zuzuordnen ist.

VERWENDETE UND WEITERFÜHRENDE LITERATUR:

R. Weihmann, C. P. Schuch: Kriminalistik. Verlag deutsche Polizeiliteratur GmbH, Hilden/Rhld. 2011

R. Saferstein: Criminalistics: An Introduction to Forensic Science. Prentice Hall / Pearson Education International, Boston 2011

W. Zirk, G. Vondermaier: Kriminaltechnik und Spurenkunde. Schriftenreihe Polizei, Boorberg Verlag, Stuttgart 1998

K.-L. Kunz: Kriminologie, Haupt Verlag, Bern 2011

S. Fiedler, K. Schneckenberger, M. Graw, F. Schweinsberg, K. Stahr: Bildung so genannter Fettwachsleichen in redoximorphen Nekrosolen – Beispiel St. Georgen, Wasser & Boden, Blackwell Verlag, Berlin 11/2002

G. Zimmer: Prüfungsvorbereitung Rechtsmedizin. Georg Thieme Verlag, Stuttgart 2006

T. Bevel, R.M. Gardner: Bloodstain Pattern Analysis, CRC Press, 3. Auflage, Boca Raton 2008

DANKSAGUNG

Ein herzliches Dankeschön an das Zentral-Labor der BTU (Brandenburg-Technische –Universität) in Cottbus, ganz besonders an Herrn Dr. Fischer und Herrn Dr. Wiehe. Sie ermöglichten mir für das vorliegende Buch Aufnahmen von Proben (z. B. Schmauchspuren) und Analysegeräten zu erstellen und standen gern zur Klärung von Fragen zur Verfügung.

Vielen Dank
Franziska Steinhauer

FRANZISKA STEINHAUER
Menschenfänger
Kriminalroman
GMEINER